新 潮 文 庫

青 の 時 代

三島由紀夫著

新 潮 社 版

2006

序

「小説の前に、型のごとき作者と友人の対話がついているとは古風だね」

「そうだよ。われわれはどっちみち少しばかり古風であることを免《まぬ》かれないんだ」

「ところで今度の新作の主人公にはモデルがあるのかい」

「あるともさ。例の光クラブの山崎晃嗣《やまざきあきつぐ》さ」

「そのモデルを餌《えさ》にして、君のこねまわす一ト理窟《りくつ》はどういうのだい」

「僕《ぼく》は疑わない人間の物語を書くつもりだよ。それが実に扱いにくい主題だということは、こういうわけだ。全《すべ》てを疑えば哲学者になって書斎に引き籠《こも》れるし、全てを疑わなければ下積の幸福が味わえる。ところがこの主人公は自分で疑う範囲を限定しておいて、それだけを疑うのだ。従って彼の行動は青写真の範囲を決して出ないし、青写真を破ることもできず、そうかと言って、青写真の作製をやめることもできないのだ。しかしたとえば、彼は真理や大学の権威を疑っていない。疑わない範囲では、彼はしばしば自分でも気のつかない卑俗さを露呈する。ところが滑稽《こっけい》なことは、疑わない範囲の彼の卑俗さが、疑っている範囲の彼のヒロイックな行動に、少なからず利しているかもしれない点だ。むしろ青年が純粋を守ろうと思ったら、徹底的にマキャベリになってしまう。マキャベリを攻撃する彼自身が、こうして無意識のマキャベリの顰《ひそ》みに倣《なら》うほうが、賢明な道かもしれない。とはいえ勿論《もちろん》、賢明な道が最善の道ではないが……」

「一体君は諷刺画《ふうしが》を書くつもりかい。それとも英雄物語を書くつもりかい。この二つは両立しない筈《はず》だがね」

「そうだね。僕の書きたいのは贋物《にせもの》の行動の小説なんだ。まじめな贋物の英雄譚《えいゆうたん》なんだ。人は行動するごとく認識すべきであっても、認識するごとく行動すべきではないとすれば、わが主人公は認識の私生児だね」

「それを君が認知してやるというわけかい」

「いや、それはまだわからない」

青の時代

第一章

川崎誠《かわさきまこと》は一九二三年千葉県のK市に生れた。一九二三年は大正十二年である。K市に市制が布《し》かれたのは昭和十八年である。千葉県の南西に位して、東京湾を隔てて京浜地方と相対しているこの古い漁村は、瀬川如皐《せがわじょこう》の「世話情浮名横櫛《よわなさけうきなのよこぐし》」の見染めの場で名高いように、江戸末期から都人士の遊楽の地であった。昭和七、八年ごろ、小櫃《おびつ》川の下流一帯に浚渫《しゅんせつ》工事がはじめられ、飛行場が設けられるにいたった。その後のK市はむしろ海軍航空隊の根拠地として名高くなった。K市に市制が布かれたのはこのおかげである。

K市は由来低能児の多い町である。その昔「淫風《いんぷう》甚《はなはだ》し」という有難《ありがた》いレッテルが貼《は》られたことの、遺伝学的な結果かもわからない。ひとり川崎家の一族が、血統においても、知能においても、道徳的潔癖においても、これら群雞《ぐんけい》の中の一鶴《いっかく》だった。

われわれの祖父の時代には、知識と道徳とは当然同一人のなかに住むものと見られていた。こういう信仰が、いまだに地方によっては残っているのを見ることができる。誠の父の川崎毅《つよし》は、生き残っている古い信仰のおかげで生き永らえている最終の神である。この古い神は十分立派な存在であるし、安心してよいことに、当分死にそうもない。誠の祖父はK市近郊の佐貫《さぬき》藩の藩医の出である。毅は父業を継いだのである。

どういう形にもあれ、智的《ちてき》卓越というものは、或《あ》る種の衰弱を免かれがたいもので、それが道徳の自然な漆喰《しっくい》で固められた毅の場合はしばらく措《お》き、この低能な小都会から抜《ぬき》ん出た一家の優秀さが、実験用に作られた植物的変種のように見られがちであったことは、落第坊主《ぼうず》ばかり三人も抱えて弱っている網元の父親が、川崎夫妻は頭のよい子供を作るために独乙《ドイツ》から密輸された或る極秘の煎《せん》じ薬を飲んだというまことしやかな噂《うわさ》を流布《るふ》したことでも知れるのだが、それかあらぬか、三男の誠が育つにつれ、この子にはどことはなしに自然さが欠けているというかすかな懸念《けねん》は、あんまり聡明《そうめい》ではない代りに直感には秀《ひい》でた母親の人知れぬ悩みの種子《たね》になった。

川崎家はK市の南を流れる幅五六間の清冽《せいれつ》な矢那《やな》川の下流に架った新田《しんでん》橋の橋詰《はしづめ》にある。石の門と飾りけのない二階建の外観は、見るからに、酒一つ嗜《たしな》まない家長の謹直さを偲《しの》ばせる。この家の唯一《ゆいいつ》の面白味《おもしろみ》は、川に突き出したヴェランダで居ながらにしてできる鯊釣《はぜつり》であった。

泳ぎにゆくには、川沿いの道を伝わってまっすぐに行ける海岸は不適である。夏になると、しばしば毅は三人の息子をつれて鳥居崎海岸へ泳ぎに出かけた。町中《まちなか》をしばらく北へ行き、迂回《うかい》して海へ出るのである。

小学校へ入るか入らぬかの或る夏の一日が誠の記憶にひとしお鮮やかに残っているが、水着とよばれる行者の着るような白麻の襦袢様《じゅばんよう》のものを裸かの上に着せられて、彼は父や兄たちのあとから懸命に、時々駈《か》けながら、せい一杯の歩度で歩いていた。兄たちは小さな末弟の手を引いてやることはおろか、歩みを緩めてやることもしない。そんな惰弱な愛情を示しては、毅のお叱《しか》りを蒙《こうむ》るに決っていた。

誠はいそぎながら買いつけの文房具店の前まで来た。その軒先に大きな鉛筆の模型がかかっている。

母親の言草《いいぐさ》はいつもこうだった。

「あれはだめ、あれは売物じゃありません。お前は舶来の鉛筆なんかを買ってもらえて本当に仕合せだと思わなけりゃいけませんよ。いったい何が不足で、そんなすねた顔をするんだね、誠。天子様なんぞは実に御質素で、今もおぼえているが、春宮様《とうぐう》でいらした時分、そのころいちばん安かった和製の鷲印《わしじるし》という鉛筆を使っていらしたそうですよ」

誠がねだるたびに、母親はますます難渋し、店員たちはますます笑った。

煙突ほどもある太さの六角の鉛筆は、糸で吊《つ》られているために、風をうけると、立体六角形に細まった先が黒く塗られている芯《しん》の部分を軸にして、緑いろの光沢紙を貼った六つの側面のまばゆい金文字を誇示しながら、廻《まわ》りつづけた。

——彼の小さな下駄《げた》の足は、先をいそごうと思っても、その鉛筆の前で止ってしまう。

『売物ではない。そんな口実を誰《だれ》があの鉛筆に与えたのだろう。どうしてあの鉛筆が僕のものにならないのだろう。あの鉛筆と僕との間に在って、邪魔をしているものは一体何だろう』

母親が案じている自然さの欠如はこんな考え方にもあらわれていたが、それが一面、欲しいものなら大概買ってもらえる子供の我儘《わがまま》に他《ほか》ならないにしても、誠が他《よそ》の子供とちがっていた点は、手に入れてから遊ぶのが目的で玩具《おもちゃ》の電気機関車をほしがるのと相違して、ボール紙細工の模型にすぎない大きな鉛筆を、目的もなくほしがっていた点である。念のために断っておくが、誠は決して詩人くさい子供ではなかった。

二番目の兄は見かねて引返して来ると、彼の手を強く引いて、耳もとで囁《ささや》いた。

「何をしてるんだ。お父様に叱られるよ」

誠はつぶらな目をあげた。この子にはとり立てて愛らしいところも美しいところもなく、むしろ肉の薄い鼻梁《びりょう》の高さ加減が、子供らしさを失わせていたが、瞳《ひとみ》だけは濁りのない底知れないほど明澄《めいちょう》な黒さを持っていた。それさえも子供には不似合のものの一つだったかもしれない。世間並の子供はもっと睡《ねむ》たそうな目をしているものだ。

この兄の忠告は遅きに失した。父親は戻《もど》って来た。立ちはだかっている毅の麦藁帽子《むぎわらぼうし》の蔭《かげ》になっている顔は、炎天の街路の反射に照らし出されて、暗澹《あんたん》と、怖《おそ》ろしげに見えた。毅は帽子の紐《ひも》を顎《あご》のところで几帳面《きちょうめん》に花結びに結んでいる。その結び目の長さも左右が寸分ちがわない。

「誠。どうした」

誠は答えることができない。膝頭《ひざがしら》が小刻みにふるえている。冷酷な長兄が、引取って、遠慮会釈《えしゃく》もなく説明した。

「こいつ、この広告の鉛筆がほしいといって、いつもお母様を困らせているんですよ」

ここで意外なことが起った、というのは、誠の顔も見ないで黙っていた毅は、つと店の中へ歩み入って、「売物でない」鉛筆を譲ってもらう交渉を店の主人に持ちかけたのである。土地の名望家が直々《じきじき》の申出なので、主人は二つ返事で承諾した。幾何《いくばく》の金が仕払われ、巨大な鉛筆は店員の手で賑《にぎ》やかに軒先から外《はず》されて、この思いがけない幸運の到来に面喰《めんくら》っている子供の両腕へ託された。

誠は抱えた鉛筆のかげから父と二人の兄の顔を見比べたが、兄たちは誠自身よりももっと目を丸くして驚いているし、父は父で、不機嫌《ふきげん》そうにそっぽを向いていた。毅の在《あ》り来《きた》りな愛情の逆説には、子供心にも馴《な》れている誠なので、そのままお礼を言って一人だけ家へかえろうとしていると、どうやら様子が変である。水着と下駄と麦藁帽子のいでたちの父親は、柔道三段の短軀《たんく》の背《そびら》を向けて、何事もなかったように又歩き出した。このいでたちを小型にしただけの二人の息子もこれに従った。さらに小型にしただけの末弟は、いやでも大きな張子の鉛筆を抱えたまま、後について行かねばならない。幾瞬間か前まですなおに父性愛に感激して、それを母性愛より高値に評価した六つか七つの子供が、この評価の修正について算盤《そろばん》を弾《はじ》きかかる深刻な顔つきを想像してみるがいい。

『どうするつもりだろう。海までこれをもって行かなければならないのかしら』

次第にこの幸運はかよわい子供の膂力《りょりょく》に余った。

海の方角には魁偉《かいい》な夏雲がわだかまっている。日中の町は静まり返って人通りがすくない。こんな田舎町でも、そのころの呉服屋は、屋号を染めだした紺のれんに石を繋《つな》ぎ、深々と藍《あい》いろの影を路上にさしのべていた。燕《つばめ》が礫《つぶて》のように飛び交わしている。人通りがすくないといっても目貫《めぬき》の通りの行人の悉《ことごと》くが、敬意をこめて毅に目礼してすぎるので、この水着の一行はたえず会釈を返さなければならなかった。ゆきすぎる人の一人一人が、小さな誠が抱えている身に余る鉛筆の化物に、愕《おどろ》いては微笑《ほほえ》んでゆく。なかには親切な消息通がいて、坊ちゃん望みが叶《かな》ってうれしいね、などと声をかける。誠は重さに倒れそうになりながら、その上、兄たちの歩調に合わせて、ときどき小走りに駈けなければならない。海岸へつく。あいかわらず渋面を作って黙っている毅からサイダーを振舞われると、彼はあわてて飲み下して大そうむせた。

Ｋ町の人たちは水練が達者である。まず泳げない人はないといっていい。嘘《うそ》のような話だが、Ｋ町出身の或る米屋が、東京の芝に出した店をつぶしてしまい、夜逃げをする破目になった。彼は残った全財産の風呂敷包《ふろしきづつみ》を頭に結びつけ、東京湾を突っ切ってＫ町へ泳ぎかえったということだ。

誠の泳ぎは父を歯がゆくさせるほど進歩がおそかったが、それに比べると万事に単純な二人の兄は早くから上達していた。早速《さっそく》泳ぐのかと思っていると、毅は小舟を傭《やと》って、二人の兄と、後生大事に鉛筆を抱えている誠とを、波打際《なみうちぎわ》から大声で招いた。舟が沖へ出ると、はじめてこの蟹《かに》のように頑固《がんこ》な父親が口をきいた。

「わかったか、誠。ほしいものがあっても、男は我慢をせなけりゃならん。我慢をせんと、今みたような辛《つら》アいことになる。どうだ。辛かったろ。それがわかったら、もうこの鉛筆の化物は要らんだろう。海へ捨てておしまいなさい」

こんな譬《たと》え話《ばなし》風な教訓は、ひとつには毅の古風めかしたダンディスムであったが、そんなことが子供に通じよう筈《はず》はない。誠は拒否の身振で、体じゅうで鉛筆を抱きしめた。それは子供の必死の力に責められてみしみし言った。父親が兄に合図をしたので、この忠実な手下は、小さな弟の体を鉛筆ごと胴上げにして海へ投げ込む気振を見せた。恐怖のあまり、誠は鉛筆を手から離した。

父親は小舟を岸へ返した。二人の兄も半ば興奮した、半ば白けた面持《おももち》で黙っている。誠は艫《とも》のところに柔かい顎を乗せ、波間に遠ざかってゆく鉛筆を見送った。体が悲しみのために溶《とろ》けそうで、その重苦しい倦《だる》さは、到底体を真直ぐに保たせない。

「体を真直ぐに！　体を真直ぐに！」

この父親の口癖をきくように思ったのは耳のせいで、毅も依怙地《いこじ》に黙ったまま櫂《かい》を動かしている。

張子の鉛筆は、海に落ちたその当座は沈んでゆきそうに思われたが、須臾《しゅゆ》にして浮き上り、その緑の光沢紙と金文字の側面を、潮《うしお》のふくらみと動揺のあいだに隠顕させた。海岸の海水浴の人たちの顔が見わけられるところまで来ると、ひとたび誠の手に委《ゆだ》ねられ、又たちまち彼の手をのがれ去ったこの気紛《きまぐ》れな宝物は、すでに視界の外に没した。

――これが毅の教育法であった。彼は十分その男性的な克己を教えた教育上の効果に満足していたし、可愛《かわい》い息子の教育のために文房具屋に仕払った無駄金《むだがね》は、自分が吝《けち》な父親ではないという自己証明で彼をいたく満足させた。

誠の記憶に残っている最初の新聞紙上の大事件は、(何故《なぜ》かというと、東京に起る事件はK市では新聞の紙面以外にはみ出して来ることはまずなかったから)、昭和五年の浜口首相狙撃《そげき》事件である。翌六年の満洲事変、七年の五・一五事件までは、まだはっきりした関心の対象になっていない。

昭和十一年の二・二六事件は、すでにしてK中学の一年生であったことと、たまたま幼年学校の入学試験を落ちて同年級に編入されてきた遠縁の易《やすし》が大いに叛乱《はんらん》軍に共鳴して彼に英雄主義を吹き込んだのとで、忘れがたい事件である。

あの不手際《ふてぎわ》なクーデタが当時の少年に及ぼした精神的影響について世間で何ともいわれていないのは遺憾《いかん》なことだ。少年たちがあの事件から教わったのは、挫折という観念なのである。学校でも教えてくれなければ家庭でも教えてくれなかったこの新鮮な観念から、易は感傷的な英雄主義をでっち上げた。

感傷というものが女性的な特質のように考えられているのは明らかに誤解である。感傷的ということは男性的ということなのだ。それは単純で荒削りな男が自分の心に無意識に施す粉黛《ふんたい》である。単純だと思われることの大きらいな男が、センチメンタルだと言われて、いかに憤慨するか見るがいい。

誠は易のようには自分に感傷という縞柄《しまがら》が似合わないことをうすうす感じていた。

『感傷的でない英雄主義というものはないかしら』

と彼は考えた。事態を明晰《めいせき》に見きわめること、決して挫折《ざせつ》しないこと、そういう特質は英雄主義と相容《あいい》れないものであろうか。

第二章

中学一年生のあやふやな発明にかかるこの英雄主義には、どこやらに脅《おび》やかされた影が感じられ、しかも他《ほか》ならぬその影の使嗾《しそう》のおかげででっち上げられたようなものがあったが、実をいうと、この英雄という概念は、集団の中から学び取られた個人主義にすぎなかった。

こんな御談義は後年の誠が得意とした口調に似ているが、正常な状態にある社会から人が個人主義を学ぶように、それを学ぶ前に異常な社会からは少年はまず英雄主義を学ぶのである。社会の振幅の増大が、というよりはその痙攣《けいれん》が、個人主義の振幅を増し、個人主義に痙攣をおこさせる。ここにいたって、英雄主義は、自己防衛のために鎧《よろい》を着た個人主義であり、叫んでいる社会に対抗する演説口調の個人主義である。一九三〇年代に育った少年たちがこのためにすっかり声を嗄《か》らしてしまった。

誠がK中学の二年級に進んだ年には、次兄はなお五年級に在学していた。著しいことだが、川崎家の三兄弟は、判で捺《お》したように首席で級長だった。小学校当時は、全校で袴《はかま》をつけて登校している生徒は、この三兄弟だけだったので、袴はまるで名門と智能《ちのう》のしるしとして他《よそ》の子供には許されない服装のように思われた。

誠は次兄とは比較的仲が好い。K中学でも時間の折合う時は一緒に帰った。その初夏の日は多分、帰り道に五年生の猛者《もさ》が待伏せているという噂《うわさ》が飛んでいたので、次兄が護衛かたがた一緒に帰ってくれたのである。

二人が県道づたいにやって来ると、むこうから兵隊婆《ばば》あと呼ばれている五十がらみの色きちがいが歩いて来た。兵隊と見れば呼びとめて、ありもしない息子の消息をきき、相手が返答に困っていると、年甲斐《としがい》もない不埒《ふらち》な媚態《びたい》を示すので、はじめて気違いとわかる寸法だった。いつもがらくたを一杯詰めこんだ風呂敷包をぶらさげている彼女は、小ぎれいな身装《みなり》で、その上薄化粧をしていたが、紅はすこしばかり唇《くちびる》の形からずれていた。

兵隊婆あは馬鹿《ばか》丁寧な会釈《えしゃく》をしてゆきすぎたので、兄弟は顔を見合わせてくすりと笑った。そのときうしろからトラックらしい地響きと警笛がきこえた。

ふりかえって見ると、工兵隊の兵隊を満載した軍用トラックが驀進《ばくしん》して来るので、兄弟は道をよけた。兵隊婆あはそのまま歩いていたが、トラックに乗っている兵隊に気がついたのは、十米《メートル》突のところへ来てからであったらしく、彼女は躊躇《ちゅうちょ》なく車の前へ跳び出して、「兵隊さあん」と呼んだ。

トラックは方向を変える暇もなかったので、冷静な様子で女を轢《ひ》いてのち、同じ方向のまま止った。しかしこの急停車のおかげで、乗っていた兵隊は、乱雑に薙《な》ぎ倒された。

運転台から蒼白《そうはく》な表情の若い兵隊が降りて来た。そして兄弟を呼びとめて、身内のものかと訊《き》いた。次兄の返事をきくと、運転手の兵隊は急に元気になり、車上のさわがしい罵声《ばせい》にこたえて俺《おれ》が轢いたのは気違いだと意気揚々と言った。

次兄は誠がいなくなったのにおどろいてあたりを見廻《みまわ》すと、彼は屍体《したい》のまわりに人垣《ひとがき》をつくった兵隊にまじって、息絶えながらまだ動いている肉塊を、おそろしく冷静な、まるで横柄《おうへい》にさえ見える顔つきでじっと見詰めていた。すこしも感情を動かされないでこんな身の毛のよだつものを見ていられる自分を感じることが、快くもあったし、得意でもあったのである。

『こうして死ぬのだな。こうやって、指を赤ん坊のようにもぞもぞ動かして……』

誠は細大洩《も》らさず観察して憶《おぼ》え込んだ。人間はどうやって死ぬものかという知識を習得した。そのあいだの自分が無感動でありえたことは、何かに忠実であり義務を果たしたという満足感を以《もっ》て思い返された。誠の気分は大いに高揚した。

次兄は彼の手を引張りにそばへ行くさえ薄気味わるい思いがしたが、やっとのことで、連れ戻《もど》して県道を歩き出すと、県道をもつれながら横断してゆく紋白蝶《もんしろちょう》を見てすこし心が安まったので、こんな風に末弟に質問した。

「よくお前は平気であんなものを見ていられるね」

誠は快活に兄を見上げて言った。

「だって人間ってどんな風にして死ぬものか知りたかったんです」

この返事は次兄を大そう愕《おどろ》かせた。

誠がK中学三年に進級した年は昭和十二年である。この年の七月には蘆溝橋《ろこうきょう》事件が勃発《ぼっぱつ》した。

のちにこの中学は軍事教練が優秀なことで全国的に有名になったが、当時から短距離やハイジャンプの陸上競技では、神宮大会で一等賞をとったことがあるほどだった。風紀係があって、風紀もやかましい。

誠は級長で風紀係を兼ねていたが、打見《うちみ》たところ彼以上の適任者は見当らなかった。ズボンの筋も毎日明瞭《めいりょう》なら、カラーも汚れていず、爪《つめ》も伸びていなければ、頭もしじゅう青々と刈り込んでいる。しかも靴下《くつした》は継《つぎ》をあてて穿《は》き、鞄《かばん》は長兄のお下りである。

彼はK高女の女学生と道で行き会うと、なるべくそちらを見ないようにして、高慢な侮蔑《ぶべつ》的な表情で行き過ぎた。肉の薄い鼻の高さは更に冷たい印象を添えたので、女学生たちはいたく反感をそそられた。その実、誠は顔が赤くなるのが怖《こわ》さに、彼女たちの顔をまともに見ることを憚《はばか》ったのである。

戦争時代に思春期を迎えたジェネレイションが女のことを考える暇がなかったと言っては嘘《うそ》になる。ただ思春期の苛立《いらだ》ちと、環境の蕪雑《ぶざつ》さの中で、彼らが女だの恋愛だのというものを莫迦《ばか》に派手な特別なものに考えていたことは事実である。

風紀係の誠は自分に負わされている道徳的な義務に半ばはまじめに緊張しながら、半ばは犯人から情事を根掘り葉掘りきき出してたのしむ刑事の知的享楽《きょうらく》を学ぶにいたった。誘導訊問《じんもん》というものは、案外、訊問している側の可愛らしい本心を物語ってしまう。彼はふしだらな友人に忠告するには、まず真心から出たらしくみえる親身《しんみ》な態度が必要だと痛感して、教師のブラックリストに乗っている同級生のおのろけをきいてやると、小さな溜息《ためいき》をついてこんなことを言った。

「派手なんだなあ、君は。しかし僕《ぼく》だってな、僕だって、こう見えても派手好みなんだぜ」

この口裏には計らずも誠の年相応の本音がちらついていたものだから、何度注意されても襟《えり》のホックを外《はず》して歩く柄《がら》の悪い友人は、俊敏に口をゆがめて冷笑した。

「ふん！　貴様が！　派手好みだって？　笑わせやがらあ」

こういう屈辱は、その年頃《としごろ》には何事にもましてこたえるものである。彼は真蒼《まっさお》な顔をして立上った。唇を嚙《か》んで、ものも言わない。その神経質な皮膚の薄い額には、大人びた青筋がうねっていた。

『こんな屈辱も誰《だれ》のせいだ。僕をこんな風に育てたのも誰のせいだ。お袋は無力で何の罪もない。みんな親爺《おやじ》だ。みんな親爺のせいだ』

こんな八つ当りのためにはお誂《あつら》え向きの捌け口が、午後の作文の時間に与えられて、その出題は偶然にも「父について」というのだった。

彼はせい一杯に冷静になってやろうと決心して、書くまえに万年筆を頰《ほお》におしあて
て、永いこと考えた。

教員室へかえって一読した作文教師は、誠の叛逆《はんぎゃく》的な文章に大そう狼狽《ろうばい》した。作文用紙にはこんなことが書かれている。字は偏執的なほど几帳面《きちょうめん》で、一字として枠《わく》からはみ出していないのは、常のとおりである。

「父について」　　川崎誠

父は人格者で人情家でとおっている。もちろん腕は県下で一二の内科医だ。しかし私はどうも父の旧弊で独善的なところが気になるのである。一高、東大という最高一流の学校を出た人のようにはどうしても見えないのである。父は本当におぎゃあと生れた時から人格者であったろうか。そうでないにしても、父が自分が何度も犯したかもしれないミステイクを、息子には犯させたくないという親心から、やかましく言うのであったら、それは大きな誤謬《ごびゅう》であると言わねばならない。人間はあやまちを犯してはじめて真理を知るのである。父のやり方は息子を永久に真理から遠ざけておくやり方としか思えぬではないか。こうも考える、父は自分が種々のミステイクを犯したあげく到達した真理を、息子から奪われないために、息子を監視しているのではないか、と。父には世間に知られていないいやな点が相当多数ある。第一やきもち焼きである。世間で人格者・人情家とあがめられている父が、このあいだ幼な友達が東大教授になったニュースを新聞で見て、口をきわめてその人を罵《ば》倒《とう》した。私はきいていていやな気持がした。息子に対する嫉妬《しっと》もこのように説明されるではないか。私が名誉あるK中学生徒として、一意専心、勉学にいそしんでいるのは、私の克己の精神の力であって、決して父の言うなりになって大人しくしているわけではないのである。父、家庭の魔王よ、汝《なんじ》偽善の仮面を世人の目の前にかなぐり捨てよ！　と私は叫びたいと思う。

——作文の次の時間は体操の時間だったが、誠の組は門外へ出て駈足《かけあし》をやらされた。この最初の反逆で昂奮《こうふん》していたので、誠には自分の足が天を駈けているように思われた。太田山までゆく道の左方に屠殺場の赤煉瓦《あかれんが》の陰気な建物が眺《なが》められる。そこからきこえてくる豚《ぶた》の悲鳴が、駈足の一行を笑わせた。

誠は笑わなかったが、そのとき非常に痛快な思いつきが泛《うか》んだので、そのほうで笑った。

『そうだ。大学教授になってやれ！　親爺があんなにそねんでいる東大教授になってやったら、何という小気味のいい復讐《ふくしゅう》だろう。親爺は新聞で僕の辞令を見て、こっぴどい棚下《たなお》ろしをすることだろう』

誠の思惑にはこんな点で世間しらずなところが歴然としていたが、彼はまだ自分が憎んでいるのは父親の人格的欠点だと信じていて、世間の少年と同じように、愛情そのものを憎んでいるのだとは気がつかない。

世間並の可憐《かれん》な父親の感情から、実現しなかった自分の希望を息子の一人に充《み》たしてもらいたいという考えを夙《つと》に持っていた毅は、妻にさえまだ打明けずにいる目論見《もくろみ》だったが、三人のうち最も適任と思える誠を、ゆくゆくは大学教授に仕立てるつもりでいた。

この臆病《おくびょう》な互いに胸襟《きょうきん》を披《ひら》かぬ親子の憎しみは、やがて同じ目的地で紹介される運命にあるとも知らない二人の乗客が電車のなかで些《さ》細《さい》なことから喧嘩《けんか》をはじめている情景によく似ていた。

われわれは、なかなかそれと気がつかないが、自分といちばん良く似ている人間なるがゆえに、父親を憎たらしく思うのである。

誠の場合も例外ではなかった。第一、父親と顔まで似ているとは不愉快そのものだ。

事実このころから彼の容貌《ようぼう》には、父親の影響が顕著にあらわれていた。体格の点では背丈も厚みも正反対に近いのに、やや薄い眉《まゆ》、すこし突き出た顴骨《かんこつ》、見ようによっては軽佻《けいちょう》な反りを示した唇、これと対蹠《たいしょ》的な、意志的に固まった顎《あご》、……何もかもが父親譲りである。わずかにその稀《まれ》に見る澄明《ちょうめい》な瞳《ひとみ》と、神経質な筋張った肉体とが、丁度、名画のあからさまな剽窃《ひょうせつ》を恥じて少しでも独創らしいものを加味しようとした画家の作品の、気まぐれな恩寵《おんちょう》のような輝かしい添加の一筆《ひとふで》と、それをもぶちこわしにしてしまうような拙劣な一筆とを、両《ふた》つながら示しているように思われた。この偶然の感興と当然の拙劣は、作者をしておのれの独創に酔わせるに足るものである。

毅はいつも誠の性格に男らしい果断だとか粗野な明朗だとかいう要素が欠けていることを気に病んでいた。もちろんこうした要素は、毅の中にも十全に備わったものではなく、高等学校時代に凝った柔道の如《ごと》きは、むしろ衛生上の慮《おもんばか》りから、永生きをするための準備運動のようなつもりだったので、ちょっとした怪我《けが》にも消毒と絆創膏《ばんそうこう》を欠かさない用心深さは、医者の息子だということで笑われるに止《とど》まったが、仔細《しさい》に見ると、この用心深さには、岩乗《がんじょう》なくせにむやみやたらと自分の体に気をつかう男の或《あ》るいやらしさの印象があった。

誠は杞憂居士《きゆうこじ》という渾名《あだな》で母や兄弟から呼ばれるほどに、不吉な、と言って言いすぎなら、何か不幸な想像力の天賦《てんぷ》を持っていた。彼はただ単に、父親より少し正直だったにすぎぬのではあるまいか？

ところで、こうした取越苦労の気質には、設計の細部に凝りすぎて二階へ上る階段をつけるのを忘れてしまった設計図のような、間抜けな楽天家の一面があることも事実で、誠はいずれ兵隊にとられて永く生きてはいまいという漠然《ばくぜん》としてしかも現実的な予想については、手放しで面白《おもしろ》がっているようなところもあった。『大学教授になろうと思った男が、二等兵で戦死したら、それも愉快だろうな』と彼は空想した。こんな空想は野外演習で三八式《さんぱち》の銃を肩に可成《かなり》辛《つら》い強行軍をさせられている最中などに、青空にぽかりと泛んだ風船のような、たのしい幻影になってあらわれた。乙女峠《おとめとうげ》を越えると富士の広大な裾野《すその》の一角に誠たちの泊る廠舎《しょうしゃ》の屋根の連なりが鳥《ちょう》瞰《かん》される。道は迂回《うかい》して、屋根は見えかくれしながら、次第に大きくなる。殊《こと》に下り坂は足に出来た肉刺《まめ》が大そう痛んだが、彼は自分が快活でもありうるということで愉快になっていた。彼の感情にいつもそういう反芻《はんすう》作用が必要とされたことは注目に値いする。『あの屋根、白っぽい亜鉛葺《とたんぶき》の屋根、あそこまで行けば休めるんだ。あの屋根の下にあるものが、南京虫《ナンキン》でいっぱいな枕《まくら》と、すりきれた毛布だけだって、それが何だ。あそこまで！　あそこまで！　ああ希望というものは、何という力で人間を小さく限定し、何という快い狡《ずる》さを人間に教えることだろう』

中学三年の少年にこんな感想が生れたとて驚いてはいけない。誠は多くの少年がそうであるように、自分の素質の詠歎を思想と感ちがいしていただけのことである。

小隊長以上は上級生が勤めたので、級長の誠といえども指揮刀一振の身軽な身分にはなれなかった。しかし彼は苦役を喜んだ。肩にのしかかり、はては肩の肉に嚙みついて離れないように思われる小銃の重量は、暗黙のうちに自分に負わされている義務を、莫迦《ばか》に晴れがましい明快率直なやり方で果しているような快感を与えた。

廠舎の門を入るとき、「歩調とれェ」という号令がかかる。疲れ切っている生徒たちは、やけ半分の威勢のよさで地面を踏み鳴らした。廠舎の殺風景な庭のかなた、暮れかかる裾野の起伏のかなたに、聳《そび》え立っている薔薇《ばら》いろの夕富士は誠を感動させた。夕食までの時間を、生徒たちは武器の手入れをしたり、腕章をとりかえたり、連れ立って散歩に出たり、配属将校のいつにかわらぬ武勇伝をきいたりしていたが、誠は苦役と疲労が一旦《いったん》立去ってゆくのを感じると、また忽《たちま》ち快活さを欠いた少年になった。彼のしたことはといえば銃の手入れであった。油を浸した布を真鍮《しんちゅう》の棒の先に巻いて銃身にさし入れた。際限もなくこの棒を動かした。そうしていないと、奇妙に入りくんだ取越苦労にとらわれるのだった。

『とうとう心配事を思い出した』と彼は考えて舌打ちした。そして油の布を新しいのと巻きかえた。『ああ、心配だなあ。あんな作文を書いてしまった明《あく》る日には、もし親父の目にとまったらという懸念《けねん》が、僕の心を一杯にしてしまったが、作文の先生にむかって親父に見せないでくれと哀願するのも業腹《ごうはら》だから、南町通りの郵便局でたまたま会った先生の奥さんに、どうかあの作文は父に見せないでくれと頼んだんだ。奥さんなんかに頼むんじゃなかった。考えてみるとあの人はお喋《しゃべ》りだし、その上心臓脚《かっけ》気《け》の持病があるので、しょっちゅう親父の診察をうけにやって来るのだ。何て馬鹿《ばか》なことをしたもんだろう。奥さんは愛嬌《あいきょう》よく安請け合いをしてくれたが、よく考えてみると藪《やぶ》をつついて蛇《へび》を出したようなものだ。先生ならまず一二ヶ月に一回偶然親父と会うくらいが関の山だ。ところが奥さんと来たら、毎週一回家の診察室の患者になるんだ。きっとその話が出てしまうにちがいない。いやだ。いやだ。……』

この取越苦労は南京虫と共謀してその晩誠を眠らせなかった。しののめの起床喇叭《ラッパ》が、わずか一二時間前に寝入った彼の目をさました。朝の小鳥の声でいっぱいな庭で宮城遥拝《ようはい》をさせられるのが日課の第一である。誠はその遥拝の方角に父親がまだぐっすり眠っているのを思うといやな気がした。

K市の家へ皈《かえ》ると父親の態度には変化がなかったので、先生の奥さんはまだ告げ口をしていないことがわかった。誠は一ト安心したが、そのすぐあとには、こうした姑《こ》息《そく》な安心に浸っている自分自身への烈《はげ》しい憎悪《ぞうお》が生れた。憑《つ》かれたように、彼は一人で家を出て歩き廻《まわ》った。

町のほうへ出てみたが、夜の賑《にぎ》わいの中を一人で歩いていて、陽気な友達に冷やかし半分に肩を叩《たた》かれでもしたら、その瞬間から今夜は愚劣な中学三年生の何の意味もない無反省な夜になってしまいそうな気がして、反省というものに大いに人生的な価値を認めている誠は、(もちろん反省以外に今のところ彼の人生はなかったのだが)

何でもよい滅入った考え事に自分を縛りつけて離さないことが今宵《こよい》を有益に送る道だと感じた。この種の感情の上の功利主義が、彼の教養の萌芽《ほうが》である。

彼は結局矢那《やな》川べりまで引返して来て、川べりの径《みち》をあてどもなく海の方へ向って歩いた。曇りがちの夜空である。行手に海があることはわかっているのに、その海はじっと息をひそめてこちらをうかがっている厖大《ぼうだい》な真黒な獣の気配を感じさせる。磯《いそ》の匂《にお》いがこのあたりの空気まで涵《ひた》し、潮騒《しおさい》は予感のように轟《とどろ》いていた。自分の弱さに腹立たしくなった誠は、歩きながら泣いた。自分のためになら泣くこともできる。『何という弱い僕だろう。何という脅《おび》やかされつづけの憐《あわ》れな僕だろう。親父に反抗しようとした最初の試みを、親父の目につかないところでやって、しかもそのすぐあとでくよくよしはじめる。何という不甲斐《ふがい》のなさだろう。死んでしまったほうがいい。こんな人間は一トかどのものになれるわけがない』

とうとう立ち止って川の中を見つめたが、この小ぢんまりした川では死ねそうもなかった。海へ行ったらいい。あの真黒な獣の白いきらきらした歯並みの中へずんずん歩いてゆけばそれでおしまいだ。死のうと思う決心が生れると、彼はすこし自分の無力に見どころを発見して、顔をほてらせて昂奮して歩いた。

流した涙がまだ潮風に乾かない距離で誠は川のほとりを体を倚《よ》せ合って歩いてくる

男女に会った。近くへ来るまで気がつかなかったが、それは作文の教師の奥さんだった。彼女はあらと言うと、大学の制服を着た青年を小突いて、いそいで身を離した。誠はひどく真剣な顔つきでこの「あら」に答えたが、その仏頂面《ぶっちょうづら》の会釈《えしゃく》はほとんど彼自身の念頭になかったのに、奥さんにはこれが大へん意味ありげに響いた。すれちがって間もなく、彼女は小走りに戻《もど》って来て、誠に呼びかけた。

「川崎さん、あのね、川崎さん」

『この人は僕の自殺の決心に気がついたのかな』——こう考えて、誠は答えずに足を早めた。彼女も一緒に足を早めた。

「あのね、おねがいがあるのよ、きいて下さいね」

と奥さんが言った。誠はおどろいて立ち止った。

「今日あたしにここで会ったこと、誰《だれ》にも言わないと約束して頂戴《ちょうだい》ね。いいですか？もし誰かに言えば、あなたの作文のこともすぐお父さまに申上げますよ。言わないと約束して下さるわね」

誠はうなずいた。

「約束して下さるわね」

はじめて彼女はこころもち微笑した。しかしこれは自分にしている微笑である。誠が今ごろ一人でこんなところを歩いていること、彼の頬《ほお》にはまだ乾ききらない涙が光っていることを不審に思っているほどのゆとりはない。奥さんはちらと白い指を振って別れの挨拶《あいさつ》をすると、暗がりに待っている男のところへ駈けて行った。

誠は奇妙な渋面をつくって黙っていたが、そのうちにとてつもない悪事を犯したあとのような快心の微笑が、一種の満足感、というよりは満腹感を以《もっ》て、口もとにこみ上げてきた。彼は笑った。今しがたの自殺の決心なんか忽ち忘れて、彼はたった一人の夜道でこの笑いをどう始末しようかしらと苦慮した。ひとりで思い出し笑いをつづけながら、横町へ入って、さっきの二人連れに会わないように大へんな迂路《うろ》を駈けつづけた。

家へかえったとき、誠はせいせい息を切らせて、それでもまだ笑っていた。自分の上機嫌《じょうきげん》にどうしても抗《あらが》うことができない。彼は勉強部屋へ駈け込むと、畳の上ででんぐり返しを二度やらかして、また可笑《おか》しくなって、笑った。

お茶を持って入って来た母親が、この息子の途方もない上機嫌に呆《あき》れ果てて、こうきいた。

「一体お前どこへ行っていたんですよ」

「ちょっと駈足の練習をして来たんです。とてもいい気持ですよ。運動って、気分が爽快《そうかい》になりますね」
まだ笑いながら息子はそう言った。

第三章

作文はこんな次第で毅《つよし》の目にとまることがなくて済んだが、この安直な結末は、しかし日を経るほどに誠の苦痛になった。大人しい孝行息子のお芝居はもう沢山だ！　彼は自分の偽善を悪《にく》んだが、それはお門違いで、寸分の遅滞のない孝行――つまり優秀な成績――と、はやくもはじめられた入試勉強と、このいらいらした気持との混り具合は、いわば「良心的な気持」と神経衰弱との危険な混合物に似ており、これが危険な点は、むしろ人をあまりに偽善から遠ざけて生きにくくする点である。

夏の晩など、めずらしく父親と二人で町を歩いていて、子供を抱えた盲目の女乞食の前をとおると、父親が気前よく銀貨を投げてやるのに誠は憤慨した。毅がちっともその乞食を可哀想《かわいそう》だと思ってなんかいないことが、傍《そば》にいてはっきり判《わか》ったからである。

それを早速《さっそく》口に出して言ったりするのがまた、誠の罪のないところだったが、

「お父様、乞食には別に可哀想だと思わなくても、お金をやるべきなんですか」

この単刀直入な質問は、父親を意味もわからないうちから怒らせた。息子は親心だけがわかればよいので、そのほかの心理を親のなかに揣摩《しま》することなぞ以ての外だ。「つまらんことを言うのじゃない」と毅は怒鳴った。「そんなひねた考え方を子供のうちからこねくりまわしていると、末は牧師になるか赤になるかが落ちだろうよ」

この大きらいな二つのものを持ち出したのは毅がよほど怒った証拠で、彼の説によると、思想だの神様だのというものは病気の一種であり、その病気を昂進《こうしん》させることを使命とするこの二つのものは、医学の仇敵《きゅうてき》だというのである。

誠の勉強があんまり度を過しているので、こんなふうに彼を散歩につれ出すのが、毅の親心であったが、「お父様は僕《ぼく》が一高へ入らなくてもいいんですか」という誠の神経質な抗議に鼻白んで以来、彼は息子を散歩に誘うのをよしてしまった。

誠が三年生の夏休みの最後の晩に、ちょうど帰省していた京大の長男も、二高の次男も、明ヨは学校へかえるので、背広の三つ揃《ぞろ》いをとりだして眺《なが》めるように、この三人兄弟を並べて眺めたくなった毅は、みんなで夕涼みをしていた川沿いのヴェランダへ氷水をとりよせて、女中に命じて誠を勉強部屋へ呼びにやったが、勉強中だというにべもない返事でことわられた。

「あいつ近ごろ大分好《い》い気になっている」と毅は言った。「あんなに慢心しては、試験もあぶないものだ」

氷水を盛ったカップを手にして立ち上った毅の顔いろが、並々ならず蒼《あお》かったので、母親も二人の兄も廊下の曲り角から父親の行動の監視を怠らなかったが、毅は氷水のカップを手にしたまま、誠の部屋のドアの前に佇立《ちょりつ》している。

「おい、誠。氷水をお父さんがもって来てやったぞ。ドアのそとまでとりに来い」

ドアの中では誠の思いつめた挙句《あげく》無関心にきこえる声がして、

「いやです。勉強中です」

「何だと！　お前は足がないのか。机からここまで歩けないのか」

「歩けません」

「よし。思い知らせてやる」

ドアには鍵《かぎ》がない。毅が勢いよく開けて入ろうとしたドアは、内側《うちがわ》から椅子《いす》か戸棚《とだな》で築かれた予《かね》て用意の岩乗《がんじょう》な砦《とりで》のために、あけることが容易でない。手こずっているうちに、左手にもちかえた氷水が揺すぶられて崩れて来た。足の甲に落ちた削《けず》り氷《ひ》の冷たさは、毅をかっとさせた。彼はカップをドアに叩きつけて、ほとんど悲鳴のような高声《たかごえ》で怒鳴った。彼の声は並よりは甲高いほうである。

「よろしい。もうその部屋を出ないでよろしい。おい、たつ子」と母親の名を呼んで、

「あいつには飯ももうやらんでよろしいよ」

世間によくある偉人伝では、このあたりで母親が泣きを入れて、おかげで許された主人公は、一生母の恩を銘肝することになる筈《はず》だが、生憎《あいにく》弱虫で無定見な母親は、抗議一つ提出することができなかったので、大工道具を庭へ持ち出して外から窓を釘《くぎ》づけにする父親の狂態をも、なすところなく見ているほかはなかった。長兄のごときは面白《おもしろ》がって釘打ちの手伝いをしたのである。

誠はそのうちに尿意を催おして、それは有合せの花瓶《かびん》で用が足りたが、折悪《おりあ》しく痛くなった腹が、(これぱかりはどうにもならなかったので)否応《いやおう》なしに詫《わ》びを入れさせた。さっきから腹具合が悪かったのに、その弁解を言う余地が与えられなかったという抜け目のない申訳は、誠の立場を有利にした。とはいえ、この降伏の屈辱を決して忘れないことを中学生は己れに誓った。

せめてもの慰めは、あのとき彼が没頭していたのは実に試験勉強などではなくて、先へ先へと頭の走るこの少年が、高等学校で教わるべき独乙《ドイツ》語を今から勉強していた時だったということである。これがせめてハイネに読み耽《ふけ》っていたとでもいうのなら、多少の色彩が添えられるのだが、彼が読み耽っていたのは、無味乾燥な独乙語文法であった。

久しぶりに散髪に出かけると、床屋の親爺《おやじ》が毅が散髪に来てこぼしていたという話をした。坊ちゃんもお父様の気持をわかってあげなくちゃいけませんと床屋は言った。「あれで、とても坊ちゃんのことを案じていなさるんです。どうか立派な人間になってほしいと、それぱかりなんです。坊ちゃんは首席で、級長でいらっしゃるのですもの、そりゃあ、お父様にとってたのしみな息子さんですよ。家の餓鬼なんぞ、一年おきに落第して、親泣かせでさあ。お父様はあなたを帝大の先生にするつもりだと言っていらっしゃいましたよ」

このはじめてきく「親心」は誠をびっくりさせた。毅はついぞそんな希望を家人に洩《も》らしたことはなかったのである。自分の野心がいつのまにか父の野心と、形と影のように寄り添うていたというこの発見はまことに業腹《ごうはら》で、彼はいっそ志望を変えようかと考えたが、結局この皮肉な成行が、却《かえ》って父親に対するやんわりした皮肉な復《ふく》讐《しゅう》であるような気がして微笑《ほほえ》んだ。こうした時の微笑の美しさは、それがいかにも無邪気に見えるので、成長してから女たちに与える彼の数少ない魅力の一つになった。

誠の心の動きの中にあるこれらの年不相応な冷徹さを不快に思う人も多いだろうが、自分のことに関しては可成《かなり》鋭敏なこの少年は、すでにこんな資質が自分にもたらす冷たい感情の無傷をもてあましていたのである。

誠が好んで一人で散歩をして歩くのは、こんな無傷を持てあました時だった。

十六やそこらの中学生の一人歩きは変なものである。人に訝《いぶか》られぬように、彼は用ありげにせっせと歩いた。矢那川を上《かみ》へ上へと辿《たど》ってゆき、中郷谷《なかごうやつ》のあたりまで行くことがある。彼は草地に寝ころんで英語の単語カードを復習《さら》った。

『どうしてだろう。時々僕は自分の胸のなかに大きな氷の塊が詰まっているような気がして我慢ならないことがある。わけてもその氷の下に自分の小さな暖い仔猫《こねこ》のような心が隠れている場合は、仔猫の不愍《ふびん》さが、僕にこの氷をぶちこわしてしまいたい気持を起させることがある。傷つきやすい心と、氷のような無感動と、どうしてそんな相容《あいい》れないものが、一人の人間のなかに住んでいるのかなあ。親父はなるほど僕を愛している。これは確実だ。それだのに、何度も僕は親父の死を想像して、それがちっとも悲しみではないんだ。親父が死んだって涙一滴流さない自信が僕にはある。ただ唯一《ゆいいつ》の気がかりは、親父が死ねば生活に困るということだけだ。

皆が僕を偏窟《へんくつ》な冷たい人間だと思っている。僕の仔猫のいじらしさを誰も知りはしない。その筈だ。僕は一生懸命この仔猫を隠しているんだもの。ある場合には、僕は心からやさしい人間になれるんだが……』

不覚にも感動しそうになって、誠は立ち上ると、あたりの芒《すすき》の穂をナイフでやたらむしょうに切り倒した。鉛筆を丹念に削って尖《とが》らすのが道楽の誠は、伯父の独乙土産の美しいナイフをいつも身につけて持っている。

息をはずませながら、また草の上に横たわった。秋空を雲が流れている。すると、この五月に結婚して川崎家を出た看護婦の顔がうかんできた。彼女のあとに残った二人の看護婦は、どちらも醜い。あの結婚したやさしい看護婦は、誠より四つも年上だったが、彼は彼女の前にだけは、ともすると素直になりかかる自分を警戒して、わざと邪慳《じゃけん》に扱ったりしたものだ。父が留守だった雨のひどい日に、彼は町までインクを買いに行ってもらう用事を看護婦室へたのみに行った。扉《とびら》をあけると別世界のような匂《にお》いがする。三人の看護婦の目がこちらを向いた。誠は咄嗟《とっさ》にやさしい彼女に土砂降りのなかへ出てゆかねばならぬ買物をたのんだ。それはつまり彼女をわざと邪慳に扱うのが目的だったのだが、もしかすると二言三言彼女と口を利《き》くのが目的だったかしれぬものではない。

『きれいな目をしていた。笑うと目の中にきれいな漣《さざなみ》が立つようだった』と誠は考えた。そしてこんな考えにひどく顔を赤らめた。

誠が四年生で一高の入学試験に合格したのは昭和十四年のことだったが、この通知は一家の慶事になり、学校の名誉にもなった。父の態度は豹変《ひょうへん》した。

患者の一人一人が、毅から息子の一高入学を告げられるのだが、一人で三度も同じことをきかされて食傷した患者がある。彼のほのめかし方はきわめて可憐《かれん》なもので、具合が悪くもない聴診器の具合をしきりに試しながら、どうも家中《うちじゅう》がそわそわして落着かないと聴診器まで具合が悪くなると苦々しげに不平を言った。そこで患者も、

「何かありましたので？」

と訊《き》かざるをえぬではないか。

「いや家内の奴《やつ》がしきりにそわそわしてね。小娘のようにお茶をこぼしたり、からきし親馬鹿《おやばか》で手に負えないのさ」

「一体、何事でございます」

「いや、誠の奴が一高に入ったのでね」——それから心ならずも附加《つけくわ》えて、「それも四年から一高へね。親父にしてみれば、学費が一年助かるわけだ」

その二月には日本軍が海南島を占領したので、ささやかな旗行列がK町を練り歩いた。三月にはヒトラーがボヘミア・モラヴィヤの併合を宣言した。

K町の上空には海軍機がひねもすやかましく飛び廻《まわ》り、日曜日には軍服が町に溢《あふ》れた。若い海軍士官と若い下士官と若い水兵とが、町のそれぞれの階級の未婚の少女たちの空想上の良人《おっと》になった。たとえば、良家の女学生は士官にあこがれ、看護婦は下

士官に、女中は水兵にあこがれると謂《い》った調子だ。軍隊の階級意識が女たちの心に落したこの投影は、やがて、町の秩序に軍隊式階級制度をやんわりと守《も》り立てる手ごろで確実な地盤になった。子供たちはみんな飛行機熱でうつつを抜かしていたし、新造機が飛び出すと、いちはやくその名を憶《おぼ》えるのは子供たちだった。飛行機の一部を開放して、軍と町の共催で催された模型飛行機大会の如《ごと》きは、まだ自分たちは飛べずにいるが一定の年齢に達すれば必ず飛べるようになるという形而上学的《けいじじょうがく》確信を子供心に与えた。なぜなら、一せいに舞い上る模型飛行機の翼のきらめきを見ると、その小さい持主たちには、愛機の小さな翼を大きな翼にする力が凡《すべ》て時間の中に具《そな》わっているように思われるのだった。

川崎家といえども、この風潮に無関心ではなかった。毅は軍医と接触する機会が多かったので、そんなことから、若い飛行将校たちを家に招いて御馳走《ごちそう》する光栄にあずかった。彼の言草によると、海軍はインテリが多くていいというのだ。毅がいう意味は、思想にも神様にも縁のない話せる奴らがいるというほどの意味である。やって来た士官たちは実際てきぱきした若々しい理性の持主だった。彼らは本当の意味の技術家で、神様も思想も信じていないくせに、ちゃんと情熱をもっていた。こういう現象は戦後の青年には稀《まれ》にしか見られない。

誠はこんなお客には無関心を装っていたが、遊びに来ていた再従兄《またいとこ》の易《やすし》は、毅の許可を得てわざわざその席へ話をききに行った。彼は、ほお、ほお、と一句毎《ごと》に感に堪えて聞き惚《ほ》れた。その晩、易は川崎家に泊った。あくる日の月曜は、春休みのことで学校も休みなので、誠と一緒に太田山まで散歩に出かけた。

太田山はK中学の北東にひろがる雑木林に覆《おお》われた丘陵《きゅうりょう》である。教練の恰好《かっこう》な戦場であり、稀にK中学の下級生が上級生にひっぱたかれる仕置場になった。

三月の末だった。矢那川の堤には桜がちらほら咲き、草が萌《も》えていた。二人はひっきりなしに喋《しゃべ》りながら歩いていたが、この首席の級長が劣等生の再従兄に押され気味だったのは奇妙である。易はまだ昂奮《こうふん》して、きのうの士官たちの武勇伝のことばかり話していた。

『おかしいな。たしかに僕は易の昂奮に辟易《へきえき》して、馬鹿にしながらいやいや相手になっているつもりなのに』と誠は考えた。『それというのに、僕はこの再従兄が大してうるさくないんだ。そればかりか彼の前に出ると、大人しく話をきこうという気にさえなる。僕の口出しの余地さえないような気持がする。何故《なぜ》だろう。飛行機、大戦果、功一級、海軍中尉、兵学校、……こいつの話すことといったら、そんなことばっかりだのに』

彼はかねがね毅が自分を叱《しか》った、お前には若さがないとか朗らかさがないとかいう罵《ののし》りを、もうそんなことは言われなくなった今になって思い出した。親父は若さというものにあまりに固定観念を持ちすぎているというのが以前の彼の考えだった。もし誠が易のように若さも朗らかさも面皰《にきび》もふんだんに持ち合わせていたところで、彼が一高を落ちれば毅は別の罵詈《ばり》雑言《ぞうごん》を考え出したにちがいない。

事実世間的な謙譲をわりに早く呑《の》み込んでいたこの少年が、中学をまともに出られるかどうかもわからないこの再従兄の前に、自分の一高入学の話題を差控えていたのは当然である。この関心事の全部について口をつぐまねばならない重苦しさから、彼の口数が少なくなったのも当然である。しかしたとえ自分が高等学校の話をはじめても、易の興味を惹《ひ》くことは殆《ほとん》どありえないというこの予測は、誠を押され気味にしていたいちばんの原因だった。

「僕は陸軍よりもこのごろは海軍がよくなったな。何とかして兵学校へ入れないかなあ。もう遅いかなあ」

「遅くないよ。今からだって間に合うよ」

「今からでも遅くはない、か。二・二六事件を思い出すね」

と易が言った。二・二六事件は思い出したが、誠の一高入学は思い出さない。

二人は蕨《わらび》の生えそめた岨道《そばみち》をのぼり、やや雑木の疎《まば》らな太田山の頂きへ出て、そこの古い切株に腰を下ろした。まことによく晴れた日だったので、山道に汗ばんだ二人は上着を脱いだ。脱いでいる最中に、易はふと思い出して、こう言った。

「ああ、一高の話をしてくれよ。もう寮なんか見て来たんだろう」

誠は微笑した。少しも冷笑の影のない、彼のいわゆる仔猫が微笑したのである。

『実に自然だなあ』――彼は讃嘆《さんたん》して再従兄を眺《なが》めた。『この自然さが僕に欠けている最大のものなんだ。僕だったら、話している相手の心をしょっちゅう読みとろうとあくせくするだろう。たとえ相手の重大事件を忘れていても、思い出した時には、忘れていなかったふりをするだろう。そうでなければ、忘れていたことを口に出して、そらぞらしく詫びるだろう。この再従兄はなんて自然なんだ。彼こそは興味のないものを黙殺できる人間、つまり愛することのできる人間なんだ』

こんな讃嘆には、もとより幾分は自信のなせるわざだったが、いつになく自分の弱点をすなおに認めているやさしさが籠《こも》っていたので、この視線をうけた易は戸惑いしてぎごちなく笑った。彼の白いシャツの肩には木洩《こ》れ陽《び》がまだらに落ちている。

「なんだい、黙ってるなんて陰険だ。一高の話をしてきかせろよ」

「君には興味がないだろう」

「いや、あるよ」

「いや、ないに決ってるよ。君の顔に書いてあるもの」

易は図星をさされて眩《まぶ》しそうに笑った。笑うときしきりに目《ま》ばたきをする癖がある。

「うん、ほんとはね。ただ東京へ出てゆくのがうらやましいな。君は頭がいいから、どんどん偉くなるだろう。上へ、上へ、上へ。……しかし背の伸びるときには肥ることも忘れないでほしいな。日本は地震が多い国だから、摩天楼みたいな人間はみんな倒れてしまうのだ」

忠告にも咄嗟の機智《きち》にも溢れている自然さが誠を喜ばせた。彼はうなずいて感謝した。それから易は寮へたずねてゆくことを約束し、甚《はなは》だ疎《うと》い東京の地理について根掘り葉掘り学校の在処《ありか》を訊いたので、地図を持合せていない誠は、易の素朴《そぼく》な慫慂《しょうよう》に従って案内人のようにそのあたりを指呼しなければならなかった。二人はよく晴れた東京湾の彼方《かなた》に見渡される陸地を眺めた。秋以外の季節にこれほど遠目の利《き》くことはめずらしいのだが、おぼろげにみえるのが大森あたりであることは、小さな貝殻《かいがら》のように光っている羽田の瓦斯《ガス》タンクの位置から推し測られる。

誠の指はどこへとも指しかねて迷っていたので、快活な再従兄は、彼の東京通の正体を大そうひやかした。

誠が寮に入ってからも、多少感傷的な、この日の太田山の刻々は、たびたび感動を以《もっ》て思い出された。

第四章

一高名物の一つである入寮式で、誠はまず度胆《どぎも》を抜かれたが、倫理講堂に集められた新入生は、朝九時から最低八時間というもの、寮委員長の長広舌を謹聴しなければならない。この演説が長ければ長いほど、寮委員長の値打は上るものと考えられている。一分の隙《すき》もない身装《みなり》、つまり一分の隙もない無精髯《ぶしょうひげ》と、一分の隙もない冷飯草履《ひやめしぞうり》で、壇上に上った委員長は、光輝ある向陵《こうりょう》の伝統から説き起して、歴史哲学の大問題に論及した。

新入生どもは椅子《いす》の背によりかかっても叱られる。一様に腰にぶらさげている彼らのまあたらしい手拭《てぬぐい》は、ステイプル・ファイバーばやりの今日に似合わぬ純綿である。そのおおかたは親の工面によるものだ。

弁士はときどき言うことがなくなると、つなぎに「向陵誌」を引張り出して永々と読み上げたが、誠は自分が謹聴を装っているのも棚《たな》に上げて、それをうっとりと聞き惚れてでもいるような、まわりの新入生たちの神妙な態度におどろいた。あらかじめ強《きつ》い申渡しがあったので、大演説のあいだ居眠りをする者はおろか、手水《ちょうず》に立つ者さえない。前の晩から水を飲まないように気をつけて来たのである。見るから猛者《もさ》然とした風紀点検委員が壁際《かべぎわ》に並んで目を光らせている。これではおっかなくて、くしゃみ一つ出来やしない。

誠は瞳《ひとみ》だけめぐらして右隣りを見たが、そこには一二度入学試験をしくじったらしい年嵩《としかさ》な横顔があって、小鼻のふくらんだその赤ら顔は、いかにも人を喰《く》った男という印象を与える。耳がときどき微《かす》かに動く。動く耳をもっているとはどういう遺伝だろうと誠が考えていると、まことに模範的な端然たる態度で控えているその少年が、しきりに唇《くちびる》を嚙《か》みしめて欠伸《あくび》をこらえているのを誠は発見した。

こういう性格があるものである。どんな場合も自分一人が例外ではないことを断然みとめず、暑い日には暑いのは自分一人だと思いたがり、寒い日には寒いのは自分一人だと思いたがる余り、もし暑いのも寒いのもお互い様だという証拠を持ち出されようものなら、侮辱されたように感じるのである。

『この耳の動く新入生も、それじゃあ、僕《ぼく》と同様に退屈しているんだ。やっぱり本心から聴き惚れているわけじゃないんだ』

こう思うと、今までどうにか耐えられていた退屈さが、急に耐えがたいものになった。少くとも、誰《だれ》もが彼と同じに大人しく我慢しているという発見は腹が立った。誠はこんな殊勝な克己を、彼の独自の才能のなせるわざだと考えていたのである。

寮委員長は目の鋭い、瘦《や》せぎすの、和製ダントンと謂《い》った感じの二十二三の青年だったが、そのユーモアの皆無なことは、人を笑わせたら地獄へ落ちるとでも信じているようであった。彼はときどき腰の手拭をとって額の汗を拭《ふ》いては、また腰に挟《はさ》む作業をくりかえすうちに、今度は手拭を雑巾《ぞうきん》代りにして、講壇を拭きながら喋《しゃべ》りつづけ、またその雑巾で額を拭《ぬぐ》った。つやぶきんの行き届いた机の表面を撫《な》でているあいだは何事もなかったのが、弁舌が熱して来るにつれてしらずしらず撫ではじめた机の裏側は、濡《ぬ》れた手拭に思うさま埃《ほこり》をまぶしたとみえ、その次に汗を拭ったあとでは、額に歴然と墨のような痕跡《こんせき》がのこされてしまった。これを見た瞬間、新入生一同は、笑いをこらえるのに大そう難渋した。

誠の脳裡《のうり》を次のような判断が駈《か》けすぎたのはほんの一刹那《せつな》のことである。

『みんな笑ったら大変だというので我慢している。可笑《おか》しいものを笑って何故いけないんだ』

克己が自分一人でないことを発見して、急に宗旨変えをしたようなこの判断は、少しばかり身勝手なものだったが、それを反省する暇もなく、(勿論《もちろん》誠のことだから、反省する暇を故意に自分から奪ったのだが)、彼は屈託なげに笑いながら腕を組んだ。

「馬鹿あーッ!」

風紀点検係委員がいちどきにこう怒鳴った。尻馬《しりうま》に乗って笑おうとしていたお調子者たちは首をすくめた。弁士もちょっと口をつぐんだ。この沈黙のなかを鐘の余韻のような怒声の余韻が充《み》たしているあいだ、西日がさし入ってきた倫理講堂の四百人余りの聴衆は呪縛《じゅばく》にかかったような状況を呈した。

すると忽《たちま》ち、弁士はふたたび平静に話を進め、風紀点検委員は黙り、新入生たちは謹聴し、すべてが元に戻《もど》った。何一つ配列を変えずに、おのおのが持場に戻ったのである。

ひとり誠は昂奮《こうふん》して、手は慄《ふる》え、頰《ほお》は燃え、胸はきまりがわるいほど仰山な動悸《どうき》を搏《う》っていた。

『ああ、もう僕は後悔しようとしなかっている。もう後悔に色目をつかっている!』

彼はそんな自分に反抗して双の拳《こぶし》に力を入れた。

夜七時に入寮式がようやくすんだ。寮へかえる。誠の寮は南寮である。きのうまでは各部の所属がまだ確定していなかったので、一応の部屋割が決められるにとどまった。きょうは各部ごとに確定的な部屋割が決められる。南寮八番室の弓道部の部屋が誠の住所になった。

芸術的なことには一向に興味がなかったので、それならいっそ、ボート部やラグビー部のような羽振りのいい運動部へ入ればよかったが、彼は運動のエネルギーをできるだけ節約して、知識慾《よく》の満足に充《あ》てたかったので、あんまりくたびれないですみそうな弓道部を選んだのであった。

荷物を片附《かたづ》けていると、小肥《こぶと》りした快活な新入生が、行李《こうり》を肩にかついで入ってきた。先輩の勝見《かつみ》がその顔を見ると、誠に紹介した。

「愛宕《おたぎ》だ。同室だよ」

誠は立上って埃の手を叩《たた》いて挨拶《あいさつ》すると、相手の耳がかすかに動いた。

「やあ、さっき僕の隣りにいたでしょう」

と誠が言った。

そのとき勝見が用ありげに出て行ったので、二人の新入生はすこし気が大きくなって、ベッドに腰かけて足をぶらぶらさせながら話した。

「さっき君が吹き出したでしょう」と愛宕は言った。「あのとき僕は偉いなと思いましたよ。まったく可笑しいものを笑わないでいるなんて、真理に忠実じゃありませんからね」

「いや、思わず吹き出しちゃったんです。僕はいつもわるい癖で後先《あとさき》の考えなしにやっちまうんです」

誠は嘘《うそ》をついた。軽率になりたさに笑ったなどと言っても、わかってもらえそうもないと思ったからである。

このとき彼の中には奇妙な心理が働いた。自分がまったく軽率に、後先を考えずに笑ったと思わせたかったのである。決して後悔はしていないが、自分と同じような感情の動かし方をするこの新らしい友への警戒心から、彼はおのれの鋭鋒《えいほう》を隠さねばならぬと考えた。ひとつには、愛宕の発音があまりにも流暢《りゅうちょう》な東京弁だったので、このK市出身者は、田舎者のとんちきを露骨に出しておもねりたい気持もあった。

「大丈夫でしょうか」と誠は心配そうにたずねた。「僕すっかり不安になっちゃったんです。あとで呼び出されてひどい目にあうんじゃないでしょうか」

「そんな心配は要りませんよ。この学校には鉄拳《てっけん》制裁なんかない筈《はず》です。あんなに怒鳴るのは、あれはエネルギーを発散させたにすぎないんですよ」

二人の新入生が偉ぶった意見を交換している最中に、勝見と一緒にのっそりとさっきの風紀点検委員が入って来たのにはおどろかされた。二人はベッドから飛び下りて、直立不動の姿勢で委員を迎えた。

委員は巻いたノートを手に持っていて、それで頸筋《くびすじ》を叩きながら、部屋のなかを刑事のように見廻《みまわ》した。それが照れている仕草だとは、新参者の目にはとても見てとれない。

「ここは軍隊じゃないんだ。そんなにしゃちほこ張らなくていいよ」

彼は不機嫌《ふきげん》そうにこう言った。この男の肩の肉、背中の肉の盛上り具合までが、妙に不機嫌そうで鬱陶《うっとう》しかった。

「おい、さっき笑ったのは君だな」

誠が口もきけずに居ると、意外な助け舟があらわれた。愛宕が身代りを買って出たのである。

「いや、僕です」

「そうかねえ。たしかにこっちだと思ったが」

「いや、隣りにいたので、間違えられたのじゃありませんか」

誠は動顚《どうてん》のあまりその場の空気が呑み込めなかったので、二人の顔を見比べているばかりで、名乗って出る機会を失った。

すると事件はまことにあっけなく落着した。

「そうか。これから気をつけろよ。俺《おれ》はいいけれど、うるさい奴《やつ》がいるからな」

委員はこう言い捨てると、いそがしげに出て行った。

誠はものもいわずに彼を追った。卑怯《ひきょう》な自分を許してはおけない。すると、愛宕も誠を追って来て、廊下で誠の腕をとらえた。風紀点検委員はもう別の部屋へ入って行ったとみえて、姿がない。

「どうするんです」

「君に迷惑をかけたくないから、名乗りに行くんです」

「よせよ、馬鹿《ばか》だなあ」——とこの落着き払った年長の友は、言葉遣を少し崩した。

「もうあれですんじまったことじゃないか」

「でも僕の気がすみません」

「まあ、まあ、外へ出ようよ。部屋には勝見さんがいるから具合がわるい」

二人は北寮の前まで行き、そこから一直線にのびている弥生道《やよいみち》の銀杏《いちょう》並木の下まで来た。

愛宕はあの身代りが友達として当然の措置だと言いながら誠に煙草《たばこ》をすすめたが、喫《の》めない誠は断った。名乗って出たりしたら却《かえ》って友情を裏切ることになるという成行に納得が行くと、彼は愛宕の友情に大そう感激した。はじめて家を離れた生活のなかで最初に出会った愛情には、ほとんど人を惑溺《わくでき》させるものがある。月が美しい晩なので、寮歌をうたって弥生道をそぞろ歩いている人影が少くない。感激しながらも持ち前の観察癖が頭をもたげて、誠はこの快活な友達が、先刻そう考えたほどには、彼と心の動きを等しくする性格ではないことを見抜いた。あの友情にみちた身代りの感激を、心の底から享楽《きょうらく》しているのは、どうやら誠以上に愛宕であるらしかったからである。愛宕のこの道徳的享楽には、どこかしら誠の存在を度外視しているようなところがあった。

果してあくる日の全寮茶話会で、誠は愛宕のもっとも愛宕らしい場面に際会した。嚶鳴堂《おうめいどう》の板敷に千人あまりの全寮生が集まって、委員長の祝辞についで、新入生の自己紹介がある。四百人ちかい新入生が一人一人自己紹介をやっていた日には夜が明けてしまうから、それを買って出るだけの勇気と衒気《げんき》の持主だけが立つことになった。十五六人目に愛宕が立った。この順番もまことに頃合《ころあい》だった。

「府立五中卒業、愛宕《おたぎ》八郎、南寮八番です」

五中の先輩が「抱負を言え、抱負を」と掛声をかけた。

「抱負と言っても何もないのですが……」と愛宕は頭を掻《か》いた。すると又誰かが大声で、

「何もなくてどうして一高へやって来た」

「ええ……、二年ばかり入学をのばして抱負を考えてまいりましたが、……」――これでみんなが大笑いをしてよろこんだ。「きのう入寮式の時に失策をして叱《しか》られた拍子に忘れてしまいました」

「もう一度怒鳴ってやるから思い出せ」

と風紀点検委員が声をかけた。これで愛宕は「愛すべき人物」という折紙をつけられたことになる。

誠は呆気《あっけ》にとられてこの驚嘆すべき都会児の軽業《かるわざ》を眺《なが》めていたが、その曇りのない清純な瞳《ひとみ》の愕《おどろ》きは、はじめて銀座へ出て来て高級車のゆきかいに呆然《ぼうぜん》としている田舎者の愕きに似たものがあった。負け惜しみが誠にこんな結論を押しつけた。

『なるほどなあ。むこうがああいう調子なら、こっちも気が咎《とが》めなくて却っていいや。これから楽につきあえる』

これが彼の東京で最初に学んだ友情だった。

第五章

ドイツの哲学は安全弁をもたない哲学であって、決してブレーキが利《き》かないのである。また、この大建築には厠《かわや》がついていないので、一朝事あるときには、あわてて庭の木蔭《こかげ》へ駈《か》けつけるか、隣家の厠を借りにゆくより他《ほか》はない。高等学校の不潔な蛮風――たとえば寮雨――は、日本の高等学校教育におけるドイツ哲学万能の影響である。そこで喋々《ちょうちょう》される「教養」とは、独乙《ドイツ》観念論哲学の僧院教育風の習得であって、この一元論的な教養は、将来、一元的なビューロークラシイの枢要《すうよう》な地位に立つときには、もはや半分輪郭のぼけた記憶の形を以《もっ》てではあるが、その権威の勿体《もったい》づけにかなり実用的な効用を発揮するのであった。

御多分にもれず誠もまた、入学匆々《そうそう》カント哲学に熱中したが、二十年間おんなじ帽子をかぶっていたこの哲学者は、毎朝かならず五時に起き、夕方には市民が時計の代りにしたほど正確な時刻に散歩をした。養生家のカントがいつも一人で散歩をしたのは、誰《だれ》かと連れ立って散歩をすれば口を利かねばならぬ。口を利けば口から呼吸することになり、いきおい肺に冷たい空気が直接当ることになるからであった。またこの神経質な哲学者は、講義の際、第一列にいた学生の上着の釦《ボタン》が一つ外れているのに悩まされ、寄寓先《きぐうさき》では鶏鳴に、家に居ればちかくの牢獄《ろうごく》の囚人の歌声に悩まされた。

誠がカントかぶれの機械的な生活を固執したのは、知的探究というものは、合理的な生活を、つまり知識の合理的な体系の投影のような生活を要請し、それによってわれわれを否応《いやおう》なしに道徳的ならしめると考えたからであったが、彼が認識と道徳との困難な割りふりに手こずって考え出したこの解決法には、後年の彼の無道徳の因《もと》になった道徳に関する固定的な考え方が歴然としており、それはおそらくしらずしらずうけていた父親の影響でもあり、その影響の脅《おび》やかしに対する反応でもあった。こんな生活法の固執は、早速《さっそく》彼を寮の共同生活のなかで、少しばかり孤独にさせた。「とっつきにくい」という批評が、いつかは誠の肩書になった。何か辛《つら》いことをしているおかげで人を軽蔑《けいべつ》する権利があるとでも言いたげな誠の眼差《まなざし》ほど、人を苛立《いらだ》たせるものはない。この種の軽蔑には、物ほしそうな影が拭《ぬぐ》われないからだ。

事実、五月が来ると誠の肉体はうずいた。入学を好機に禁絶してしまおうと固く決心した悪習が、遺《い》憾《かん》なことにわずか一ト月でぶりかえした。このちっぽけな敗北が、彼には天地も崩れるばかりの敗北のように思われた。そして自分の非力を誰のせいにしていいかわからなくなって、夜おそくまで寮歌を怒鳴りながら弥生道《やよいみち》を往《ゆ》きつ戻《もど》りつした。

そんな或《あ》る晩、愛宕《おたぎ》が彼を誘い出したが、この時宜に叶《かな》った申出は、誘い手自身がむしろ意外の感を催すほど、至極やすやすと受け入れられた。帝都線で渋谷駅へ出ると、二人は号外の振鈴をきいた。愛宕が二枚買って、一枚を誠に与えた。ハイラル河畔で我軍がソ聯《れん》越兵と衝突したという号外である。この事件はのちにノモンハン事件の名で呼ばれるようになった。

誠が読みおわると、事もなげに丸めて棄てたのを、愛宕は見咎《みとが》めて、こう言った。

「やっぱり哲学者はちがったもんだなあ」

「どうしてさ」

「だって君、外界にまるっきり関心がないじゃあないか」

「そうでもないさ」

「そうだよ。君の号外の丸め方と棄て方の鮮やかさといったら、ちょっと真似手《まねて》がないね」

自分の気のつかない美点をほめられたことは、誠の気に入った。見ると、愛宕はまた読み返しながら歩き出して、あやうく電車にはねとばされるところだった。誠は彼の体をつきのけて、友を危険から救った。

「君も外界に関心がなさそうだね」

そう誠が言う。

「やられた」

愛宕はこう叫んで掌《てのひら》で大仰に額を叩《たた》いた。

その実、二人の一高生にとっては、辺境の事件よりも、夜の街を白線入りの帽子で練り歩くことが他人に与えるところの心理的な影響について考察するほうが、重大で愉《たの》しい瞑想《めいそう》の種子《たね》であったにしても、咎めらるるべき理由はない。時代の不安は、時代と利害関係をもつ者にとってこそ本質的な不安である。この二人は時代との間に利害関係をもたなかったろうか？　そうも言える。彼らは時代とたかだか精神的関係を結ぶことを許されているにすぎなかった。徴兵制度が少年たちの心に与えていた不安は、こんなわけで、時代の不安がもっと抽象的な生一般の不安に切りかえられたものだったので、彼らは自分たちの生きている時代については、不安を免除されていたともいえるのである。

初夏の街頭は、その雑沓《ざっとう》にも音楽的な柔らかさがあって、誠と愛宕は一つ一つの夜店の前に立止って打興じた。話しながらゆくうちに、誠は友がほとんど無数の洒落《しゃれ》や地口《じぐち》を識《し》っているのに今さら驚いた。洒落や地口は、識るものではなくて一つの才能である筈《はず》だが、知識を渇望《かつぼう》している誠の耳は、愛宕がそんなにも柔軟な言葉の戯《たわむ》れを「識っている」という風に感じたのである。五月の夜気は大そうすがすがしく、二人は道玄坂《どうげんざか》の人ごみにゆったりと身を委《まか》せ、やがて右折して一高生がタナと通称している百軒店《だな》へ通ずる急坂を登った。誠はこんなところへ来るのは始めてだった。K市にいた時分は、カフェーの前を通るときは、濡衣《ぬれぎぬ》をかけられぬように、足を速めて通ったものだ。

映画館の脇《わき》の小路《こうじ》の奥に、一高生が行きつけのモンドというバアがある。せせっこましいスタンドバアで、二三人も客があると、煙草の煙が充満してしまう。愛宕がフレンチ・ドアを肩で押して先に入ったが、入学後わずか一ヶ月にしては馴染《なじ》みすぎた応酬は、浪人時代から一高に憧《あこが》れてここへ通っていたという打明け話でのちに誠にも納得が行った。

二人のウエイトレスと大年増《おおどしま》のマダムの派手な化粧を見ると、もう誠の舌は引きつって言葉が出なくなったが、愛宕が彼のために未成年者用の飲物を註文《ちゅうもん》したので、何かと思っていると運ばれたのはキュラソオであった。誠は女たちの顔をまともに見るのがおそろしかったので、愛宕の顔ばかり見て話したが、愛宕がまともに話相手になってくれるのは有難《ありがた》かった。誠と同じ文乙にいるくせに独乙ぎらいの愛宕は、今度の事件が昨秋以来の独ソの接近と照応して、日独離反のもとになることを大いに待望していた。彼の独乙ぎらいは、ナチスの政治形態があまりに形而上学的《けいじじょうがく》だということに由来しており、独乙の文化が家常茶飯《かじょうさはん》と形而上学をごちゃまぜにするやり方に反感を持っていたのである。

「でも独乙の文化は偉大だと思うがなあ」と誠は反駁《はんばく》した。「カントだってヘーゲルだってマルクスだって、バッハだってモォツアルトだってベートーベンだってゲーテだって」

この列挙は愛宕を微笑《ほほえ》ませたが、そこへたまたま入ってきた勝見が、恐縮している二人の口から論争の要点をきくと、早速先輩らしい結論を与えた。

「つまり独乙の文化の歴史はね、文化の現象学的還元が現象自体にいつも裏切られて来た歴史なんだよ。たとえばフィヒテがいい例だ。フィヒテは有名な愛国的演説でナポレオンの忌諱《きき》には触れなかった代りに、あとで却《かえ》って独乙の政府から睨《にら》まれる羽目になったのさ」

この議論はあまりむつかしくて、二人の後輩にはよくわからなかった。誠はひとまず素朴《そぼく》に、真理が政治によって挫折《ざせつ》する運命を考えた。すると妙な聯想《れんそう》で、易《やすし》が彼に鼓吹したあの冒険物語風の感傷的な英雄主義が思い出された。

二人のウエイトレスはあくびをこらえていたが、マダムは微笑しながら一高生たちの大論争を傍聴していた。そんな感覚は若い女にはわからないことだが、大年増のマダムの目には、この観念の争奪が、若々しい精力の争奪としか見えず、彼女はラグビーの試合を眺めるように目を細めて彼らのやりとりを見物していたのである。

そのとき誠はスタンドの上に置いた自分の指が無作法につかまれるのを感じておどろいて目をあげた。ウエイトレスの一人が、朋輩と一緒に彼の指を品評していたのである。

「きっとこの方ピアノの名人だわ」

「あらそうかしら、あたしヴァイオリンだと思うわ」

その実どちらも出来ない誠は赤面した。

彼をピアノの名手と品評したウエイトレスは丸顔で瞼《まぶた》に幼ないふくらみがある。その唇《くちびる》にはどこかむずかっている子供のような趣があり、その瞳《ひとみ》はまことに涼しく汚れがなかった。縮らせた洋髪にもかかわりなく、耳のほとりの後《おく》れ毛《げ》はすなおで潔《きよ》らかな淡墨《うすずみ》の筆触でえがかれたように見えるのが、ことさら誠の気に入った。彼は自分の手が慄《ふる》えるのを感じて引込めた。慄えをさとられないために引込めたのが、冷淡に引込めたと思われないように、まるで鼠《ねずみ》が餅《もち》を引くようにおずおずと自分の手を引いたものだから、二人のウエイトレスは顔を見合わせて大そう可笑《おか》しがった。

「そんなにおいや？」

ともう一人のほうが誠の顔をのぞいた。

このとき好い加減酔いのまわり出した愛宕が顔を向けて彼女とお喋《しゃべ》りをはじめたが、そのお喋りに使われる洒落や地口が、悉《ことごと》くさっき誠に向って使われたそれの二番煎《せん》じであったので、これに気がついたことの何ともいえない可笑しさは、窮地に陥った誠を救った。『何だ、それじゃあさっきのは、予行演習だったわけだ』

尊大ぶらない勝見の人柄《ひとがら》は、こんな場所でぶつかっても二人の後輩を十分くつろがせたので、二人は心から勝見を立派な人だと思った。しかし誠の頭は馴《な》れない酒に大そう痛んだ。頭痛を訴えると、例のウエイトレスが二階へ上って頭痛薬をもって来て彼に飲ませてくれる。咽喉《のど》を伝わる水のさわやかさに彼はうっとりした。そのコップを彼女に返すとき、誠は笑っている彼女の涼しげな歯並に薄い硝子《ガラス》のコップを軽くぶつけて見たい衝動を感じたが、これはすでに彼が自分で思い込んでいたほどには臆《おく》病《びょう》でなくなっていた証拠である。三人は門限ぎりぎりに寮歌を高吟しながら寄宿舎に帰った。

小心な人間の決心や衝動は、発作に類するものがあるのだが、彼らは目をつぶらずに決行する勇気がないために、傍《はた》からそう見えるにすぎないのである。こういう種類の人にとっては、行為の決心は、自分の生身《なまみ》を自分で手術するようなものであり、そのためにわれとわが身にかける麻酔を、非難しては気の毒だ。ただ誠の場合の特色というべきは、この麻酔が一見いかにも明晰《めいせき》な形をとったことである。

『愛宕の誘いに乗ってひどい目に会ってしまった』と彼は考えた。『折角整理しようと思って行った僕《ぼく》の妄念《もうねん》を、却ってあおり立てる結果になってしまった。こんな筈ではなかった。僕は生れて一度も行ったことのない場所に、もっと合理的な捌《は》け口《ぐち》を想像していたんだ。あんな全《すべ》てをあいまいにしてしまう場所なんかで、僕の整理は果たされやしない。悪所だけが僕に適した場所なのかしら。（こういう考え方は彼の無意識の悲愴《ひそう》趣味を示すものだ。）仕方がない。あのウエイトレスに恋したことにしよう。僕の理想の女とはずいぶん遠いし、例の看護婦に比べても美しさがはるかに劣るが、当面の妄念に何らかの秩序を与える方法としては、それしかない。いいか？　川崎誠。今からお前はモンドのウエイトレスに恋したんだぞ』

莫迦《ばか》に気が強くて風変りなこの初恋に、年ごろの羞恥《しゅうち》や感傷のうかがわれないのを訝《いぶか》る人もあるだろうが、誠がそういう感傷の縞柄《しまがら》を自分に似合わないものと考えたのは、前にも述べたとおりである。それも着物が自分に似合うか似合わないかを誰も考えない年頃《としごろ》からだ。

誠のいかにも奇妙な日課がこの明る日からはじまった。あいかわらず偏窟《へんくつ》な戒律をおのれに課して、授業と弓術練習との間には小きざみに各綱目の読書の時間を割り当てていたが、それはたとえば哲学、文学、外国語と謂《い》った風のもので、毎週水曜日には文学書に親しみ、それも毎月第一水曜は日本文学、第二水曜は仏蘭西《フランス》文学、第三水曜は英文学、第四水曜は独乙文学という塩梅《あんばい》に決められ、木、金、土の外国語独習に用いられる原語のテキストとは抵触《ていしょく》しない飜訳書がこれに宛《あ》てられていた。彼は文学を教養として読んでいたが、漱石《そうせき》と藤村《とうそん》とジイドとヴァレリイとシェークスピアとバイロンとゲーテとハイネとの佃煮《つくだに》からどういう栄養がとれるかには無関心であった。あらゆる絵具を混和すればパレットは真黒にしか彩《いろど》られない。教養とは何か真黒けなものであろうか。それならいっそ真白のほうがましではあるまいか。そういってしまっては身も蓋《ふた》もないので、誠には先天的に文学がよくわからなかったのだというほうが当を得ている。そしてこれこそは小説の主人公たりうる第一条件なのである。

奇妙な日課というのは彼がこれらの余暇を割《さ》いて、恋愛の時間を自分に許したことであった。勉強部屋の誠が読書のあとで一時間ほど瞑想に陥って口も利《き》かなくなる有様が、同室の友人たちに気味のわるい思いをさせたが、彼は内面の不可思議な整理慾《よく》にかられて、一日おきに瞑想と行動とをふりあてていたのである。彼は恋していた。恋してもいない者がこんな気違いじみたことを考え出す筈はない。

恣《ほしいま》まに妄想を自分に許す瞑想の時間、ここに於《お》ては、彼はまことに自由闊達《かったつ》で、空想上の伊達《だて》者であった。一日のうちあのウエイトレスのことを考えている時間は厳密にこの時間と就床後の半睡半醒《はんせい》のあいだとだけで、これは誠がもっとも自慢にしている点だったが、そんなに意のままになる情熱というものがもしあるならば、それは情熱がまだ幻想に自足しうるほど純潔だったという証拠にしかならない。

『世間並の若者とことなる僕の美点は』と誠は瞑想のあいまに、自己満足に北叟笑《ほくそえ》んでこう考えた。『時に応じて冷静になることが一向困難でないことだ。それを僕は子供のころ自分の欠点のように考えてくよくよしていたが、何という馬鹿《ばか》な解釈を下していたことか。僕はなろうと思えば、いつでも冷静になりうる。これは僕が情熱的にもなりうるということの最大の保証ではないか』

彼はまず自分のメモにこっそりと次のように書きつけて、作戦を練った。誰一人相談相手を探すではない。この自主独往は褒《ほ》められてよい筈だが、その実、万一失敗した場合を慮《おもんぱか》った虚栄心からにすぎなかった。

『一、彼女の名をきくこと
二、彼女に手紙を渡すこと
三、手紙の返事をもらいやすいために、最初の手紙は無邪気らしく見せかけること
四、手紙は三度目まで無邪気に書き、安心させた上、散歩に誘うこと
五、一緒に映画を見にゆくこと
六、四度目の手紙で仄《ほの》めかしをやること……』
これらの天晴《あっぱ》れな行動のかずかずは次期作戦の細目を練るための瞑想の日と一日おきに行われるので、六までで都合十二日かかるわけである。

第一の行動のために彼はまず一人でモンドへ行く勇気を持たねばならなかった。ウエイトレスの名前ぐらいすぐわかりそうなものだが、みんなが朱実《あけみ》ちゃんと呼んでいる名は本名ではないくらいの判断はできる誠なので、彼女の本名をきくことからはじめたいと思ったのである。彼は出すべき手紙の宛名《あてな》に、誰《だれ》もが呼びならわしている名前と同じ名前を書きたくなかった。その本名も先輩の誰かにきけばわかったろうが、彼の名誉心がそれを妨げて、女自身にたずねてみるようにそそのかしたのは、論理的には彼が女一般を軽んじていたことになる。

人はこんなに内気な少年がどうしてたった一人でバアへ出かけてゆく勇気を持ちえ

たかを怪しむだろうが、店で先輩に会うまいとして、彼らの集まる時間よりよほど早目のまだ五月の薄暮のころに店を志した誠の歩みは、一足毎にしゃ、っ、く、りをしているような高下駄《たかげた》の急き方《せ》に徴しても、それは一種の発作にとらわれている人の歩き方であった。しかも本当の衝動から生れた発作ではなく、むりやりに作り上げたような人工的な発作に。

誠は店へ入ると、帽子を脱いで女たちに挨拶《あいさつ》した。もちろんそんな挙動が野暮《やぼ》なことは知っていたが、手のほうが容赦なく野暮に動いたのである。話のきっかけがなくて丸めた帽子でスタンドの上をしきりと拭《ふ》いた。そのうちにそれがいつかの寮委員長の影響であることに気づいて止《や》めた。

例の朱実がスタンドのへりを流れる胸像のように伝わって来て、誠の酒の註文をきいた。

「こちらあんまりお若くてアルコールをお出しするのが却ってお気の毒みたいだわ」

とマダムが言った。

「無理に飲んでいるわけじゃありません」

誠はぶっきらぼうに答えたが、この木で鼻をくくったような御挨拶が幾分得意であった。それから朱実のすこしふくれた瞼《まぶた》のあたりをじっと見て、大へん公然と質問した。

「朱実さん、あなたの本名は何て言うんですか」

女は、戸籍調べみたいだとか何とか月並な逃げ口上を言って質問をはぐらかし、最後に朱実が実は本名だと言ったが、それはすぐに嘘《うそ》とわかった。そのとき客が入って来たので話はそのままになり、誠は要領を得ないで帰った。

ここらあたりから誠の人柄のユニークなところが彼の現実生活を左右するまでにいたるのだが、折角苦心して立てた予定の第一項がすまないうちは、彼は臨機応変に第二項を先に片附《かたづ》けるという行き方ができなかった。そんな固執は試験の際などはもっとも歴然とあらわれて、彼は試験問題を必ず第一問から解きはじめ、第二問がいかに易しそうでもそれから先にやったりすることは断じてなかった。この頑固《がんこ》さは殆《ほとん》ど迷信にちかいもので、彼にはそうしなければ第二問以外も次々と崩れてゆくように思われ、ひいては人間生活の構造もそういう厳格主義《リゴリズム》でもって理解されるにいたった。日毎《ひごと》の瞑想《めいそう》裡の自分のありったけの悪趣味が、この少年を自己嫌悪《けんお》でしめつけたが、己れに忠なるあまり図々《ずうずう》しくみえる彼の酒場での同じ質問のくりかえしのほうが、どんなに女たちの目に悪趣味に映っているか、そのへんは察しがつかなかった。

彼は一日おきにモンドへ通い、大そう秀才らしく三十分ほど固くるしく坐《すわ》っていて、二度目からはサイダーを註文し、朱実をつかまえては同じ質問をくりかえした。女たちにとって彼の白っぽい容貌《ようぼう》は次第に子供らしさを装った図々しさの印象と不可分のものになった。あの子ったら目はきれいだけれど、唇ばっかり赤くていやらしいわ、唇の赤い男って蛭《ひる》みたいできらい、と或《あ》る日朱実がマダムに言った。依怙地《いこじ》になって、本名を教えないばかりか、よそよそしい態度をする。そんなつれなさを恋の兆候と判断する己惚《うぬぼ》れが誠にあればまだしも助かったのに、彼は顕微鏡にしがみついて離れない細菌学者の学究的良心で、彼女の本名のことばかり考えていた。

或る日のこと、誠がゆくと朱実は与太者風の青年と喋っていたが、誠をちらと見て、きょうは戸籍調べはおよしになってねと技巧ぶった甘い声音《こわね》で言った。

「戸籍調べって何だ」

与太者風の青年がそうたずねた。

「こちら私が三つのときに生き別れをした最愛の弟らしいのよ。私の本名をききたがって、しきりに姉弟の名乗り合いをしたがっていらっしゃるのよ」

「教えてやりゃいいじゃないか」

二人はきこえよがしの冗談を言い合っている。

「本名はこの人が知ってますわ」

と女が誠にむかって言ったので、誠ははじめて気がついて真蒼《まっさお》になって立上った。彼は咄嗟《とっさ》に拳《こぶし》を前へ出したが、青年は大袈裟《おおげさ》にノックアウトを喰《く》らったような身振をした。この一方だけ真剣な茶番は、マダムの制止がなかったら、どんな不祥事を惹《ひ》き起したかしれない。

誠はおかえりなさいとマダムに肩をやさしく叩《たた》かれると半分泣きそうになったが、咄嗟につきだした自分の拳は、あとで考えてもその無謀に冷汗が出た。こんなところを風紀点検委員に見つかれば只《ただ》ではすまない。一高生の本分に悖《もと》ったこの行動はどこをつついても感心すべきところがなかったものの、相手かまわず打ってかかった無謀な拳の記憶は、誠に少しばかり恋の何たるかについて教える力があった。しかし賢明な少年はこれを機会に日課から恋の時間を取除き、(つまり第一項が失敗したので第二項以下も空文になったのである)、自分にとってはまことに意外な拳の記憶を一種の自家用の箴言《しんげん》として、「教養」として心に保存した。

この失恋が少々得意であったので、或る日彼はとうとう愛宕に打明けた。愛宕はまず他の寮生に感づかれなかった彼の立ちまわりの巧みさをほめ、更に誠の行動と朱実の心理を分析して、朱実は仮名《かめい》で呼ばれる習慣を愛していたのに、それを妨げた君が悪かったと結論を下した。愛宕説によると、男性は本質を愛し、女性は習慣を愛するのだそうである。捲土重来《けんどじゅうらい》のためにまたモンドへ出かけようという愛宕の誘いを、誠は何の未練もなく断った。それから二度とモンドの入口のフレンチ・ドアを押さなかった。この頑固さの喜びは、彼にとって一つの人生経験の胡桃《くるみ》のような頑固な皮殻《ひかく》を、割らずにただ掌《てのひら》にころがしている、そういう喜びにちかかったのだ。

第六章

その夏は、八月二十八日に平沼内閣が総辞職をした。総辞職に当って総理が欧洲《おうしゅう》情勢複雑怪奇と言ったので、その複雑怪奇という安直な言葉がしばらくのあいだ意味ありげに流行した。総辞職の近因は、日英会談打切りと、独ソ不可侵条約成立とである。

誠はひねもす飛行機の爆音がやかましい夏をK市ですごし、毎日日英会談について意見を吐露する父親のお相手をつとめねばならない。毅《つよし》は英国の不信を鳴らしながら、クレーギー氏の身だしなみのよい白麻服の写真にばかに感心していた。これは地方の紳士が、地方的意見への八割方《がた》の賛同から二割方の無難な反対を目立たさせるやり方である。ちょっと見ぬ間に、毅には二つ三つ鳴らない鍵盤《けんばん》のある古ピアノのような気配が見え出し、末子の一高入学で安心してぼけたのだというのが母の意見だったが、きのう毅の慇懃《いんぎん》きわまる取扱に感激した患者が、今日は打ってかわった尊大な態度に出られたりして面喰《めんくら》うことがあった。毅にいわせるといちいち意味があるのだ。きのうの慇懃さは、この患者の口ききで遠縁の子供が良い就職口を得られたことへの感謝であり、きょうの不機嫌《ふきげん》は、十年まえこの患者がある会合で毅のことを「干鱈《ひだら》のような顔をして」と悪態をついたのを何かの加減でふと思い出したためである。

誠は海軍兵学校の入学準備にいそがしい易《やすし》を誘い出してしばしば泳ぎに行った。水上飛行機が着水するさまを彼方《かなた》に見ると、泳ぎの子供たちは喚声をあげた。着水後の数百メエトルを余力で海面を走る姿はいかにも美しく、時折その飛沫《しぶき》には疾走する虹《にじ》が現われるのが、子供の目ざとい目にとらえられて驚嘆のたねになった。易はまたもや志望が変って、飛行将校に憧《あこが》れていたが、さしあたっての憧れは、兵学校の制服を着て誠の寮を訪ねることである。凡《あら》ゆる愛国心にはナルシスがひそんでいるので、凡ゆる愛国心は美しい制服を必要とするものらしい。

誠は日焼《ひや》けのしにくい性質《たち》だったので、寮へかえってみると友達よりはやや白い顔色は、不健康にさえ見えるのを気にしていたが、浪曼《ろうまん》主義時代の仏蘭西《フランス》では死人のような顔いろの青年がもてはやされたというゴーティエの見聞を文丙の友人からきいて安心した。そのうちに彼の顔いろも友人たちの顔いろに紛れて目立たないほどになった。既に冬であった。

昭和十五年初頭の弓道寒稽古《かんげいこ》中に、雪の甚《はなは》だしく降った朝がある。愛宕は寒稽古というと、誰よりも目立って活躍し、引く矢数も多く、矢取の回数も多いように思われたが、ふといないのに気がついて探しまわると、鹿革《しかがわ》のかけのあいだから霜焼けの出来やすい赤ん坊のような指を見せて小使室の囲炉裏に当っていた。仔細《しさい》に考えると、彼は火に当っている時間のほうが長かった。

あやまって雪をかすめた矢は、暁闇《ぎょうあん》のなかに小気味よく白い雪片を散らすので、面白《おもしろ》がってわざとそういう射方をする人がある。誠は稽古をおわり朝食をすませてから、朝の第一時間目が休講になったのを、自習の語学の時間に宛《あ》てた。降りやんだ雪に、光の縞目《しまめ》をえがきだした旭《あさひ》のなかで、

「南寮八番、川崎いるか」

と呼ぶ声がある。誠が出てゆく。門番小屋に面会人が待っている。易であった。

面会人は寮内に立入ることができない。まだ喫茶室はあいていないので、ホールの殺風景な椅子《いす》に向いあって、再従兄《またいとこ》同士は話した。火の気がないので、指がかじかんでくる。易は暖をとるために手をすりあわせ、揃《そろ》えた指先へときどき熱い息吹《いぶき》をかけた。この風態《ふうてい》と、やって来た時間とが、いかにも異様に思われたので、誠はこちらから用件をたずねた。すると易はこう言った。

「いやね、兵学校を落ちちゃったんだ」

「落ちたからどうしたの？」

　この反問はやや残酷だったというべきだ。きいているうちに誠にも呑《の》み込めたが、易は求めるものに拒まれた苦痛が、結局自分のあまり上等でない頭のせいだと思い知って、俄《にわ》かに誠に会いたくなったのであった。誠に会ってどうするべきかも考えていないが、彼は（稀有《けう》な例だが）丁度餓《う》えた獣が餌《えさ》を求めてさまようように知識的なものの精神的なものに殆ど肉感的に惹かれていたのである。

「軍人になるにも頭が要るんだな」と易は独り言した。「ふしぎだな。全くふしぎだ。軍人になるには体さえよければいいつもりでいたのに、頭も要るなんて、どうしてだろうな」

　この素朴《そぼく》な疑問は可成《かなり》本質的な疑問であった。誠は自分に出来る限りの慰めの言葉で彼を慰藉《いしゃ》し、少くとも易は戦雲の漂っている時代へ向って舵《かじ》をとってゆく舟であるのに、誠は時代錯誤の日々を生きているんだと卑下した。易は黙ってきいていたが、埃《ほこり》だらけの卓へおちてきた旭の影が、窓外のヒマラヤ杉《すぎ》の枝から光りまばゆい雪の崩れおちるさまを映すのに目をみはると、むしろ今度は誠をなぐさめるようにたどたどしくこう言った。

「そうだ。僕《ぼく》たちは失望することはお互いにやめよう。失望していたらきりがねえもの。希望をもって生きようよ。そういう風に約束しようよ」

この単純すぎる約束を結ぶためには、誠がもうすこし問題を敷衍《ふえん》する必要があった。誠自身いかにも余計なことをしているというもの羞《はず》かしさに責められながら。

「そうだね、失望の材料が多すぎる時代は、つまり希望の材料が多すぎる時代だからね。どんな悪がしこい希望でも、どんな凶悪な希望でも、希望の材料になりうる時代だね。僕たちは希望のちっぽけな像をつくるために、いろんな粗悪品に裏切られるけれど、そんな粗悪品から傑作を作るということは素晴らしいじゃないか。失望を願えば失望も希望の対象になりうるし、人間ってものは何かを願っているあいだは、その対象を忘れていられるんだからね」

十七歳の少年が「人間ってものは」と言い出す横柄《おうへい》な調子は、たとえるものがなかったが、易は大そう昂奮《こうふん》して頷《うなず》いた。

そうして六年たって終戦後の九月始に、K市の川崎家に復員匆々《そうそう》訪ねて来た易は、復員後の誠にはじめて会った。誠は陸軍から易は海軍から復員した。誠は陸軍主計少尉であり、易は下士官だった。

残暑がきびしい日の夕刻のことで、二人は河に突き出たヴェランダで涼んでいた。二人がすぐさま思い出したのは、雪晴れの寒稽古の朝の約束である。易は誠の、二十歳を越えてから目立って酷薄に見え出した青い剃《そ》り跡と肉の薄い鼻梁《びりょう》をぬすみ見た。目だけは依然として美しかったが、成長した誠の白い皮膚の下には、いいしれぬ暗澹《あんたん》たるものがあった。この不健康な印象は彼の受け口だろうか。それとも彼の論理的に辷《すべ》りすぎる機械油のような弁舌だろうか。

誠は易のはてしもしれない絶望落胆と溜息《ためいき》を無表情にきき流していたが、彼の微笑は時々思い出しては好《い》い加減に振られる旗のように口辺にのぼるばかりで、この再従兄のやりきれなさに、彼は何度も坐り直してじりじりしていた。

『理想……挫折《ざせつ》……絶望……ああ、何という紋切型だろう。その次は今度は、絶望……理想……希望……だ。その次はまた、希望……非望……挫折……だ。何度つまずけば懲《こ》りるんだ。僕はつまずかないぞ。僕だけは今後も決してつまずかない』

彼はあくる朝までうんざりしながら易とつきあった末、久々の制服を着て東京大学へ出かけた。彼が出征したとき、籍はこの学校の法学部にあった。学校は完全に焼け残っている。公孫樹《いちょう》並木の真青《まっさお》な葉かげを歩いてゆくと、むこうから小肥《こぶと》りした学生が手をあげて近づいて来た。愛宕《おたぎ》であった。学部も同じである。

二人は感無量の面持《おももち》で手を握り合ったが、この握手には誠も正直に感無量だった。彼は友の耳をうかがった。それは微《かす》かに別の生物のように動いていた。誠は声高《こわだか》に笑って愛宕の耳をつかんだ。仕返しに愛宕も誠の耳をつかんだので、この蛮人の礼法のような挨拶《あいさつ》は、まわりのやつれはてた行人《こうじん》の力なげな笑いを誘った。

第七章

「今どこにいるんだい」と愛宕《おたぎ》が訊《たず》ねたので、誠は出征前までいた素人《しろうと》下宿が焼けてしまったので困っていると答えた。考えておこうと愛宕は仔細らしく請合うと、やがてこう言った。

「弁当喰《く》ったかい」

「まだだよ」

「図書館の屋上へ行って喰わないか」

「いいね」

二人は大学の中を歩いていると戦争があったような気がしないと話し合いながら、図書館に入って中央の大階段を上って、更に横のほうの階段を上り、燈台《とうだい》の内部のような螺旋階《らせんかい》を昇り切ると、一口に屋上と謂《い》っても一段と高い頂上の部分へ着いた。早速《さっそく》弁当がひろげられたが、その中身は二人の現在の環境を有体《ありてい》に白状していた。誠のは白米の御飯に秋刀魚《さんま》のはしりに玉子焼という献立であったが、愛宕のは粘土のような色をした味つきの蒸しパンだけで、得体のしれない配給の粉ででっちあげたものである。誠が黙りこくって喰《た》べだしたのは、別段彼の利己主義のためではなく、むしろこういう些事《さじ》に対して傷つきがちな彼自身の感受性への軽蔑《けいべつ》に依《よ》るもので、少年時代のように自分の冷たさに悩んだりするところからは既に脱却して、もうその冷たさを自在に利用できるのだという、大人びた強がりがそうさせたのである。

主計少尉に任官して旭川《あさひかわ》にいるあいだも、彼は一向食生活の不自由を感じないですんだが、たまたま外出して町の子供たちが道に落ちていた乾麵麭《かんパン》をひろって口へ入れるのを見た時はおどろいた。しかし別段兵隊っぽい人道的感傷は催さずにすんだ。彼にはこのころから一種の確信が出来上りつつあったからである。

唯物論《ゆいぶつろん》がいうところの社会的不平等には、一定の固定した社会秩序に於《お》ける財産の不均衡が原則的に考えられているために、人間の心の持ちようも固定化されて考えられる傾きがある。そういう批判はまちがっているかもしれないが、彼が出征前法学部の研究室で、唯物論入門を大いそぎで読んだときからそう感じたのである。誠は唯物論と、より古い唯心論との綜合《そうごう》の方法を考えた。まず卑近な例で考えても、ソヴィエトでは党員・軍人・忠実なる芸術家は、一般人民よりも多少上位の生活水準を保障されている筈《はず》だが、これは理想社会への積極的献身の褒賞《ほうしょう》とも考えられるであろう。そして一方には病人や老人や孤児への社会保障があり、こっちのほうは、理想社会の消極的条件の維持と考えられるであろう。しかし人間の心の幸福感乃至《ないし》満足感は相対的なもので、もし党員・軍人・忠実なる芸術家が心からの喜びを以《もっ》て献身しているならば、この喜びの報酬は物質的報酬を不要と感ずるまでにいたる筈である。一方、不治の病人、たとえば癩《らい》病人のごときは、心の不幸を慰めるために、社会保障以上の物質的浪費を必要とし、不幸の物質的報酬を要求するであろう。一対一で、理想社会に忠実なる芸術家と癩病人とが顔を合わせた場合、癩病人は芸術家の迷惑顔に掌《てのひら》をこすりつけて、癩病をうつしてやりたいと思うであろう。こういう不幸の物質的救済の方法が考えられないで、何の唯物論ぞやである。もしかすると、科学がそれを救うであろう。しかしもし科学が、女の幸不幸にとっては大問題であるところの容貌《ようぼう》の美醜までも自在に変えうるようになれば、もはや醜女は「美人になれたわ!」という理想実現の幸福を失い、美人は「あたくし美人よ」という現実の幸福を失うであろう。

さてそこで誠のいわゆる唯物論と唯心論の綜合とは、まず人間生活の物質面と精神面を截然《せつぜん》と分つところから出発する。物質面、つまり主として経済学の支配する領域へは、幸福の観念を絶対に導入しない。それというのも主観的幸福を犯さないためである。(客観的幸福などというものはそもそも言葉の矛盾である。)そこには近代私法の根本原則である契約自由の原則があるだけで、合意は拘束さるべく、非合意は放置される。したがって人道的同情の余地もなければ、ほろりともせず、にやりともしない。利子論の大問題は、余剰価値説の理論的誤謬《ごびゅう》の究明によって解決されるであろう。経済学の学説なんぞというものは、どっちみち如意棒《にょいぼう》のようなもので、エイッと声をかけて、耳へ入るだけの小ささに変えてしまえばやすやすと握りつぶせるのである。そもそも唯物論は、『金で買えないものは何もない、どんな形の幸福でも金で買える』という資本主義的偏見の私生児なのであるから、誠のほうがよっぽど進歩的だというべきで、彼ははじめから、物質は決して人間の幸福に役立たぬという前提において、平然と利子の存在を是認しているのである。むこうがプロレタリアートをもちだせば、こちらは癩病人と眇《すがめ》の女を持ち出すだけだ。

誠の世にも奇天烈《きてれつ》な理想主義は、彼のいわゆる精神面の処理のほうによくあらわれていた。唯物論が経済学的に処理した幸福の問題を、精神的に処理するというと、早《はや》呑込み《のみこ》の人は誠が神を信じていると思うであろうが、彼の信じているのは彼流に考えられた理性であり、理性の作品である法律であった。そうするとまた、この青年の考え方を啓蒙《けいもう》主義かと早合点《はやがてん》する人があろうが、決してそうではない。

彼が出征前から大学でもっとも興味を抱いていたのは刑法学であって、周知のごとく、刑法学はフェリー以来新派旧派の論争のやかましい学問である。簡単にいうと、前者は社会主義的傾向をもち、刑に教育的意義を重視することによって、死刑廃止へむかうのに対し、後者は刑法の公法としての性格を重視し、刑の概念に応報の影をとどめ、国家主義的傾向を有する。誠の理想社会は刑法に内在する相矛盾した要素を利用することによって出来上るのである。

戦争中の学生たちが、どんな突拍子もない理想を抱いていたか、戦後の青年には想像もつかない点が多々あるので、誠のユートピアについて永々と解説をつづけているのは、その想像の資料にもなろうと思われるからだ。誠はどんな理想社会にも犯罪が起ることを前提して、もし犯罪が全く起っていないときには、とにもかくにもその社会に主観的幸福の平等が支配しているものと考えた。これはあるいは、主観的不幸の平等と言いかえてもよい。戦争中に都会の犯罪が激減したのは、犯罪のエネルギーが戦争へふりむけられたことと、銃後に残された人々に、不幸の均一化の幻想があったためである。そこでもしAなる男が幸福の追求あるいは不幸の除去のために、Bを殺すか、傷つけるか、Bの所有物を盗むかすると、そこに幸福の平等が破られ、係争が起る。近代法は犯罪を非常の事態と見、犯罪なき日常生活を常態と見るのであるが、誠の刑法は、犯罪を常態と見て、この積極的解決によって日常生活の幸福の平等化をはかろうとするのである。のちに彼自身これを数量刑法学と名付けたように、誠は量刑に当って、あらゆる物質的損害と精神的損害を同一尺度で計量するために、あらかじめ人間感情を数十の要素に分類し、これにいちいち原子量のような数量を与え、ある事件に対する各人の精神的反応はすべてこの数十の要素の結合につきる、とした。裁判は対審を以て行われる。彼にいわせると、数量刑法学は、情状酌量、期待可能性の理論、違法性阻却原由《そきゃくげんゆ》、正当防衛、緊急避難等の例外的な減刑事由に統一を与え、これらを体系化することによって、われわれが社会と法律を通じてつかんでいるつもりでいる「現実」の意識を変改するものであった！　その裁判はこんな具合である。

（判）Aはなぜ Bの一万円を必要としたか？

（A）貧乏であり、失業したからです。

（判）共に客観的理由にすぎず、規定に従って与えらるべき刑から五十点控除《こうじょ》する。盗んだ動機は？

（A）Bが私の妻を公衆の面前でからかったからです。

（判）よろしい。「侮辱された感じ」マイナス八十点、「嫉妬《しっと》」中第十二項の場合マイナス二十点、合計百点を控除する。さてBが一万円の盗難によっていかなる精神的損失をうけたかの合理的測定と、Bの経済状態との比例によって算出された一万円の測定とで、合計プラス千二百点である。これから、百五十点を控除すると、千五十点である。千五十点は禁錮《きんこ》一ヶ月。

（A）へい、おそれいりやした。

——このようにして裁判手続は簡易化され、また場合によっては、単なる精神的損害を加えただけで点数合計によって三万点の死刑に処せられることにもなる。人が肉体の死を以て精神上の殺人を償うことは、精神上の死によって肉体上の殺人を償うことと同様に、当を得たことである。誠は死刑廃止を笑うべき小児病的意見と考えた。

誠の理想社会は犯罪が道徳的判断なしに全く私法的に解決される社会であったが、この刑法の私法化という大目標の提唱は時期尚早《しょうそう》なので、裁判手続の合理化と簡易化をひとまず当面の目的に置いて、この目的による数量刑法学の体系のあらましを学位論文に書き上げるつもりであった。

『合理的に！　合理的に！』

誠はこれをモットオとした。このモットオが彼の道徳になったのである。

『今までの刑法はまちがっていた』と彼は考えた。『犯罪の意義を事後の後悔によって再構成する傾きがあったし、自首は情状酌量の余地を与えた。しかし犯罪というものは一つの行為じゃないか。なぜ行為そのものを評価しないんだ。あとからでっちあげられたものは干《ひ》からびた標本にすぎないんだ。僕のユートピアは、人間が自分の幸福のためにした行為によって決して後悔しないという道徳律を至上のものとする。幸福の観念は、経済学へではなく、刑法学へ導入される。一方、物質面に関する限り、財貨の不平等は黙殺され、それが一対一の関係で、相対的に幸福の問題にまで高まってくれれば、財貨の争奪という犯罪によって各人がこれを解決すればよろしい。この犯罪が合理的な正義に叶《かな》えば肯定される。一方、絶対的幸福という観念は否定されるのだから、他人の貧困への同情から革命が起されたりする莫迦《ばか》なことはなくなるし、犯罪にまで高まらない限り、人道主義的同情は何ら無価値である。そこで僕は、路上の乾パンをひろっている子供を見ても、何ら心を動かさないですんだわけだ』

…………。

「おい、すげえな。純綿じゃないか。半分よこせよ」

この愛宕の声で誠は夢を破られた。

「ああ、いいよ」

誠は愛宕のほうからこう催促してくれるのを実のところ心待ちにしていたのである。彼はいそいそと弁当箱の蓋《ふた》に白米の御飯を分けてさし出した。返礼に愛宕が蒸パンを半分くれたが、これはおどろくべく不味《まず》かった。

「君のほうは食糧難なんか馬耳東風だろうね」

「遊びに来たまえ。いくらでも御馳走《ごちそう》するよ」

誠には再び飯をわけ合う秩序の中にいる自分が、多少ほっとした心持で自覚された。

まことによく晴れた初秋の一日で、いくらか荒々しい風のゆきかいがなかったら、こうしていては暑さに悩まされる筈の屋上の食事がすむと、二人の友は煉瓦《れんが》の手摺《てすり》から東京の廃墟《はいきょ》を見下ろした。このへんでまともに残っているのは大学構内だけである。松坂屋、上野の森、そういうものは成程《なるほど》残っている。しかし虚墟の海の孤島のように点在するそれらのものは、却《かえ》って不調和で醜く見え、心中の生き残りのように間が抜けてみえる。誠はむしろすっからかんの廃墟の展望のほうを美しいと思った。それは欧羅巴《ヨーロッパ》の都市の廃墟などとはちがって、せいぜい焚火《たきび》のあとほどにしか見えない。平《へい》坦《たん》である。清潔である。ここから鳥瞰《ちょうかん》すると、まるで収穫のあとの田のようで、一面の瓦礫《がれき》と屑鉄《くずてつ》のきらめきは、非時《ときじく》の斑《はだ》ら雪《ゆき》のきらめきのように思われる。自然が永らく奪われていた本来の質料をとり戻《もど》して、のびのびと大の字なりに久々の惰眠をむさぼっているかのようである。

二人は天皇陛下がマッカーサー元帥《げんすい》を訪問した今朝の新聞の報道と写真を見て、偉丈夫の米国人のそばに並んだ矮小《わいしょう》な君主の憐《あわ》れさを、復員者としてどう感じたかという議論をやったが、二人ともこの点については甚《はなは》だ無感動であった。

「戦争というやつが好んでやる残酷な遊戯の一つにすぎんよ」と愛宕は言った。「マッカーサーと列《なら》んで見映えのする日本人は一人もいまい。だからもし日本が勝っていたら、陛下を脚踏《きゃたつ》にお乗せして上半身だけ写したろう。さもなけりゃ、日本代表に出《で》羽ヶ嶽《わたけ》を連れて来たろうね」

「全くね」と誠は何気なく微笑した。こういう時の彼の微笑は美しいと謂《い》ってもよかったが、それには彼にとってきわめて珍らしい「何気なさ」があったからだ。「戦争という奴《やつ》は、人間の背丈を伸ばしもしなけりゃあ縮めもしないからね。僕もずいぶん軍隊でいろんな目に会ったけれど、プラスになったのは人間というものが前よりもよくわかったということだけだよ。東条が昭和十八年の十月二十一日に、神宮競技場の出陣学徒壮行式で『諸君は今や、左手にペンをとり、右手に銃をもって』と演説したのが、入営一週間後の訓示では、『諸君は今こそペンを捨てて戦場へ馳《は》せ参じろ』という風に変っていた。あれなんか見事だったね。僕はあのときからどんな人間悪を見てもおどろかないように腹を据《す》えていたからね、おかげで何の事新らしい影響も戦争からは受けていないさ」

「どうも君の考えには一種の何というか、わざとらしさがあるような気がするな」と愛宕は言った。「幹候のとき、四五人が冬の最中の水槽《すいそう》へとびこまされる懲罰を喰《くら》ったが、隊長が、『俺《おれ》につづけ』と言っていちばん先に飛び込んだもんだ。率先垂範、部下の責任はまた自分の責任というわけで、こいつは一種のプロパガンダさ。だから君はやっぱり悪だというだろう。ところが僕はこの単純な隊長の善意をみとめてやるよ。戦争も平和もいろんな悪意と善意のこんぐらかった状態で、善悪どっちが勝ったということもありはしない。悪意がうまく使われれば平和になるし、下手に使われれば戦争になるだけだ」

「それじゃあ僕の考えとおんなじだよ」

「ノオノオ。人間の善意を信じるというのが僕の主義なんだ。理由はそのほうが得《とく》だからさ。善意を信じてもらった人間がどんなにとろりとした嬉《うれ》しそうな顔をするか、知らないかね。まだ料簡《りょうけん》が、若《わけ》え若え」

「妥協はいやだね」と誠は口をとがらせた。

「妥協じゃないよ。生活だよ。まず生きなくちゃならない。……生きなければならぬ」

愛宕が気取って空へ両手をあげた。そのとき雲が頭上を通ったので、彼の顔は翳《かげ》った。

それにひきかえ誠は割りきれない表情を泛《うか》べている。そこで愛宕は御機嫌《ごきげん》をとって、こう言った。

「兵隊に行く前に君がしきりに言ってた数量刑法学はどうなったの？」

「研究をつづけるよ。経理学校にいたあいだも研究してたんだ。僕は真理に忠実だったと自分でみとめているね」

この言草は『又はじまった』と愛宕に思わせるようなものがあったが、久闊《きゅうかつ》の二人はまだ何か喋《しゃべ》りたくて、それから自分でも下らないと気のついている下らない議論を山ほどした。

そのとき螺旋階《らせんかい》を上ってくる金属的な靴音《くつおと》の反響がきこえて来て、それにまじって若い女の笑い声がした。二人がふりかえると、屋上への出口にあらわれた女が、先客のいるのを見てたじろいだ様子をして佇《たたず》んでいる。あとから現われた女も、彼女の背から胡乱《うろん》げにこちらをさしのぞいた。

愛宕が手を振ってこう叫んだ。

「何してるんです。こっちへいらっしゃい」

誠はおどろいて愛宕に顔を倚《よ》せて小声できいた。瞬時にこういう応答が取り交わされた。

「知っているのかい」
「一寸《ちょっと》ね」
「名前は？」（誠の一高時代の挿話《そうわ》を思い出されたい）
「知らねえな」

女はそう言っている間にもう一人の手を引いて、誠たちのすぐ近くの手摺にもたれた。復員早々の誠の目には、彼女の穿《は》いているスカートが世にも優美なものにみえた。ただ何の変哲もないスカートであるし、格別凝った布地が使ってあるわけではない。ただ風にふくらむその紺無地を、まるで生き物をとり押えるようにおさえている柔軟な指さきが、誠には女そのものという風に感じられ、その白いブラウスの上体も、繊巧なわりにしゃんとした姿のよさが、針金に支えられた白い石竹のような人工的な美しさだと思われた。彼の視線を感じて、彼女はこちらをつとめて見ずに、モンペ姿の醜い同年輩の友達とばかり話した。

さすがの愛宕《おたぎ》も取りつく島がなくて黙っているのが誠には大へん愉快だったが、やがて愛宕は聞えよがしにこんなことを言った。

「彼女は戦争中から徴用のがれに図書館につとめているんだ。図書貸出係だよ」

それまで焼跡の展望についてあれこれと友達と話していた彼女は、これを小耳に挟《はさ》むと、神経的なすばしこさでこちらを振向いてこう言った。

「そんなことぼそぼそ言ってるより、男らしく自己紹介をあそばせよ」

「はい、愛宕と申します」

「川崎です」と誠が友の驥尾《きび》に付した。

「あたくし野上《のがみ》と申します、よろしく」

うしろからモンペ姿の友達もよくききとれない声で自分の名前を言ったが、こっちのほうは誠も愛宕もきき返す必要をみとめなかった。誠は女のこの明快なきっかけの与え方が大そう気に入った。

風が強くなった。屋上のことで、風は牧羊の群のように容赦もなく駈《か》け抜ける。耀《てる》子《こ》の髪は細面《ほそおもて》の顔の周囲《めぐり》に焔《ほのお》のように乱れた。彼女の声には明るい乾燥した響きがあり、瞳《ひとみ》はまことに軽快に動いて、その動きの軽やかさは、実意のなさを一《ト》目で知らせた。それでいて人を信じさせない暗い陰鬱《いんうつ》な瞳では決してない。この瞳を見ているうちに彼女の不実を、ほれぼれと信じたくならない男がいたら、お目にかかりたいものだ。

四人（といってももんぺ娘は寡黙《かもく》であったが）は、いろいろなことを話し合い、進駐の米兵が自分たちの町角にはじめて現われた或《あ》る朝の奇妙な錯覚などについて話した。話の内容は甚《はなは》だ色恋から遠いもので、どちらかというと床屋政談に庶幾《ちか》かったが、こんなお喋りは空襲のおかげで小市民的な枠《わく》を取り外された都会人が、戦争中むやみと人なつこくなっていた名残である。

「野上さんも許婚《いいなずけ》の復員を待っている口ですか」

愛宕がそういうと、耀子はこたえた。

「冗談言っちゃ困るわ。あたくしは絶対に人を愛さないのよ」

「じゃあ何を？」

「お金」

第八章

耀子《てるこ》は多少立入りすぎたと思われる質問にも気楽に恬淡《てんたん》に答えたが、彼女には神秘が絶無、憂鬱《ゆううつ》が絶無であった。それでいて騒々しさを感じさせないのは、その声の乾燥した明るさのためであろうと思われる。

なぜ「お金」だけを愛するかについて、彼女は愛宕と誠の矢継早の質問に答えて、縷々《るる》と説明した。耀子は生得《しょうとく》男を愛することができないのである。彼女の許婚《いいなずけ》はそのために大そう手こずったが、接吻《せっぷん》一つされるのもいやがるので、とうとう仲違《なかたが》いをして、婚約はやめになった。

耀子は九州帝大の政治学教授であった人の娘である。

「ああ、あの野上さんですか」

誠は正直に感激を露呈した。「大学」や「教授」という観念は、彼にとっては、猫《ねこ》における またたびのようなものだ。日ごろ傲岸《ごうがん》不屈な猫も忽《たちま》ち咽喉《のど》を鳴らし、身をすりつける。

世田谷《せたがや》豪徳寺《ごうとくじ》に焼け残った野上家は、右翼政治家と交渉の多い野上博士の粗放な金使いのために生活は楽な方ではない。そうかと謂《い》って、耀子は常住座臥《ざが》「お金」が頭にこびりついて離れぬほど貧しい家庭の娘ではないのである。

彼女は淀《よど》みなくこう説明した。

「あたくし精神的に男の人を愛せないなら、仕方がないからまず物質的に愛してみたいと思うのよ。お金はあたくしの手がかりなの。前の許婚は工科の学生だったけど、その貧乏でしみったれてることと言ったら、お話になったものじゃないの。顔はとても美男子だったのよ。でもあたくし、男の人の顔なんかに興味がないの」

この一言は誠に大そう勇気を与えた。これこそは本当に精神的な女の言葉だと思ったのである。

「こういうお嬢さんもいるんだねえ。男が金をほしがるのはつまり女が金をほしがるからだというのは真理だな。そのためにもまずわれわれは、生きなければならん」

愛宕がまた大仰に空へ双手《もろて》をあげた。空にはいつのまにか既に雲が夥《おびただ》しい。女の髪が風になぶられるさまを見て、誠は戦争もおわったことだし髪を伸ばさなければなるまいと思った。

「何のおまじないなの？」

二人の女は顔を見合わせて笑った。愛宕はそんな仕草が青くさくて滑稽《こっけい》な仕草と知っていて、一種の媚態《コケトリイ》からしているのだが、もう一度くりかえされると誠にもさすがに五月蠅《うるさ》く感じられる。

「生きなければならぬ」

誠はふたたび眼下の廃墟《はいきょ》を眺《なが》めた。都電が廃墟のあいだを懸命に走っている。汗ばんだ人の顔でいっぱい詰ったその車窓を想像すると、彼にも一種ヒステリックな感動が生れた。

「生きなければならぬ」

第九章

僅々《きんきん》一週間たらずのうちに愛宕《おたぎ》が誠のために探しあてた素人《しろうと》下宿は荻窪《おぎくぼ》にあったが、誠が感謝と一緒に軽い不服の色をうかべたのを、逸早《いちはや》く察した愛宕は、世田ヶ谷区内でなくて申訳ないねと言った。誠が二の句が告げずにいると、この親切な友人はきびしい追及の手をのばし、あれ以来一度も図書館に足を踏み入れていないという臆病《おくびょう》な返事に出会ってがっかりした。

誠は友がしきりに耀子《てるこ》を悪く言うのを彼の反撃を煽動《せんどう》するためだと知って、その罠《わな》に陥るまいと気をつけた。愛宕の批判はそもそも焦点が外れていたというべきで、あんな鼻持ならない物質主義はうぶな生娘《きむすめ》が身につけたシニックな哲学的お化粧にすぎないという批評は、一向誠の興味を減殺する効果をもたなかった。誠には愛宕の言った「お嬢さん」という言葉の響きが圧倒的だった。「東京のお嬢さん」という軽佻《けいちょう》な一個の観念は、地方の秀才を生む機縁にもなるし、匂《にお》いやかな香袋《こうぶくろ》の形をした野心の実質にもなるものだ。それは一種の稀少《きしょう》価値をもった種族の名で、この蝶々《ちょうちょう》たちは自分たちの交際範囲を一歩も踏み出さず、交際範囲内に先天的に住んでいる青年以外とは、その青春の月日を過すように作られていない。東京という都会は、地方の秩序を解体して吸収するので、地方の有力者の息子も東京へ来ると一段下の階層並みに扱われるのである。地方の青年が「東京のお嬢さん」と交際する資格を得るには、表立った花婿《はなむこ》候補者としての窄《せま》い門戸しか存在しない。それも多くは大学を卒業して、官庁や一流の銀行会社に席を占め、社会人としての尤《もっと》もらしい顔つきを学んでからでなければならない。しかも結婚してしまったら最後、相手はお嬢さんではなくなるので、この幸福な少数者も「東京のお嬢さん」の青春の残光を窺《うかが》うことができるにすぎない。彼女の思い出は、いつもその真昼のほうに向けられている。そこには先天的に彼女の男友達であった青年の群がいつも思い描かれ、あげくのはては地方出の哀れな有能なる良人《おっと》は、神々《こうごう》しいとしか言いようのない、頭の下るようなコキューの役を勤める羽《は》目《め》になるのである。

誠は都会のばかな青年たちを頭から軽蔑《けいべつ》していたが、この軽蔑が促す対抗手段は、あまり上策とはいえなかった。彼はいつもの流儀で青写真を丹念に作製した。

『あのお嬢さんを愛して、そうして捨ててやろう。何という勝利だろう。彼女が物質を求めているあいだ、僕《ぼく》は誠心誠意、精神的に彼女を愛しつづける。そしてついに彼女が僕を精神的に愛しはじめたら、そのとき僕は彼女を敢然と捨てる。この至上命令を忘れてはならないぞ。僕が彼女を捨てる自信を得るまでは、どんなに苦しくても、指一本彼女の体に触れてはならないぞ』

彼はそれから愛宕が彼をそそのかした文句を思い出して大笑いをした。

「僕なんぞは食糧難で目下のところホルモン不足だから恋愛どころじゃないね。君みたいに食糧に困らない奴《やつ》が大いにやるさ」

あくる日から誠は図書館へ通い出したが、この恋愛は金がかからない上に勉強にもなるという利点があって、彼は復習予習、判例研究、諸々《もろもろ》の学説の比較研究、法文解釈、そのほかさまざまの勉強に役立つ研究書を借り出した。閲覧室で研究書に読み耽《ふけ》る、その本を借りるときの数分間と、返すときの数十秒間とが、誠と耀子のあまり永いとはいえない逢瀬《おうせ》である。誠は本の名を言うときに吃《ども》ったり、言いまちがえたり、本を返す手が慄《ふる》えたりした。耀子は耀子で、はじめから何もかも見抜いているような落着き払った看護婦の態度で本をその手に渡し、またその手から受け取った。こうして何と三年間が経過したのである。誠の成績は、それかあらぬか、「優」の数に於《お》いて記録的なものになり、すでに研究室から彼にさしのべられた誘いの手は、このしらせをきいた父の毅を狂喜させた。誠は返事を留保した。素志にかわりこそなけれ、石室《いしむろ》のような研究室へ入るのは、もっと思うさま外光を浴びてからのことにしたくなったのである。

一九四〇年代の後半は生活の時代であった。人々は生活を夢みていた。インフレーションとは、貨幣が空想過剰に陥って、夢みがちになる現象である。夥しい不換紙幣も生活を夢みていた。戦争のおかげで永保《ながも》ちのする夢想を失った人たちが、今日買えば明日腐るかもしれない果物のような夢想のための、理想的な一時期をもったのであった。明日をも知れぬものはかなげな紙幣の風情《ふぜい》が、明日をも知れぬ欲望にとってふさわしい道連れのように思われた。紙幣は胸を病んで余命いくばくもない佳人の流し目をもっていた。絶望というものがこの世の最も静謐《せいひつ》な感情であることを知らずに、人々は騒々しい「絶望祭り」をやらかした。つまり「絶望」が、彼等《ら》のその場しのぎのお座なりの生活の夢想であったのだ。

誠の耳にもたえまなくこの贋物《にせもの》の「生活」の呼び声がひびいていた。彼はおのれを省みて多少忸怩《じくじ》たらざるをえない。そうではないか？　いままで彼のやって来たことはといえば、戦争にそなえて綿密な作戦計画を練り武器をととのえ砦《とりで》を構築して、さて一応準備が整ったときにはすでに戦争がおわっているという無能な将軍の遣口《やりくち》を一歩も出ていない。

「君と来たら十重二十重《とえはたえ》の鎧《よろい》を着て、十重二十重のお城に住んでいる臆病な専制君主と謂《い》った調子だね。よせよ、そんなに万事につけて警戒するのは。そうかと思うと、まるで間の抜けた不用心な一面もあるし、いくら附合《つきあ》っていても君という男には尽きぬ興味があるね。君を見ていると、まるで暗殺されるのを惧《おそ》れて暮しているようにみえるが、安心したまえ、誰《だれ》も君を暗殺してくれやしない。君の生き方は、暗黒時代の小国の殿様の生き方だね」

愛宕が誠の人物を評して洩《も》らしたこんな感想のうち、今さらながらこの「臆病」という言葉が誠の胸を刺した。「臆病」「卑怯《ひきょう》」「弱虫」……こうした系列の言葉が彼のタブウであることは、とりもなおさず、彼がまだそういう弱点を征服し切っていないことだ。誠のあのように頻繁《ひんぱん》な行動の計画には、いわば行動をずるけるための言い逃れのようなものがあった。

彼は数え上げ、舌打ちをした。「懸案中」という札が無数にぶらさがっているだけだ。

『耀子の奴、五十万円あなたの自由になるお金が出来たら結婚するわとぬかしやがった。三年間というもの、接吻ひとつさせやしない。勿論《もちろん》僕がわざと控えていたんだが。……それでいて、ああして図書館づとめもやめないし、結婚もしないのはどういうわけだろう』

誠は父親の財産のうちから十五万円をあてがわれていた。毅はこの有望な息子に、財産管理の手習いをさせようと思ったのである。毅が例の流儀で「黙って」これをあてがっていることが、誠に重荷を与えた。父親の思わせぶりな沈黙は、儒教的なはにかみから来るもので、これは出来のいい息子から道徳的に利潤をせしめるのに好都合な方法である。

耀子の気まぐれな五十万円の話が出てから、誠は後生大事に銀行預金にしていたこの十五万円をのこらず株の買入れに充《あ》てた。財閥解体の片がついて株式の公開が行われ、まるでメリヤスのシャツを売り出すように株の大売り出しがはじまったので、長屋のおかみさんまでが臍繰《へそく》りを繰り出して株を買いはじめた一時期である。郵船と東芝と日清紡《にっしんぼう》と発送電とを、新聞雑誌をたよりに買ったのが、やがて来た労働不安と金詰りで、二万あまり損をした。弱気の誠はすぐさま売りに出して十三万をようやく回収した。

このへまのおかげで誠は現実というものが表てからぶつかると固い岩壁に似ているという認識を深めたが、そういう認識は往々裏からまわる間道を安易に信じがちで、世間しらずの青年が世間の罠《わな》にひっかかるのは大ていこういう径路を辿《たど》ってである。

一九四八年の残暑のきびしい或《あ》る日のこと、誠は荻窪駅近くの古本屋で法律書を漁《あさ》りながら、何の気なしに曲った横丁の一軒に、「荻窪財務協会」という看板をみつけた。まことにお手軽な三等郵便局風なこの木造の事務所は、古木材の上にブルーのペンキを塗って俄《にわ》か仕立てのおめかしをしている。看板を見て、誠は近ごろ新聞で頻々《ひんぴん》と目につく三行広告を思い出した。「利殖五千円以上引受毎月配当二割絶対保証元教授責任管理大貫泰三《おおぬきたいぞう》荻窪財務協会荻窪駅二分」というやつだ。

『月二割、そうすると十万円出せば一ヶ月で二万円の穴が埋まるわけだ』

と彼の合理主義が計算した。「元教授」という肩書が、野上耀子を聯想《れんそう》させるばかりか、誠には一種の吉兆のように思われた。荻窪財務協会にしても、この三字の肩書にこれほどてきめんな反応を示したお客ははじめてであろう。

誠は何気なく扉《とびら》を押した。中へ入ってから、この何気ない決心が彼に満足と勇気を与えた。すると真四角な顔をした中年男がそそくさと椅子《いす》を立って彼を迎えた。この男は顔に似合わぬ小さな口をしていて、その口が裂けんばかりの演説口調で物を言うさまは、何か押えきれぬ誠実という印象を与える具合にうまく出来ていた。チョッキの下から下士官用のバックルが露出し、縞《しま》のワイシャツの袖《そで》が汚れているが、髪と小さい髭《ひげ》の手入れはよく行き届き、四角い顔は洗い立ての俎板《まないた》のようにつやつやしていた。四坪ばかりの事務所の四つの机は、彼の机を除いてたまたま空《から》っぽだったが、男は誠の前まで来ると、エーいらっしゃいと言った。そしてきかぬさきから、御投資ですかと勝手に決めて、堅実主義の協会の方針を述べ立てた。

誠が理事長に会いたいというと、男は「はっ」と口の中でつつましやかな溜息《ためいき》をついた。これはあらかじめ理事長への自分の敬意を示すものである。奥の磨硝子《すりガラス》の扉を押す。壁いちめんの書棚《しょだな》の前に一人の小男が、物体《もったい》ぶった憂鬱《ゆううつ》そうな様子でデスクに向っていた。さっきの男が誠を紹介する。理事長は立上って、憂鬱そうな目で誠の顔を射すくめたまま、机の小抽斗《ひきだし》から名刺を出して、チェスの牌《パイ》を動かすように机の上を誠の前まで辷《すべ》らせた。誠は口ごもって名刺を忘れた言訳をした。見ると理事長の名刺には、荻窪財務協会理事長、N大学元教授、M新聞論説委員という肩書が刷ってある。彼は悲しそうなひどく慇懃《いんぎん》な様子で誠に椅子をすすめた。この男が大学教授という役柄《やくがら》の表現に、「知識は悲しいものだ」という要素を加味したのだとすると天晴《あっぱ》れだが、実は大貫理事長は痔《じ》を病んでいるのだった。

「御投資でございますか?」

と理事長は消えも入りなん慇懃な口調で言った。よくきこえない。誠がききかえすと、もう一度言い直した。

感動すまいとする分析家は、感動以上の誤りを犯す場合がままあるのだが、誠は世間しらずの青年が未知の者を見るときの澄んだ熱っぽい眼差《まなざし》でこの憂鬱そうな元教授を見つめながら、ついに理事長の慇懃さが、世俗ならびに心ならずも彼自身のたずさわっている世俗的な仕事への苦しい知的軽蔑から来るものだと決めてしまった。自分も軽蔑されていると思った誠は、すっかり固くなった。

彼は夏枯れの値下りで損をした株を売り払い、手許《てもと》に十万円の現金があるが、二割配当はどんな利殖でもらえるのかとたずねた。

「株はいけませんです」と元教授は寛大な微笑をうかべて答えた。このおどおどした説明ぶりで、目前の瘦《や》せた神経質な青年が、「良家の子弟」であることを見抜いたのである。「株は儲《もう》かりません。事業に投資なさいまし。素人《しろうと》は金を生かして使うことを御存知ないから、株や競馬に手を出されて、しくじられるのでございます。あなたには、まず安全なところで輸出玩具《がんぐ》を御紹介いたしましょう。アメリカのクリスマスに間に合わせるために、八月中に造らねばなりません。その運転資金に短期貸附《かしつけ》を求めておりますから、いまが好機でございます。いずれ輸出玩具有限会社の社員権をさしあげますが、現在手持の製品を担保につけて三十日払い十二万円の手形をさしあげましょう。さて、あなたの担保物件を御一覧なさいますかね」

この「あなたの担保物件」という言い方が誠の気に入った。見せて下さいと彼はたのんだ。理事長は、「では」と言って、抽斗をあけて永いこと鍵《かぎ》を探したが、この鍵の夥《おびただ》しさが初心《うぶ》な出資者の目をみはらせた。理事長は白麻の背広の上着を着、パナマ帽を冠《かぶ》った。リボンに大そう汗がしみ出して形の崩れているパナマ帽を、元教授はこんな言訳をしながら丹念にかぶった。

「何しろこのパナマは、大学で二十年かぶっておった愛用のものでして」

それから先に立って歩き出したが、手さぐりをするように足でさぐってゆく歩き方は、まるでこの協会の経営の堅実さを如実《にょじつ》に示しているようであった。社長室を出ると、すでに四つの机は満員になっており、社員一同は立上って、エー行ってらっしゃいまし、と合唱した。

二人は照りつける街上に出たが、アイスキャンデー屋が緑いろの人絹の旗を立て鈴を鳴らして客を呼んでいる傍《かたわ》らをとおるときに、元教授は同伴者にこう言った。

「あれはどうも非衛生でいけませんですな」

誠は彼のあとについて四五軒先のガレージの前まで来た。ガレージは戸をとざし、営業している様子はみえない。看板もない。理事長は誠に合図をしてガレージの裏へまわり、厨口《くりやぐち》の硝子戸にかかった南京錠《ナンキン》をさきほどの鍵であけた。すると新らしい二スの匂《にお》いが鼻を打った。

厨口につづく六畳ほどの一部屋に玩具の山があって、殆《ほとん》ど天井を摩している。埃《ほこり》っぽくないところをみると、新製品というのは嘘《うそ》ではないのである。誠は驚嘆してこれを眺《なが》めたが、厨口の光が届かない薄暗がりに、縫いぐるみの犬の硝子の目玉が幾十となく光っているさまは、少しばかり怖気《おぞけ》をふるわせた。こうして見ると、玩具というものはいかにも静かなものだ。子供たちの孤独にふさわしい静かなものだ。大人はもっと騒々しい玩具で遊ぶ。

誠は殺風景な用件も忘れて玩具の山の中に踏み入ったが、それは別段詩人の本能に駆られてではない。端的に面白《おもしろ》かったのである。天井にちかく張りわたされた横木からは、降誕祭用の色とりどりのモールがひしめきあって吊《つる》されていた。一つ一つの包み紙は金銀のするどい糸に突き破られ、緑や黄や赤の花絡《はなづな》の一部をきらめかせていた。木製玩具の驢馬《ろば》の首がずらりと棚に並んでしきりにうなずいている。セロファンを貼《は》った箱の中に、おおきな目をみひらいてチョコレートいろのキューピッドが横たわっている。誠は縫いぐるみの犬の一つをとりあげて、腹を押して鳴らしてみた。ふと先程の理事長の言葉を思い出して微笑した。

「あなたの担保物件を御一覧なさいませんか」

彼は満足げに周囲を見まわした。すると棚の上に五六本一まとめにして縄《なわ》で括《くく》られた異様な玩具があるのを見出《みいだ》した。彼は手にとってあらためた。それは巨大な緑いろの鉛筆で、途中から引抜くと、中に文房具一式が入っている。即ち子供の興味を惹《ひ》くように拵《こしら》えた鉛筆型の容器である。緑いろの光沢紙が貼られた側面の一つには、TOKYO-PENCILと書いてある。これを見たとき、誠の心には深い喜びが湧《わ》いた。

「いかがでございます。良い商品でしょう」

元教授がこう言った。

「ええ、あしたまちがいなく十万円もって来ます」

と誠が言った。

あくる日彼は十万円と引替えに、約束手形と担保物件の預り証をうけとった。

それは誠が二十五歳の夏である。夏休みのおわろうとする頃《ころ》、彼ははじめて一週間K市へかえった。誠のしらない間に易が共産党へ入っていて、そのために毅が川崎家への出入りを差止めたという話は、彼にとっては笑話に類した。再従兄《またいとこ》の運命にそれほど多大な関心を払っている暇はない。彼は易を誘わずに、さりとて兄たちもうるさいので、一人で鳥居崎海岸へ泳ぎに出かけた。そこで易の兄に偶然出会ってきいたところでは、易は北海道の炭鉱の争議を指導しに行っているということだった。

誠がかえると、一家は露台で西瓜《すいか》を切った。ふと毅が、西瓜の種子《たね》を口からほき出しながら、せわしなげにこうきいた。

「例の金、あれどうしてるかね」

「ああれですか、輸出雑貨の会社に投資してあります。絶対に大丈夫です」

それですんだ。それにしても、例の大きな鉛筆を担保にとった喜びは、誠にとっては、父を前にするとき押えきれない復讐《ふくしゅう》の喜びになった。彼は何ものかを父親から奪還したのだ。

夏休みがおわって荻窪《おぎくぼ》の下宿へかえった誠が、荻窪財務協会をたずねてみると、すでに事務所の扉は釘附《くぎづ》けになって、看板も外されていた。やや秋めいた黄いろい日ざしが、椅子一つない埃っぽい床板に射《さ》し入っているのが窓から覗《のぞ》かれる。ガレージへ行ってみると、裏木戸には鍵がかかっていない。中には玩具の一片も見当らない。誠がかがみ込んで床の上に見たものは、埃や藁屑《わらくず》にまじってきらめいているモールの金銀の糸屑であった。彼はしばらくガレージの中に佇《たたず》んでいた。

ああ、と叫ぶ。ああ、と反響する。誠はようやく上着のポケットに手を入れて歩き出した。ガレージを出た。顔は怒りのために蒼《あお》ざめている。

『十万円はまだしも惜しくない。しかしこの僕が人に欺《だま》されたとは！』

……人が聞いたらこういう負け惜しみはずいぶん気障《きざ》にきこえただろうと思われる。それにしたって十万円を取戻《とりもど》す目当てが彼にあったか？

第十章

愛宕《おたぎ》は誠の相談をうけて、この敗北の告白に気をよくした。

「詐欺罪《さぎざい》で訴えたってそりゃあだめだよ」と愛宕は言った。「君はもっとこんぐらかった策略であしらわれるにすぎないし、第一絶対に金は返りやしない。まあ十万円の損害ですんだと思ってあきらめたほうがいい。少しは金詰りになってるかもしれないが、まだ民間にはお金がうようよ泳いでいる。その一匹が釣《つ》られて刺身にされちゃったのさ。だから君の金を失《な》くしたと思わなきゃいい。今度は君が釣師になって、ほかの十万円を釣り上げりゃいい」

「どうすればいいんだ。僕《ぼく》はこのままでは国へかえれやしない」

「だからさ。僕たちもあいつらの手口をもっと巧妙にまねてやってみるのさ。たった三行の新聞広告で現に君という十万円のカモが引っかかってる。そうすれば、ほかにもカモが必ずいると思っていい。新聞広告さえ出せば、ここの家へだって、きっとカモが葱《ねぎ》を背負ってやって来るよ」

愛宕は身のまわりを見廻《みまわ》したが、この母一人子一人の青年が、罹災《りさい》以来間借りをしている親戚《しんせき》の家の四畳半は、訪ねて来たカモを戸惑いさせそうに思われた。

愛宕は暮し向きのことも考えなくてはならない。そういう彼の目に誠の一挙一動は好《い》い気なものと見えがちであったが、きょうのような意気沮喪《そそう》ぶりを正直に見せられては、少なからず心を動かされた。愛宕のまったく打算のない感動が、たまたま打算の結果を生じたとしても、それが彼を責める理由になるだろうか？　世間にはどんな素朴《そぼく》な感動も利潤が上るように出来ている仕合せな人があり、こういう人は自分の感動を怖《おそ》れる必要がないのである。

二人の青年は自分たちがいかに世間を知っているかという博識のほどを競い合ったが、そうなると切実な経験から悲観的な観測をのべる誠の立場のほうが歩《ぶ》があった。ところが誠は自分の悲観論をひとつひとつ友だちがくつがえしてくれるのを待っていたのである。この点で抜目のない極楽蜻蛉《とんぼ》の愛宕は、まことによくその期待に沿った。

「そこで僕たちで思い切ってやってみるとして、当れば大きいが、当らなくても損がないように、まず最低限度の元手ではじめる必要があるね。ところで君の手許にはいくら残ってるんだ」

「三万円」

誠は正直にそう答えた。

「僕は三百円」と愛宕は笑い飛ばすようにこう叫んだ。「その代り今に君から月給を貰《もら》うようになるまで無給で働らこう」

愛宕は実のところ荻窪財務協会式の、それでもあれよりはいくらかましな経営をしている遠縁の叔父を持っていて、その儲《もう》かり方に只《ただ》ならぬ興味を抱いていたのが、誠の話で触発されたのである。これを話すと誠は大そう喜んで、現金取引に必要な「見せ金」のために日歩二円で貸せば、まちがいなく利鞘《りざや》がかせげるという愛宕の論拠に満足した。

「事務所を借りて、新聞広告をして、それで三万円で足りるかしら？」

「事務所は叔父貴に世話してくれるように頼んでおこう。それからね、忙しくなって自分で帳づけをしていられなくなる時のために、会計係が一人要る。これは君と体の関係のある女がいい。なるべく年増《としま》のね。こいつがいちばん信用が置けるよ」

愛宕のこうした叔父の受売りは、さらさらと事務的に述べられたが、年相応の自尊心が気をまわして、誠にはそれが、「君にはそういう女がいないのが残念だ」と言われたように感じられた。次には、「そういう女がいなくては、事業の将来も危ないものだ」とまで誇張して聞かれたのである。

下宿へかえると、誠はたまたまお茶をもって上って来た未亡人の主婦を吟味して眺《なが》めてみた。すると今まで彼女と自分との間に何の関係もなかったことが、妙に屈辱的に感じられだした。

誠の二十五歳がこうも空々寂々なのを訝《いぶか》しく思う人もあるだろうが、彼はその合理主義の処方に従って、娼《しょう》家《か》を利用していたのである。誠はその都度自分を厭《いと》う気持を無理強《じ》いに説き伏せてしまうあの合理的な満足感を以《もっ》てそこから帰るのだった。かえるさの星空を、夜の雲を、街路樹を、つとめて美しいものと見るために、彼は実用的な臨時雇の詩人になった。そういうとき歌や俳句や即興詩のようなものが日記に誌《しる》されたた。しかし詩人というものは、対象から否応《いやおう》なしに美の判断を強いられて苦しむことがあるとしても、決して任意にものごとを美しく見ようと試みて美しく見ることのできるような、便利な機械である筈《はず》がない。娼家は誠を人生について富ましもしなければ、また貧しくもしなかった。はじめから彼は娼婦を軽蔑《けいべつ》していた。もちろんこの軽蔑ということも、彼のような弱気の若者には必要欠くべからざる武器ではあるが。

誠はもう一度目の前の三十五歳の未亡人をつらつら見た。

田山逸子《いっこ》は三人の子の母親である。妹の三十になる醜い老嬢と、一日ミシンを踏んで暮している。百貨店へ入れる子供用エプロンの下請を引受けているのである。エプロンの縁《ふち》の小切《こぎれ》に襞《ひだ》をつけて半円形に縫い込んでゆく手際《てぎわ》は、妹の老嬢のほうが巧《うま》い。逸子は売り込みや、卸商との折衝に相当の才腕をもっていた。きまじめ一方、誠心誠意、これでせい一杯無邪気に押しとおして相手を安心させるのである。誰《だれ》だってこの小肥《こぶと》りした鳩《はと》のような女のまごころに敵《かな》うものはない。彼女はひたむきときまじめを売り物にしているおかげで、理に積んだ持味が男運を貧しくした。あるときのごときは卸商の四十男にこう言ったということだ。

「あたしはお禿《は》げになった方を見ると、決して笑ってはいけないと自分に申しきかせますのよ。禿のない人なんかいやしません。あたしだって、これ、こうして隠していますけれど、この髪の分け目のところにね。あるでしょう、小さいのが。日本髪の女なんぞは二十歳《はたち》で禿のある人がめずらしくありませんものね」

これが口説き文句なのだから恐れ入る。逸子は世間の女とちがって、三十五のくせにもう四十だと自分に思い込ませて辛《かろ》うじて安心立命の境地を得ていた。そうすれば、何かの時にまだ三十五だということに気がついて嬉《うれ》しいのである。

「何ですよ、じろじろ見ていやですわ。川崎さんにも似合わない」——こう言いながら逸子は目を伏せて、茶托《ちゃたく》を畳の上にそっと置いた。それから丸盆を体じゅうで抱え込むようにして丸盆のへりに柔かい顎《あご》を乗せて、部屋を見まわした。

「いつ見てもきれいに片附いていることね」

誠は独和辞典を念入りにめくりながらこう言った。

「子供たちはみんな寝ましたか？」

「ええ」

誠に勇気を与えたのは、この企図がいかにも彼の羞恥心《しゅうち》をうまく眠らせてくれたからで、金のためにこの女を「征服して」やるという試みは、目前の現実がきわめて冷静に要求している喫緊事のように思われた。逸子なら帳簿を預けられる女だと思ったのである。

誠はこういう大義名分が立つとはじめて天空海闊《かいかつ》の心地を味う性質《たち》であった。この小肥りした女がみっともないスーツを着て会計課長の大きな安楽椅子《いす》に納まるところを想像するだけで、彼は自分の行為に滑稽《こっけい》な魔力のようなものを感じてうれしくなった。

彼は白絣《しろがすり》の浴衣《ゆかた》のままごろりと仰向けに引っくりかえった。頭がうまく逸子の膝《ひざ》にぶつかった。逸子は身を引いてこう言った。

「どうなすったの、一体、お腹《なか》でも痛いの？」

誠は彼女の顔をあまりまじまじと見ると可笑《おか》しくなる危険を感じて、目をつぶったまま、手をのばして女の裾《すそ》をとらえた。袖《そで》と間違えて引張ったような顔をしてそれを引張った。誠は決して膂力《りょりょく》の逞ましいほうではないが、女の体にも加速度が加わっていたとみえて、逸子は坐《すわ》ったまま橇《そり》のように畳の上を滑らかに辷《すべ》って来た。

彼女はさんざん拒絶の身振をしたが、声をあげなくなったのが応諾のしるしであった。あとで並べた御託《ごたく》の数もきわめて少く、素人《しろうと》の女を沢山知らない誠には、いつでもこんな具合に行くものだと思いこむ教育上の悪影響を与えかねなかったが、それは一向女を征服したという喜びの味わわれないことで相殺《そうさい》された。

二三日のち誠はわざわざ逸子を事務所の下検分に同伴して、愛宕にこう言った。

「紹介しよう。田山逸子さん。会計係をして下さるそうだ」

「会計係ってむつかしいんでしょう。できるかしら、あたし」

「何ね、帳簿を預って下さりゃいいんです」

大そうおどろきながら愛宕はそう言った。

第十一章

事務所は中野区本町通り鍋横《なべよこ》マーケットの一角にある二階建ての仮建築である。愛宕の叔父は満洲《まんしゅう》浪人で、この界隈《かいわい》の顔役と外地で交渉があった。叔父の口ききによって権利金なしの家具附《つき》月二千円の家賃で借りることができたのは、幸先《さいさき》よしというべきである。誠が一晩思案をめぐらして考え出した「太陽カンパニイ」の名は、その旭光《きょっこう》を象《かたど》った徽章《きしょう》の図案と共に、二人の同志に賛成を以て迎えられた。店びらきの日は一九四八年十月十六日である。

誠はまず一万五千円の資金を、二流新聞の二行広告のために悉《ことごと》く投じた。広告の文案はこういうのである。

「遊金利殖月一割五分堅実第一中野区本町通四ノ三八太陽カンパニイ」

こうまでしながら誠自身この事業の成行にさしたる期待を懸けているわけではなかった。こんなおままごとみたいな、手品みたいな商売が成立つものであろうか。新聞に広告が出て次の日も、来客はまったく無い。強いて言えば一人あったが、それは地廻りの若い者で、秋祭りの寄附をとりに来たのである。それで五百円とられた。翌々日も午後にいたるまで訪れる人は一人もない。三人はがらんとした貸事務所にさし入る秋の日ざしのなかで、話題が尽きててんでに黙って新聞を読んでいた。

かれらは当てずっぽうに、社会という無形のものに釣糸《つりいと》を垂れているのであった。泛子《うき》は動いたろうか？

まだ動かない。……誠は不安になった。社会というものが、はじめて彼にはなまなましい実在として感じられた。この無形の実在、不機嫌《ふきげん》そうに黙っているこの巨大な暗黒の動物、それが壁一重むこうにとぐろを巻いているように思われる。それは脈を搏《う》ち、喰《く》い、吞《の》み、恋をし、眠るのである。これに対して人は無力で、多くは勤め人になって隷従《れいじゅう》するか、商人になって媚《こび》を売るかである。近代が発明したもろもろの幻影のうちで、「社会」というやつはもっとも人間的な幻影だ。人間の原型は、もはや個人のなかには求められず社会のなかにしか求められない。原始人のように健康に欲望を追求し、原始人のように生き、動き、愛し、眠るのは、近代においては「社会」

なのである。新聞の三面記事が争って読まれるのは、この原始人の朝な朝なの生態と消息を知ろうとする欲望である。つまり下婢《かひ》にだけ似つかわしい欲望である。そしてその出世の野心は、たかだか少しでも主人に似たいという野心にすぎない。

このがらんとした殺風景な部屋のなかで、三人はおのがじし耳を澄ましていた。何かがきこえて来なければならぬ。実は何かがきこえて来たりするということを、心の大部分が、ありうべからざることだと信じていながら、それでも待ちあぐねていることの気持は、宛然《えんぜん》われとわが身をこのバラック建の牢獄《ろうごく》に閉じこめてしまったようである。やがて誠が立っていらいらと事務所のなかを歩き出した。電熱器から煮え立った湯の薬罐《やかん》を下ろして、じっと灼熱《しゃくねつ》したコイルをみつめている。気がついて茶を入れに来た逸子が、誠の背を軽く手で叩《たた》くようにして、低声《こごえ》でこう言った。

「大丈夫よ、あせる必要はないわ」

誠は答えずに、もう一度新聞に帰って、しかもこれ以上読む気がしないので、新聞を丁寧に四つに折り、八つに折り、十六に折り、三十二に折って、偏執的に小さく畳んだ。

「こういう時はいちばんいいのは倒立《さかだ》ちだよ」と愛宕が言った。「倒立ちぐらい利《き》くものはないよ」

「僕は出来ないよ」

「出来ないことがあるもんか。壁に倚《よ》りかかってやれば簡単だよ」

愛宕は軽率に壁に倚って倒立ちをはじめたが、忽《たちま》ち靴底《くつぞこ》の泥《どろ》が顔にふりかかったので、あわてて立上って逸子に手巾《ハンカチ》で眼《め》に入った泥をとって貰《もら》った。とうとう誠も愛宕にほだされて、靴の泥を拭《ぬぐ》って倒立ちをはじめると、逸子が忽ち二人を制して言った。

「大へん、大へん、うちのお客らしいわ」

「何が大へんなもんか。事務所へ客が来るのは当り前だよ」

誠も愛宕も客の来訪を信ぜずにそう言ってまだ倒立ちをやめずにいたが、磨硝子《すりガラス》のドアのひらく音《おと》ないを耳にすると、はじめて周章狼狽《しゅうしょうろうばい》して立上った。受附の窓口で御免下さいという客の声がする。まだ室内は客の目に触れない。逸子がこれに応じて窓口の小窓をあけた。

この時からして誠に俳優の本能が動いたのだが、彼と愛宕はかねて用意の配置について、早速《さっそく》何喰わぬ顔をせねばならない。せまい事務所にはデスクと卓と五脚の椅子《いす》があるきりである。奥にはベニヤ板の壁を隔てて畳敷きの小部屋と流しがあるが、それは奥の方に金庫でもありげに見せかけるのに便利である。デスクの上には誠と愛宕の法律書と経済書が並べてある。誠はデスクにむかい、愛宕は傍《かたわ》らの椅子に掛けた。

入って来た客は、逸子によってただちに愛宕に引合わされたが、いかにも退職金をもらったばかりという仁体《にんてい》の、どこかの役所の片隅《かたすみ》に何十年間坐っていたに相違ない煤《すす》けた紙屑籠《かみくずかご》である。それでもとにかく、泛子《うき》は動いたのである。

「新聞広告を拝見いたしまして」と客が言った。苦労人の証拠には、一言一句に莞爾《かんじ》として、自分の言葉に自分で微笑の砂をかけてひとつひとつ丹念に始末をつける犬猫《いぬねこ》的習性をもっている。「投資のことの御相談に上ったわけですが、ひとつこの御説明をまずうかがって、その上でということに」

椅子に掛けた縞《しま》ズボンの光り具合は、一万以上の客とは思われない。愛宕がたずねた。

「いかほど御投資でございますか」

「それが御説明をうかがった上でですな、金額を申上げるのが順当でしょう。いかがでしょうな」

客はこれだけの駈引《かけひき》で大いに甘くないところを見せるつもりらしかったが、やがて吸い出した煙管《きせる》は真鍮《しんちゅう》のあきれた安物で、これには横目で窺《うかが》った誠もがっかりした。

愛宕が誠を会長と言って紹介した。彼の学歴から、千葉県で有数の資産家の息子であるということまで、愛宕が説明にこれつとめている間、誠は口上言いの長広舌《ちょうこうぜつ》をきいている間の軽業師《かるわざし》の神妙な態度で、前に手を組んで立っている。信用したようなしないような客の薄笑いが気になったのである。彼は矜《ほこ》りを傷つけられて、愛宕にもうよいと手で合図をした。

誠は自分より五寸は低い客の醜い前額を見下ろした。彼はこういう俗人を常日頃《つねひごろ》うんとこさ軽蔑していたが、今目の前にその標本があらわれて、ちゃちな金儲《かねもう》けをたくらんでいる生態を露骨に示すと、誠にはますますこんな助平根性へのこらえがたい軽蔑が生れた。尤《もっと》もこの種の軽蔑は、客の欲望に対する娼婦《しょうふ》の軽蔑に似たものである。娼婦は自分が不感症であるかどうかを、まず疑ってみる必要がある。誠は目の前の、辛苦によごれた額、いつも笑みを湛《たた》えていなければならないと教えこまれた眼、貧相なちびた箒《ほうき》のような鼻、いやに発音のはっきりしたよく動く口、これらのものをやみくもに軽蔑していた。過度の軽蔑はほとんど恐怖とかわりがない。誠はこの五十をすぎた男のなかに、彼自身の幻影を見るのが怖《こわ》かったのである。

『僕《ぼく》は断じてこんな奴《やつ》とちがう』と誠は独り言を言った。『僕のアルバイトは決して生活のためじゃないんだ。愛宕は生活のためかもしれないが、僕はちがうんだ。僕にはもっと真理のための使命があるし、数量刑法学の体系の完成は、他日僕に学位と東大教授の二つの肩書を与えるだろう。僕は今ちょっと自分の理論の実験をやらかそうとしているだけだ』

彼は生きようと考えたことなんか咄嗟《とっさ》に忘れていた。冷たい表情になり、感受性のはげしい男が自分の矜りを守ろうとするときのあの不自然な硬直した態度を示した。それというのも、この役者はまったく舞台馴《な》れがしていなかったのだ。相手が口に出して疑りもしないうちから、詐欺師《さぎし》と思われることを極度にこわがって、誠はどう安値に踏んでもアカデミックにきこえることだけは請合いの、きんきんした講義口調でこう説明した。

「私を信用して下さいとは申しません。私という人間を頭から信用して下さいとは申しません。(これはほとんど悲鳴に似ていた。)数字を信用して下さい。数学を信用して下さい。これこそ近代人の信仰です。(そんなことを言って通じる相手ではなかったので、客は目を丸くして奥歯にしゅっと音を立てた。)インフレ以来、金より物の時代ですから、信用取引はすっかり跡を絶って、みな現金取引です。信用取引ならブローカーは、自分の手許《てもと》に一文の金もなくっても、口利《くちき》きだけで利ざやが稼《かせ》げたのに、今はすべて現金取引ですから、いわゆる『みせ金』がどうしても要る。仲買人がAから買ってBに売る、そのAから買うときにともかく現金が要る。これが『みせ金』ですな。この金はBに商品を売れば必ず利ざやがついて返って来る金ですから、しかも早急《さっきゅう》に返せるあてがあって早急に借りた金ですから、相当な高利でもよろこんで借りる。今の銀行はいろいろうるさい制約がありまして、個人には貸さないし、また金融引締め以来ほとんど馴染《なじみ》の取引先とだけ交渉をもっている。ですからですね、東京都内で無数に行われている商品の授受がいったいどこをたよりにして行われているかといいますと、われわれなんです。このわれわれなのでございます。日歩《ひぶ》一円で、十日なら一割、月にして複利計算にして三割四分の利息が入る。クラブに一割九分いただき、お客さまに月一割五分お払いする。この三割四分マイナス一割九分イコオル一割五分という数学を信用なさって頂きたいのです」誠はふと気がついて、事務室のなかの閑散な空気をどうごまかそうかと思案を始める余裕も出て来たので、こう言い添えた。「本カンパニイは何事も真面目《まじめ》第一、手堅《てがた》い一方でして、事務所に金をかけるよりまずお客様の為《ため》に金をかけたいという主義で、現に二階にも若い者を四五人ごろごろさせてありますが、これが今みんな外出中なんです」

「ほほう」

「決して映画やレビューに行っているわけではございません。金と一緒にブローカーについて歩いて、持ち逃げを警戒しているのでございます。幸いにして、持ち逃げはまだ一件もございません」

「お話をきいて、どうもすっかり納得が行って、安心ができました。ありがとうございます。ではひとつこれをお願いいたします」

客が鞄《かばん》をあけて一万円の札束を出した。それでおしまいかと思って愛宕と誠が瞳《ひとみ》を凝らしていると、もう一束出る。また一束出る。三万円を卓に並べられたのには、嬉《うれ》しそうな顔をしないために大そう骨が折れた。

一月《ひとつき》先き日附の三万三千円の約束手形を引換えにうけとった客は、手形を押しいただくようにした末、もう一度三万円の札束のほうへ惜別の念で潤《うる》んだ実に年甲斐《としがい》もなく可愛《かわい》らしい流し目を投げた。ハンカチでも振りかねないその風情《ふぜい》に、いいかげん呆《あき》れていた誠は、客が、

「ああ、なんだか、その三万円は可愛い息子のようでござんすよ。しかし、可愛い子には旅をさせろと言いますからね。どうか怪我《けが》のないようにね」

と言うに及んで、ますます愕《おどろ》きを新たにした。

客がかえると誠はせい一杯冷静な顔をしていたが、喜色はその頰《ほお》に溢《あふ》れていた。愛宕も逸子も大へんよろこんで誠の口説《くどき》上手を賞讃《しょうさん》した。これは理性の勝利だったろうか？　策略の勝利だったろうか？　誠は前者だと信じたが、愛宕は天佑《てんゆう》だと思っていた。愛宕は現実主義者が天佑を信じる仕方で、信じることができるのだから仕合せだ

った。彼が今度は用心深く室内を歩きまわる番である。

「忘れないうちに、川崎、メモしておこう」

「何を？」

「サクラが要るよ。先客が二三人いてごたごたしていないとどうも具合がわるい。誰《だれ》か篤志家《とくしか》をたのんで来よう」

「そんな篤志家がいるかしら」

「さあそれが問題だ」

誠はしばらく考えてからこう言った。

「そうだ、大学の演劇研究会のやつに頼んで来よう。素人《しろうと》俳優にここで人生の演技術を勉強させてやるんだよ」

「そりゃあいい考えだ」

誠の意見に依《よ》るとこうである。今日の資金獲得にはすでに一種の演技が要った。ところがこれは演技であって演技ではない。何故《なぜ》かというと、インフレーション以来、あらゆる価値は名目的なものになり、小金をもっていれば誰でも社長や専務になれ、女は毛皮の外套《がいとう》さえもっていればみんな上流の奥様でとおり、世間はこうした仮装に容易に欺《だま》されることを以《もっ》て一種の仮想の秩序を維持して来たのであった。だから演技による瞞著《まんちゃく》は今の社会に対する礼法《エチケット》である。これはゆめ誠のきらいなマッキャベリズムではないのであって、合理性の確認は、まず合理的らしくみえるという前提を必要とする社会なのである。合理主義への嚮導《きょうどう》は、迷った羊たちを柵《さく》へ追い込むための狼《おおかみ》の演技を必要とする。ものごとを信じさせるためには、信じやすくさせてやることが、——一歩退いて、ものごとをはっきり疑う習慣をつけるためにも——、喫緊事でなければならない。

君は社会改良家になったのかと愛宕がからかったので、誠は演説を中途でやめた。そしてまた今自分を駆り立てた空想に、今度は一人で立戻《たちもど》った。

『らしくみえる。それに何らかの価値があるとすれば、われわれがもしかして己れの怠慢からそれ自体と見ているものを、ひとまず現象界へ引戻して考えるための、健全な手がかりたる点にあるのだろうか？　してみればわれわれの怠慢を、イロニカルに意識化した形で表現するためには、俳優の起用という案はまったく名案だ。こうして僕は金儲けが少くともある種の怠慢からしか生れないもので、勤勉な真理探究の或《あ》る道程だということを知るにいたるだろう』

こんな屁理窟《へりくつ》はどうでもよいが、ともかく翌日早速誠は大学の演劇研究会の友人を訪れて、なるたけ老《ふ》けた男二人と、美人の女一人の来援をたのんだ。友人は大そう面《おも》白《しろ》がって二つ返事で引受けた。そして男の一人に加わることを約束した。

午後になってまた客が一人あって二万円置いて行った。

第三日に、誠が大学の朝の講義をきいてから愛宕と事務所に出勤すると、間もなくお抱えの俳優が到着した。逸子が窓口をのぞいて引返して来て小声で言った。

「なんだか馬鹿《ばか》にめかし込んだ女が来たわよ」

誠が出てみると、少し古風な成金風俗に扮装《つく》りすぎた研究会の友人が、片手をサスペンダァにかけ、片手をあげて、ようと言った。もう一人の男はもう十何年文学部にいる風変りな学生で、どう見ても金をもっていそうに見えないが、それは最初の客のような例もあることである。彼は型が崩れて剣襟《けんえり》のしなだれたダブルを着て、五十万円はらくにはいりそうなボストンバッグを下げていた。

めかし込んだ女というのは、ちょっと戸外へ小戻りして、あとから入って来たが、髪を永く揃《そろ》え、爪《つめ》を赤く染め、右半分が紺、左半分がグレイで統一された大胆なデザインの洋服を着た彼女は、誠の目を疑わせたことには野上耀子《のがみてるこ》であった。

「あたくしこの間から研究会に入りましたのよ」

と耀子はしばらく会わない誠に挨拶《あいさつ》したが、この挨拶に誰もおどろかなかったところを見ると、彼女の口から誠の傾倒が言いふらされていたともとれるが、口をきくと凄味《すごみ》がなくなるよという友人の横槍《よこやり》で、多くは語られずにそれなりになった。一同が腰を下ろすや否《いな》や、六十五六のせわしそうな老人の客が入って来て、この華やかな先客に驚嘆しながら、五万円を置いて帰った。そこで一同は愛宕のもって来た焼酎《しょうちゅう》で乾《かん》盃《ぱい》した。

第十二章

ずっと以前から誠はファウストに憧《あこが》れていたが、文学的感動を一向に享《う》けない彼は、ファウストがこの世のあらゆることを経験し、人間のなし能《あた》うことを究めつくそうとする情熱の権化《ごんげ》であるという風に、至極簡単明瞭《めいりょう》に解釈していた。この味もそっけもないファウスト解釈は、いわば論理的理解であって、論理の特徴は、時間を犠牲に供することである。

時間のかからないことが論理の長所であり短所である。論理はせいぜい一二時間の論争で歴史上のもろもろの問題を分析し、これに生真面目《きまじめ》な、また滑稽《こっけい》な解決を与えることが自在に出来るが、論理の仇敵《きゅうてき》は時間であって、この仇敵を葬《ほうむ》るために論理はしばしば未来へむかう。未来の確実さは時間の確実さだけに懸っており、論理にとってこれほど我慢ならぬことはない。そこで未来が論理的にも決定されていると言おうとするのである。

誠がファウストから時間の観念をさしひいて、ファウストの究めようとした世界のすがたを空間的にしか理解しなかった別のあらわれとして、彼の論理、彼のいわゆる合理主義は、時間というものをおそれていた。おそれていたというよりは、時間をとりこにしようとしてあせっていた。

こう考えてくると、ほとんど運命的だと思われるのは、彼が一高時代から――とはいえその萌芽《ほうが》はすでに幼年時代にあらわれていたが――身につけた生活態度と、金融業との出会である。利子はとりこにされた時間の産物であり、誠の生活もまた、とりこにされた時間の羅列《られつ》にすぎない。

彼の日記は、そのしつこい反省癖のおかげで時間的に細分されており、日記というよりは時記といったほうが適当なほどである。それかあらぬか彼は自分の日記を「時計日記」と名附《なづ》けていた。

睡眠時間も六時間半とは書かれずに、分単位で390分と記されていた。この細分された一日の各項目に、彼は分類のための記号をつけた。学芸は○である。企業は△である。「女性関係」（彼の用語に従う）は□である。そのおのおのが五種に分けられ、学芸がプラスばかりであることは当然だが、企業と女性関係にはプラスもあればマイナスもあろう。このプラスマイナスは必ずしも損得ではなく、実践道徳完成の目標に照らしてプラスであるかマイナスであるかが採点される。すべてがプラスになることが誠の志なのであるが、この反省癖はひとたび未来に向けられると、妙な道徳的混乱を示した。すでに逸子の場合に見られるように、真理探究あるいはその準備過程のために、女を犯すことは道徳的だと考えられるが、こうした判断は多分に反省が捏造《ねつぞう》したこじつけの気味があり、しばしばあとからのこじつけが次の行為の前以《まえもっ》ての言いわけになった。それが数量刑法学の趣旨にもとっていることを当人は気がつかない。反省癖の短所は、自分自身を貧しくすることで、過去において自分の犯した悪行を将来犯すかもしれない悪行と、同一物と考える論理的悪癖に染まることである。人間は知らずして、またそれと知りながら、さまざまな悪に参与するが、体験において同一の悪行は存在しない。

日ならずして先客のサクラは不要になるほどの活況を「太陽カンパニイ」が呈するにいたると、俳優諸君はたちまち事務員に早変りをした。一月たって利子をとりにきた例の老人が、机に並んでいる彼らを見てびっくりしたような顔をしたが、約束どおりの利息を仕払われ、契約を半年に延長してかえった。誠は元金にどんどん手をつけた。確実に仕払う利息、一流紙にのせる新聞広告、電話、自転車、人件費（俳優諸君も給料の仕払を要求した）、応接セット、……これらの費《つい》えは本来、貸附利息と借入利息の差額から支出されるべきものであるが、誠はそういう実質的な信用よりも人目をあざむく信用つまり宣伝のほうが大切だと信じていた。真理は疑うべきではないが、真理以外のものはのこらず疑ってかかるべきだという彼の信念を、他人にむかって逆用したのである。つまり利息をきちんと仕払われて安心している人間のほうがわるいので、疑わない人間は、仮装の信用で満足すべきである。誠は現代では宣伝のほうが実質よりもずっと信用されることを承知しており、すでに紙幣が兌換《だかん》されえぬように、純金とか天然真珠とか本物の名画とか堅牢《けんろう》な家具とか良心とか手織木綿とか手縫の靴《くつ》とか、そう謂《い》ったものは却《かえ》って疑わしげな目で見られることを承知していた。

耀子《てるこ》は心なしか誠を避けていた。事務所が退《ひ》けるとかならず二人の仲間と匆々《そうそう》にかえる。よそへ誘う隙《すき》を誠に与えない。二人の仲間と何か関係があるのかと臆測《おくそく》されるが、そうでもなさそうである。

或る日のこと誠は執務中に小さな紙片に、

「今晩六時半に日比谷《ひびや》映画の前で待っていて下さい。御返事はこの紙の裏に書いて、書類にはさんでお返し下さい」

と書いて耀子に渡した。耀子はそれを読むと、にこりともしないで、濃い鉛筆で大きくYESと書いてそのまま誠に返した。このあっけなさに誠は馬鹿にされたような気持がして、帰りがけまで耀子の机のほうをつとめて見なかった。

すでに十一月もおわりであった。短日《みじかび》の暮色は街路樹の梢《こずえ》を包んでいた。簞笥《たんす》のなかから引張り出されたばかりの冬外套《ふゆがいとう》の放つナフタリンの微《かす》かな匂《にお》いが、人のゆきかいのはげしいあたりに漂っている。この匂いは女の銀狐《ぎんぎつね》の、もしくは銀狐まがいの襟《えり》巻《まき》からも漂い出た。人々の顔にはいかにもこの季節に納得の行ったという安らかさがあるが、そういう表情を人々がうかべるのは十一月に限られている。こんな表情には幾分哲学者めいたものがあり、身近な竈《かまど》や煖炉《だんろ》のように、われわれは抽象的な思考を身近に感じる。ともするとわれわれは日常生活にあまり責任のない、乾いたコルクのような、軽快な自分の肉体を、外套の厚みの下に感じるのである。

誠は有楽町駅から日比谷へむかって歩くあいだ、まさにこのコルクのような軽やかな足どりだった。一高時代も、大学へ入ってからも、銀座や有楽町という街は何かしら自分のものではないような気がしていたのだ。そんな街を歩くのに何の洗練も要ろう筈《はず》がないが、彼は十分な洗練なしには歩き方一つでもたちどころに田舎者たることを見破られるという誇大な想像を懐《いだ》いていた。人を不幸にするばかりなこういう恐怖心は戦前の産物であって、それがのんびりした田舎に保存され、子々孫々に受け継がれるあいだに、都会はもうそんな恐怖心を地方に与えないほど堕落しているのだが、田舎は忠実に諸事やかましい都会的洗練の幻影を胸中深く護《も》り立てているのである。

商店の飾窓、おしゃれな喫茶店、映画館、ダンスホール、……信じがたいことに思われるかもしれないが、誠は六年間も東京ぐらしをしていながら、いまだにこういうものに原始的と謂ってもよいそこはかとない恐怖心を抱いていた。

これらの幻影において、誠ははからずも一個の通俗的な詩人であった。彼は今日新調の背広と新調のオーバーを身にまとっていた。その身は太陽カンパニイの会長であり、すでに借入金総額四百万円、貸附け二百万円を縦横に動かしている。おまけに東京大学の学生で、卒業成績は銀時計組に相違ない。何て素晴らしいんだ！　道ゆく学生や青年の顔がみんな阿呆《あほう》にみえる。彼は自分の容貌《ようぼう》に負け目《ひめ》があったが、そこらの学生の懐《ふところ》ろの貧しさを想像すると、この負け目は一掃された。銀座を闊歩《かっぽ》するのに自分ほどふさわしい青年はありえないような気がしたのである。右に述べたようなもろもろの条件が整わないことには、彼の恐怖心の征服は難しかったろう。何という努力と危険に対する何というささやかな報酬だろう！

こんな完全無欠の陶酔のあいだにも、いかにも誠らしいことは、例の耀子に対する作戦計画の復習《おさらい》を忘れなかったことである。

『彼女が物質を求めているあいだ、僕《ぼく》は誠心誠意精神的に彼女を愛しつづける。そしてついに彼女が僕を精神的に愛しはじめたら、そのとき僕は彼女を征服しておいて敢然と捨てる。僕が彼女を捨てる自信を得るまでは、どんなに苦しくても、指一本彼女の体に触れてはならないぞ』

彼にはこんな機械的な観念を三年間もちつづけていることのできる一種の天分があったが、執念深さというよりはこれはむしろ禁慾《きんよく》的なもので、いつも自分をがんじがらめにしておいてくれる観念を愛していたのだというほうが当っている。そのあらわれはどのみち同じでも、青年はやむをえずこうしているのだというよりも、自分の意見によってこうしているのだと考えることのほうを好むものである。誠は耀子を愛していたのだ。

映画館の前で耀子が赤革《あかがわ》の楽譜鞄《がくふかばん》をぶらさげて小さな輪をえがいて歩きながら彼を待っているのを見ると、誠はわが目を疑った。何事にも定刻を厳守する誠は、六時半に一分《ぷん》のかけちがいもなくそこに現われたが、してみると耀子は定刻前から待っていたのである。あの冷淡な女が約束の時間の前から待っているとは、大したとぼけ方だ。それでなければ何か企《たくら》みがあるにちがいない。

ところが耀子にしてみれば、時間におくれたり早すぎたりすることは、単に交通機関の気まぐれと彼女自身の気まぐれとの足し算引き算の問題だった。比べるものがないほど正直で恬淡《てんたん》なこの令嬢は、一度に一つ以上の嘘《うそ》をついていることができない。

嘘を一つついているあいだはそれにかかりきりで、精神の他の部分はどこをついても正直な反応を示した。『川崎さんって本当にへんな人だわ』と彼女は考えていた。『あの人が私を好きだという感じにはもう馴《な》れっこになってしまったから、改めて私をきらいだとでも言ってくれなければ刺戟《しげき》がありはしない』

誠は走りよって、うやうやしいお辞儀をした。さっきの威勢のよい歩きっぷりのあとに、このお辞儀で見事な花押《かきはん》を書き添えたようなものだ。耀子は大そうきまりのわるい思いをした。

「おくれて本当に済みません」

「あらいやだ。会長さんがそんなに頭をお下げになったら変だわ」

「皮肉を仰言《おつしや》らないで下さい。さあ入りましょう」

誠は手を彼女の背中へまわすようにして映画館へ入ったが、あと二十分ほどで一回がおわるので、二階の廊下の椅子《いす》でおわるのを待つことになった。彼が何か言いたそうにしているのを察した耀子は、膝《ひざ》にのせた楽譜鞄のはじのほうをピアノの鍵《キイ》のつもりですずろに叩《たた》きながら、何のお話、ときいた。

「それはね」と誠は口ごもって、すこし抒情《じよじよう》的な口調で言った。「きこうきこうと思っていたんですが、忙しくってね、とうとうきけなかった。あなたが研究会からカンパニイへ来て下さったのは、どういう動機ですか。あなたが進んで来て下さる気持になったんですか」

深く考えもせずに、彼女は正直にずけずけと答えたが、このあけすけな返事にも人にいやな気持を与えない率直さがあり、誠の好意的な眼《め》は率直さのなかに優雅をすら見出《みい》だした。

「別にどうってことないわ。ただ面白《おもしろ》そうだから来ただけですわ。あなただったらお友達だからお手助けしたいと思っただけだわ」

「みんなに僕のことを何と言いました」

「お友達と他人の丁度真中へんだって言ったのよ」

「負けたな。それではもう一つ訊《き》きますが、太陽カンパニイへいらして以来、僕にあんなに冷淡な素振を見せたのはどうしてです」

誠がこうきいたのは、逸子のことを感づかれたせいではないかという危惧《きぐ》を試したのである。

「あらあたくし誰《だれ》にだって冷淡だわ。あなたに特別冷淡にしたわけじゃございませんわ」

この否定の無邪気な明るさにおどろいて、何事にも平等に扱われるのがきらいな誠は、逆に彼女の不安をそそり立ててみたいと思った。そこで不利もかえりみずにこう言った。

「田山逸子を、君どう思う」

「あら別に。とてもいい方だわ」

一向に疑われない誠は気をくさらした。

それから二人は埒《らち》もない映画や小説の話をしたが、誠は耀子の博識に一驚を喫した。耀子はこの世の小説をのこらず鵜呑《うの》みにし、そして憶《おぼ》えるのは題名だけなので、幸いにして小説の毒に中《あた》ることから免かれている。こういう読者のおかげで、小説も古典になりうるのである。およそ衒学《ペダンチズム》には不感症の誠が、これら泰西群小作家の名前のかたわらに、群小哲学者、法律学者、経済学者の名前を並べたので、アメリカ物の音楽映画をやっている映画館の廊下には図書館のような森厳な気配が漂った。忽《たちま》ち扉《とびら》がひらかれて、観客がぞろぞろと廊下へ出て来た。そこでこの図書目録のような会話は中断された。

映画がはじまると、誠はしばしば傍《かたわ》らの耀子を見た。彼女の目は映写幕の反射をうけて紫の深い輝やきの移ろいを宿していたが、その小さな美しい手は、赤い楽譜鞄の上でしばしば画中のショパンが弾くピアノ曲をなぞっていた。ひとつひとつの指の笑窪《くぼ》に誠は接吻《せっぷん》するときの自分を想像し、突然この少女にお給金を与えている今の身分に思い当ると、狂おしいほど幸福になった。

映画は色がついていて、運動選手のように頑健《がんけん》なショパンが、白い鍵盤の上に梅酢のような血を吐いたりする莫迦《ばか》げた見世物だったが、誠は満足したばかりか、非常に感動した。しかしかえりに立寄った喫茶店では、女に馬鹿にされまいとして気むずかしい批評を並べた。これは誠が都会から学んだわるい蛮風である。

「いつかの五十万円の話はどうですか」

誠は耀子が小さい口をいっぱいに丸くひらいてショートケーキをたべてしまってからこう言った。すると耀子は口のまわりについた生クリームを、手巾《ハンカチ》をまきつけた指さきで手品のように器用に拭《ふ》いた。そして一向に熟考しないで、笑いながら答えた。

「あたくしの気持？　変りませんわ。やっぱりお金がほしいわ。あなたに五十万円財産がお出来になったら結婚するわ。だって今はまだ借入れのほうが多いでしょう」

「まあ見ていらっしゃい。あと二三ヶ月で、あなたと結婚できるから。しかしお金がほしいって、一体何に使うんです」

「何にも使わないの」

「貯《た》めとくんですか」

「どんな風に使うか、ためしに今、あたくしに千円やってみてごらんなさい」

「千円でいいんですか」

誠は怪訝《けげん》そうに百円札を十枚手渡した。やがて二人が店を出て歩きだすと、耀子は高架線に沿った暗い堀端《ほりばた》を新橋のほうへ歩いた。誠もこの暗い道が好きである。郷里の河畔の道を思い出させてくれるからである。堀のおもては甚《はなは》だ暗い。高架線の所まばらな燈火《とうか》の投影が見られるだけだ。たまたま明るい窓をつらねた省線電車が、あたりをどよもして行き過ぎたので、夜風にやや気色《けしき》ばんだ堀の水面には、この窓あかりが帯を繰《く》るように繰られた。

誠が耀子の千円の使途に抱いた好奇心は、こんな堀端を肩をならべて歩きたがる耀子の思惑に思い及ぶと、種明しをされたような心地がして、みるみる褪《さ》めてゆくのを禦《ふせ》ぐことができない。そういう自分を鼓舞するために耀子の肩に手をかけた。彼女は拒まない。

すると甃《いしだたみ》の上を大そうやかましい響を立てる荷車を引きずって、人夫に曳《ひ》かれた一頭の黒牛がやってきた。一日の労役に疲れた牛が、空《から》の荷車を引いて帰路に就くところであるらしい。人夫は煙管《きせる》を吹かしながら、この街中《まちなか》をどこへかえるのか、急ぐけしきもない。牛は夜のように黒い。そのたるんだ皮膚は、重く垂れた帳《とばり》のように腹の両側に懸《かか》って、歩みを運ぶたびごとに揺れている。

耀子は荷車をやりすごした。車の後尾が目の前にさしかかる。そこに提げられた飼《かい》葉《ば》桶《おけ》がものうげに揺れては車にぶつかって鈍い音を立てる。桶は深く、底にあるべき飼葉も見えない。耀子の手がすばやく外套《がいとう》のポケットから先程の千円をとり出すと、飼葉桶のなかへ放り込んだ。そうしておいてそしらぬ顔で悠々《ゆうゆう》と歩いた。誠が呆気《あっけ》にとられて黙っていると、それを渡って右折すると内幸町へ出る木橋の袂《たもと》で、耀子はにこりともせずにこう言った。

「お巡《まわ》りにみつかったら大へんだわ。どうしましょう」

その可笑《おか》しさはたとえようもなく、誠がまず吹き出して、言った当人の耀子も吹き出した。二人は子供のように頬《ほお》をほてらせて、涙の出るほど笑った。

手の甲で涙を拭《ぬぐ》い拭い歩いている耀子の愛らしさは比べるものもなかったので、人《ひと》気《け》のないガード下の暗がりへ来ると、誠はすばやく手をのばして接吻しようとしたが、彼女はにべもなくはねつけて、まじまじと誠の顔をみつめながらこう言った。

「何故《なぜ》そんなことなさるの。そんなことしたってつまらないじゃないの」

「いやね。君と僕とがあんまり似ているのがうれしくて接吻したくなったんだよ」

「似ているってどこが」

「愛宕がいつもこう言うんだ。俺《おれ》は生活のためにやむをえず金儲《かねもう》けに手を出したんだってね。それをきくたびに僕は癪《しゃく》にさわるんだ。僕の金儲けには目的がないんだからね」

その晩は何事もなく新宿駅で耀子と別れたが、自宅まで送るという男の申出を彼女が頑《かたく》なに拒んだからである。

誠は人ごみに消えてゆく彼女の後影を窓ごしに見ると、ゆくりなくも一高時代に文学狂の友達が彼に話してくれた散文詩を思い出した。誠の記憶にあやまりがなければ、ロオトレアモンの「マルドロオルの歌」の一節である。或《あ》る孤独な男が自分とそっくりな存在を探して遍歴する。そういう存在にめぐりあうことは甚だ難《かた》い。最後に彼は暗い海へ出て真白な鱶《ふか》に出会うが、これこそ永年探しあぐねていた「自分とそっくりな存在」であることを直感し、その鱶とものすさまじい結婚を行うのである。

『そうすると耀子はさしずめ、生娘《きむすめ》の鱶というわけだ』

こう独り言して又彼は、まわりの乗客が目をそば立てるような思い出し笑いを口辺に泛《うか》べた。ふと我に返って、きまりわるげに周囲を見まわした。すると目の前のシートに掛けている男があわてて視線を外《そ》らしたのを感じた誠は、大そう特徴のあるその男の顔をつらつら見た。

真四角な俎板《まないた》様の顔に似合わぬおちょぼ口の上辺には、手入れの行き届いたささやかな髭《ひげ》がある。例の荻窪財務協会の男である。誠は闊達《かったつ》に笑いかけて、やあしばらくですねと言った。これがほかの場合なら、もうすこし辛辣《しんらつ》な挨拶《あいさつ》の仕様もあったであろうが、誠の幸福感は誰の肩をも叩いてやりたい状態にあったので、この寛容をいささかも悔いなかった。男は、人違いじゃありませんかと云《い》うべきや否《いな》やに迷っているらしかったが、つと決心して立上ると、釣革《つりかわ》に片手をかけたまま、身体《からだ》を深く折り曲げてお辞儀をした。そのひまに一人の肥《ふと》った紳士が熟練した腰のひねり方で彼の立ったシートに辷《すべ》り込んだ。

お辞儀の永さとだらしなさで酩酊《めいてい》のほどが察せられるこの男は、大声でこう言った。

「こうして頭を下げますよ。でも私が悪いんじゃないの。かにして下さい。私をどうか寛大に扱って下さいましよ。かにして下さいましよ。みんな会長が悪党なんで、私のせいじゃありませんよ。もう一度頭を下げますよ。私を責めてはいけないよ」

それから男はこれごらんなさいと言って汚れた紙入れを懐《ふとこ》ろからとり出して中味を見せたが、十円札三枚のほかには一銭もない。誠がおどろいていると図に乗って、今度はくたびれた背広の上着を半分脱いでみせたが、肩から背中にかけて座蒲団《ざぶとん》大の無恰好《かっこう》な継ぎがしてあり、夥《おびただ》しい縫目は雑巾《ぞうきん》をさながらだったので、思わずまわりの乗客が失笑すると、男は英雄的な身振でこう言った。

「笑うんじゃないよ。虱《しらみ》はいないんだよ。私は潔癖で一日おきに自分で洗濯《せんたく》するんだ。虱がいるなんぞと疑っては罰が当るよ」

誠は逸子の猜疑《さいぎ》を解くためと、若い者ばかりのカンパニイにこの男の中年の重みを利用すべくその瀬踏みをするためと、二つの理由から酔漢を荻窪の下宿先へ連れかえって泊らせた。男は今晩は土管を探して寝るなぞと車中で広言したからである。

数日後、愛宕の承諾を得て、この身ぎれいな詐欺師はカンパニイの顧問兼営業部長にとり立てられた。名前をいうと噴飯のおそれがあるが、猫山辰熊《ねこやまたつくま》というのである。のちのちまでも猫山は人と誠の噂《うわさ》をするたびに、お若えのに度量《わけ》のひろいのには頭が下ります、と畏敬《いけい》の念を面上に漲《みなぎ》らしてつつましやかな口もとで力説した。

第十三章

翌年の一月二十六日に、太陽カンパニイは銀座に事務所を購入して、これを機会に株式会社に改組して、そこへ移った。すでに借入金総額は一千万円を超え、貸附は五百万円を上廻《うわまわ》っている。広告は三行広告欄中の「目玉広告」に切換えられ、広告費は五倍になったが、投資もまた幾何《きか》級数的に増大した。銀座にビルを持つことは、不動産投資として、資金運営の一環にもなりえたのである。

誠が博した絶大な信用は、蛸配当《たこはいとう》を利子に応用した危険千万な経営の賜《たまもの》であったが、これには人間同士の附合にもあてはまる心理学的根拠があり、われわれがしょっちゅう会っている友人のほうを、永らく会わない兄弟よりも信用するにいたるように、もし利子が一ト月でもおくれれば、貸手の頭は元金の観念でいっぱいになってしまうところを、毎月きちんきちんと支払われる利子にお目にかかると、人はともすれば元金の存在を忘れてしまう。

誠の母がK市にあって、久しく顔を見せない息子の上に馳《は》せている感情には、いわばこの感情の元金《もときん》が固定観念になっていた。誠のことを思うと、彼女の見栄坊《みえぼう》な心は大そう傷つけられ、良人《おっと》が彼の親不孝の非を鳴らすたびに、自分の傷にさわられたように感じた。患者の一人からお世辞のつもりで、かねて評判のこの優秀な息子の近況をたずねられたときなど、彼女はたとえば極秘裡《り》に精神病院に入れてある息子のことをたずねられでもしたかのような落ちつかない調子で、

「誠ですか。そりゃあ元気で、よく手紙をよこします。あんまり勉強のほうが忙しくて、国へかえるひまもないんですからね。体をこわさなければいいが、とそれだけが心配でございます」

なぞと言うものだから、却《かえ》って曰《いわ》くありげに見られる結果になった。

必ずしも既に曰くがあったのではない。誠の素行について確たる悪い証拠を握ったのではない。ただ心配なのは、下宿先の田山逸子に親展で問い合わせて受けとった簡単な返事の手紙である。それには誠が、銀座の松屋FX裏の太陽カンパニイ株式会社に勤めている由《よし》が誌《しる》してある。逸子は呑気《のんき》に、というよりはむしろ誇らしげにこれを報《し》らせて来ているので、母親は一そう不安にかられた。

もう一段と詳細な問い合せをせずにはいられない。と謂《い》って、こういう心弱い素行調査は、もしそれが毅の耳に入れば、口汚ない叱責《しっせき》に会うに決っている。彼女は部屋

かがやいた。その拍子《ひょうし》に又もや気がかわって、折角書き上げた速達を破りすてると、この惑乱した気の毒な母親は、マコトノコト、クワシクシラセ、という電文を思いついたので、すぐさま電報を打つために我家を出た。二月半ばの、しかし日光は豊かに風はなごやかな午後のことで、彼女はこの町の上流婦人のしるしである銀狐《ぎんぎつね》の襟巻《えりまき》を今日は避けて、コートの衿元《えりもと》を黒い地味なショオルで包んで、まるでわるいことをしにゆくように、南町通りの郵便局へむかっていそいだ。

K市の気候は温暖である。冬などK市から上京して両国駅へ着くと、着物一枚ちがうといわれるほど、気温の較差がある。いそぎながらも少年時代の誠の思い出にとらわれていた気の毒な母親は、翼をきらめかせて頭上を翔《か》け抜けた米機の轟音《ごうおん》を、かつての日の海軍機の爆音とききちがえた。

郵便局の扉《とびら》を押すと、又もや新らしい懸念《けねん》が彼女をためらわせた。せまい町の唯一《ゆいいつ》の郵便局で随一の名家が打つ電報の内容は、たちまち人々の口《くち》の端《は》に囁《ささや》かれるにちがいない。意味は誇張され、とんでもない風聞のもとになるかもしれない。あの中年女の局員は見るからに口が軽そうだ。そうだ、やっぱり電報はよそう。……神経質な彼女は、電報用紙を捨てるのをおそれて、丸めて袂《たもと》に入れた。

『また家へかえって改めて速達を書こうかしら』

俄《にわ》かに疲れをおぼえた川崎夫人は、日あたりのよい窓ぎわのベンチに腰を下ろした。すると郵便預金を引き出してきた青年が、――それというのも金額のあまりのささやかさがその持主に注意を払わせたのであったが――、ふと顔を合わせてにこやかに会釈《えしゃく》をした。その微笑の朴訥《ぼくとつ》さに救われて、川崎夫人は思わず口辺に微笑をうかべた。こう言った。

「易《やす》ちゃんじゃないか。ずいぶんしばらくね」

「御無沙汰《ごぶさた》してます」

「その挨拶は、あなた、おかしいよ。おじさまがあなたに来るなと仰言《おっしゃ》るんだから」

「まあ早速《さっそく》そういじめないで下さい」

川崎夫人は共産党員というものを大学出の博徒《ばくと》ぐらいに考えていて、このイデオロギーが責めらるべき理由は、その思想内容にあるのではなく、折角学んだ学問をないがしろにする点にあると考えていたが、これで察せられるように、夫人の実父は千葉医大の教授であり、彼女は学者の娘であったのである。

最初の救いにほだされて夫人は甥《おい》と小《こ》半時《はんとき》をちかくの喫茶店ですごしたが、この結果得られた名案は、誠をいきなりそのあやしげな会社に訪ねて詰問《きつもん》することである。

夫人一人では何かと心細いので、たまたま東京に用があるという易に、毅には内証で同行を頼んだ。そして今さららしく、すっかり大人になった易の風采《ふうさい》をつくづく眺《なが》めた。

「うちの誠もあなたぐらいに岩乗《がんじょう》で、あなたぐらいに色が黒ければどんなにいいかと思うよ」と夫人は言い出したが、そのうちに忽《たちま》ち母性愛の利己的な定石のとりこになって、「でも天は一物を与えずとはよく言ったものね。あなたみたいな人に誠の頭脳《あたま》があればどんなに見事でしょう。誠の頭脳《あたま》があなたにありさえすれば、共産党なんかに入りやしませんよ、きっと。……あなた方はいったい天子様をどうしようというんです。その上、あれなの？　あんなお可愛《かわい》らしい皇太子様を縛り首にしようという魂胆なんでしょう。全くあきれかえった世迷《よま》い言《ごと》だわね」

易はこの感情的な非難攻撃をもてあましたが、誠への友情から二つ返事で同行を承諾した。易のような正直な善良な青年が「悪い附合」をして「身をもち崩して」いるのを残念がる彼女の口吻《こうふん》には、川崎家に出入を差止められているという「重大な不利」に対する深い思い遣《や》りがあらわれていた。

保守党の政見の千篇一律さは、古い水車のように田舎の諸所方々にまわっているが、どんな新手の流行思想の水流も、水車をまわすのに役立つだけであり、保守的な意見というものは念仏と同じことで、無意味な繰り返しに魅力があるのである。読者を退屈させないために、川崎夫人の政治的意見の紹介は差控えねばならない。二人の生粋《きっすい》の千葉県人は、実に久方振りで銀座の街頭へ歩み出たが、川崎夫人は易にネクタイを買ってやり、その趣味のわるさに気のつかない易が、早速これを締めて鋪道《ほどう》を闊歩《かっぽ》している横顔を見ると、夫人は彼の政治的偏見を幾分矯正《きょうせい》してやったような気持になった。

『私は功徳《くどく》を施したわ』

そう彼女は心に叫んだ。気前のよい喜捨をする信心深い老女がこうして出来上るのだ。

この二人が太陽カンパニイに到着する少し前から誠は社長室に耀子と二人でいたが、百万円以下の小者《こもの》の客の応接は、すでに愛宕と猫山に委《まか》せられていた。誠は耀子を前にするとき、以前仮自身が「精祐的な態度」と称したものがほとんど遊戯的に昂進《こうしん》して、今ではこの上もない甘ちゃんと思われることに、並びない喜びを見出《みいだ》すようになった。まるでこの処女は、彼が人目に隠している仔猫《こねこ》のような柔弱な心の、彼の外部に形をなしてあらわれた存在のように思われた。金が出来たおかげで、二十五やそこらの青年が、中年男の精神的な遊びのたのしみを享楽《きょうらく》するにいたったのである。

耀子はこのごろ身装《みなり》に凝るようになり、その趣味はいつぞやのサクラの衣裳《いしょう》とちがって、一貫して清潔なもので、爪《つめ》は染めず、化粧は自然を旨《むね》としていた。こんな清楚《せいそ》な女秘書に応対されれば、たとえ見えすいた居留守とわかっていても、来客は諒《りょう》として帰るであろう。言い落したが、株式会社改組の際に、彼女は社長秘書の役名をもらい、何分大口の計算が手に負えない逸子は、会計係の平事務員にとどまった。しかし逸子は持ち前のつつましさから、誠と耀子の問題にとやかく口出しするようなことはない。誠は逸子の下宿を引払って、築地の或《あ》る高級アパートの一室を借りていた。逸子はときどき手製の心をこめた料理をアパートへ運んで、誠の心次第でその晩は泊った。

誠と耀子がすでに出来ていると信じている社員一同は、逸子の涙ひとつ見せない健《けな》気《げ》さに目をみはっていた。その実逸子は年長《た》けた女の直感で二人のあいだに何事もないことを見抜いていたのである。誠の自尊心の強さをよく承知している逸子は、表面社員一同の臆測《おくそく》に与《くみ》しながら、奴婢《ぬひ》のような無言のあきらめを装って誠に仕えた。自分が嫉妬《しっと》していないことを感づかせずに、もはや嫉妬しながら我慢づよくそれに耐えていると言いたげに誠を見上げる逸子の面持《おももち》は、たとえ憐憫《れんびん》の動機にもせよ、誠をして誘引の言葉を吐かせるに十分だった。逸子のおかげで、誠はそういう誘引にひそむ時折のひそかな自己憐憫を、自分自身に対してごまかすこともできたのである。

耀子は松屋PX裏の汚れた街路を見下ろす窓のかたわらの壁鏡にむかって顔を直した。デスクのむこうから耀子のうしろ姿をまじまじとみつめている誠の顔が鏡の奥に映る。誠は彼女の背筋に連ねた十個あまりの小さな釦《ボタン》の、なかほどの二つ三つが毎日外れているのが気にかかった。おそらくそこへは手が届かないのだ。しかしその外れているさまはいかにも愛らしく、手伝ってはめてやる男の手がないことのしるしにもなって、耀子の身持の潔《きよ》らかさを証明しているようなものだから、誠は毎日口に出しかけては、言わないですぎた。

耀子はふりかえると窓際《まどぎわ》に半ば腰かけるようにして、悪戯《いたずら》らしい微笑を洩《も》らした。うしろから見つめていた誠の姿を、自分で描写してみせてからかった。

「女って背中にも目があるのよ」

「そうだね。十、いや九つある」

誠は釦のことを言ったのである。耀子は笑って否定した。彼女の意見によると、女の背中には十八の目があって、六つは猜疑《さいぎ》の目、六つは幸福の目、六つは悲しみの目だそうである。誠はこんな神秘主義には興味がなかったが、馬鹿《ばか》のように感嘆してみせた。すると耀子はデスクの前まで来て、こんな風に切り出した。

「飼葉桶《かいばおけ》にそろそろ献金をしなくちゃならないわ」

「献金はいくら？」

「今度は五千円でよございますわ」

耀子はひとごとのように無心をした。

「はい、五千円。これで八回目だね。一回目は例の千円だ。それから一万円、八千円、一万五千円、三千円、二万円、千五百円、それから今度の五千円というわけだ」

「そんなこと一々おぼえていらっしゃる間はだめよ。忘れておしまいあそばせ。もしお疑いになるなら、また一緒に夜道をあるいて、かえってゆく牛ぐるまを探しましょう」

「あれはもう御免蒙《こうむ》りたいよ。君が二万円も飼葉桶へ放り込むところを見たら、僕は卒倒するかもしれないし、君に介抱してもらわなければアパートへかえれなくなる。そうすればどうなることかわかりはしないからね」

「すぐ話をそっちのほうへもっていらっしゃるのね。つまらないじゃないの、そんなこと。そんなことを仰言《おっしゃ》るなら、あたくし早速辞《や》めさせていただくわ。ね、もう仰言らないと約束してね」

「よし、約束するよ。君は男がどこまで精神的でありうるかを試験しようとしているんだし、僕は立派に及第する自信がある。これに及第した男こそ、君にとって理想の男性だし、現代の青年の代表でもありうるわけだからね」

「それはそうですわ。女が無理難題をもち出すのは、竹取物語以来の約束事ですわ」

「そういうことをいうときの君のあどけない目つきが僕は実に好きなんだ」

　誠のわざとらしさは彼の誠実と、自分でも見分けのつかないほどしっくりまざり合っているので、そのへんの消息を会話の字面《じづら》から察してもらうことは困難である。

　川崎夫人はみちみち易の北海道の話をききながら歩いていたが、炭坑労務者たちの悲惨な生活の話は、まわりの都会のどよめきのなかできくと、まるで夫人が幼ない日にきいたおそろしい因果噺《いんがばなし》のように思われた。夫人は身を入れてしきりにうなずいたすえ、こんな明快な意見をのべて易を面喰《めんくら》わせた。

「私だって革命の話はいろいろきいていますよ。そりゃあ一概にわるいとも言いきれますまいよ。でも革命のおかげで私のようなかよわい女がそんな炭坑で働らくようになったら事ですね。そうかといって革命のおかげで、そんな炭坑夫たちがわれわれ同様の生活をするようになったら、これまた、考えものですよ。だってあの人たちはナイフとフォークの使い方もしらないから、面倒がって洋食はたべないだろうし、そんなことになれば、洋食屋のコックや給仕は失業して早速生活に困るでしょうからね。

又今度は洋食屋が革命をおこすでしょうよ」

易がここだと言って立止ったので、夫人も立止って、煤《すす》けた二階建のビルを見上げた。横長の看板の中央には笑っている太陽が描かれ、太陽カンパニイと筆太の横書きのある下に、TAIYO COMPANY という英字が並んでいる。川崎夫人はこれを読んで、口のなかで正しい発音をつぶやいた。

ビルの前には乗用車が二台、ダットサンが一台停《とま》っており、扉《とびら》を排してあわただしく出てきた男が、その一つにあわただしく乗り込んで、車はうごきだした。

「大そう繁昌《はんじょう》している会社とみえますね」

何もしらない母親は易にこう言った。易は扉のわきに掲げてある小型の看板を夫人に示したが、次のような謳《うた》い文句がそこに読まれた。

『アメリカン・スタイルの金融会社

わが国唯一の金融専門の株式会社

太陽カンパニイ

最高の利率　絶好の利殖

元金御入用の際は随時払戻

金融は小口担保何でも即決
斯界《しかい》随一の信用と経験の当社へ！』

川崎夫人は憑《つ》かれたような叫びをあげた。

「どうしよう、高利貸の会社だ」

彼女の教養が、この文字からすぐさまそれを読みとったのである。夫人が扉を押して入ってゆくあとから、易は続いて入ったが、哀れな母親は、鬼のような髭男《ひげおとこ》にこき使われてうろうろしている学生服の息子の姿を探し求めた。曲馬団に拐《かどわ》かされた子供をさがしもとめる半狂乱の母親のようなこの取乱し方は、場内窄《せま》しとばかりに詰めかけているお客の雑沓《ざっとう》のなかで目立たずにすんだ。

愛宕と猫山は一番奥の椅子《いす》に坐《すわ》っていた。二人の椅子だけは緑いろの天鵞絨《ビロード》を張った廻転《かいてん》椅子で、専務取締役の愛宕のデスクの前には某ネーム・プレート会社の重役が、取締役の猫山の前には藤代機械株式会社の会計課長が頭を下げていた。愛宕は椅子に斜めに掛けて、片手の鉛筆で机上の板硝子《いたガラス》にときどき数字らしいものをいたずら書きしたり、その鉛筆で耳をほじくったりしながら相手の話をきいた。彼の視線はいくたびか自分の新調の英国羅紗《らしゃ》の背広の袖《そで》へ満足げに落ちた。胸の釦穴には純金の太陽のバッジがかがやき、馬鹿にされない用心に生やした口髭のさきが、その血色のよい頰《ほお》をくすぐると、愛宕はうるさそうに耳をうごかすので、相手はわれを忘れてこの耳にみとれては、話のつづきを催促された。

愛宕はこうした商談のあいだにも、しばしば算盤《そろばん》をわすれて相手の窮状に感動したが、誠とちがうところはそんなときの愛宕が、冷静であれと自分に云《い》いきかせる必要のなかったことで、小口の借手にもまめに面接して、相手の訴えるみじめな窮境に時にはほんものの涙を流した。自分のやっていることが一種の社会事業であり、人道的な救済事業だという確信は、このごろの彼には動かしがたいものになり、こんなに悲しいお話をたくさんきくことのできる職業を選んだことが、一種の幸福感を以《もっ》て心に反芻《はんすう》された。彼は困っている人間に金を恵んでやる——というのは正《まさ》しく誤解だが——よろこび以上のよろこびはないような気がした。従って取立はまことに辛《つら》いが、さきに味わった喜びの報いと考えて自分を鼓舞し、相手を容赦せぬことは自分を容赦せぬことだと考えて、その結果みちたりた悟達の心は、いつものどかで寧《やす》らかであった。

「もうこれはまちがいなしと思っていた売上代金がだめになりまして、それを見合いに振り出した手形は不渡りになりそうなのです。不渡りになって取引銀行の信用を失うのは何より怖《こお》うございます。十日で一割五分の高利は高いようですが、何とかして拝借した金で手形だけは落しておきたい。どうかこの手形を担保に、百五十万拝借したいのですが……」

「よございます」——愛宕は熟考のすえ頼もしげに言った。「お話をうかがって、信用できる方だという、このカンですな、これが働らきました。手形一本を担保という例はほかにございませんけれども、よろしうございます。お貸ししましょう」

こう言われた瞬間の借手の顔にひろがる明るいものを、愛宕は朝空へひらかれた窓のようにすがすがしく感じた。相手に金をわたす瀬戸際《せとぎわ》など、むしろこちらの手が喜びで以て慄《ふる》えるのを感じた。人助けは実に気持のよいものであり、殊《こと》に利潤の上る人助けと来たらたまらない。

愛宕はこのごろ日常の会話にも、「わたる世間に鬼はなし」とか「人間本来仏性」とか「世の口はもちつもたれつ」とかの古風な常套句《じょうとうく》を交えるようになっていたが、そういう金言は彼にとって三度三度の食事のように欠くべからざるものになり、高等学校で習いおぼえた懐疑思想のごときは一文の足しにもならないとしばしば広言した。

「世間、——これには一本の大道がついている。誠実という大道がね。胸を張ってこの大道を歩けばいいんだよ」

一つ二つ若い社員をつかまえてこんな訓戒を垂れることのある愛宕自身、その実自分の誠実さがどんどん利得を生ずるのに気味のわるい思いをすることがあった。そんなときにはこういう言わでもの独り言を言った。

「人間、正道を歩むのは却《かえ》って不安なものだ」

彼は自分が辣腕家《らつわんか》だといわれるたびに、他人《ひと》のことを言われているような気がした。あんまり与太ばかり飛ばしていると、自分の与太の効果について信じにくくなるものだ。

一方、猫山の机には、こちらとちがった御大層な雰囲気《ふんいき》があって、彼はいつのまにか尊敬する悪党の大貫泰三《おおぬきたいぞう》をそっくり模写していた。相手の話をきいているあいだじゅう、世にもつまらなそうな悲しげな顔をして、尻《しり》のあたりをもぞもぞ動かしていたが、猫山は決して痔《じ》持ちではない。それからまた、相手の話の途中で牛の舌打ちはこうもあろうかと思われる大きな音で舌打ちをする。相手の顔を何度か悲しそうに瞥見《べっけん》する。溜息《ためいき》をつく。そうかと思うと、憂《うれ》わしげに頭を垂れて永く上げなかった。

話をきき了《おわ》ると猫山は例の小さな口を、以前のように敏活には動かさずに、不明瞭《ふめいりょう》に独り言ともつかぬことを呟《つぶや》くので、相手が質《ただ》すと「いや……」とそれだけ言う。つまらなそうに欠伸《あくび》を嚙《か》み殺しながら帳簿を繰り、相手の担保にさんざんけちをつけ、面《おもて》を伏せてしばらくじっとしている。やがて世にも哀《かな》しい降伏の表情で、「よろしうございます。お貸しいたしましょう」という。それからが永い。彼は別室の金庫の前で金をかぞえてしまったのち、わざと客に待ち遠しい思いをさせるために、そこにしゃがんで南京豆《ナンキンまめ》をポケットから出して一粒ずつ三十粒ほど喰《た》べた。

やっとのことで会計課長は、三和銀行株七三〇〇株、藤代機械新株二八〇〇株、旧株九二〇〇株を担保に、日歩《ひぶ》七十銭、利息天引六十五万円を借りてかえった。藤代機械の社長藤代十一は日経連に勢力をもっており、財界に名のある人である。こういう借手の報告は誠を大そう喜ばせ、誠は有名人の借手の名簿を作って、この夏には暑中見舞の葉書を送る計画を立てていた。

電話は立てつづけに鳴り、すでに十七人にふえた事務員は机と机のあいだのせまい間隔を縫うようにゆききしていた。黒い上っぱりを着た女事務員が、帳簿をとりあげるはずみに机上の花瓶《かびん》をくつがえし、黄水仙《きずいせん》は横たおしになって水にひたった。この「あら」という叫びが客の一人のおかみさんに伝播《でんぱ》して悲鳴になった。来客一同は地震かと思ってどよめいた。こんな次第で川崎夫人が、事務員の一人をつかまえるのさえ、容易ではない。袖《そで》をつかまれた事務員は、ふりきって忙しげにどこかへ行ってしまう。

「誠君はいないようですね」

と易が言った。

このとき夫人がようやくつかまえた十六七の給仕は、ここに東大の学生で川崎という人が勤めていないかという質問にこたえて、そんな人いませんよ、きいたことありませんねと言いざま消えてしまった。夫人の途方に暮れた目は、たまたま奥の戸をあけて入ってきて一つの机に坐った和服の女を見出して安堵《あんど》に潤《うる》んだ。

「田山さん、私よ、私よ」

と夫人は叫んだ。逸子が近づいて来て、耳を聾《ろう》する電話のベルとタイプライターの響きのなかで悠長《ゆうちょう》な久闊《きゅうかつ》の挨拶《あいさつ》を舒《の》べかかると、日頃《ひごろ》のたしなみも失《な》くした川崎夫人は、無躾《ぶしつけ》にこれを遮《さえぎ》って、誠に会いたいんです、誠はどこ、とほとんど糺問《きゅうもん》の調子で言った。逸子は黙って微笑したまま、二人を階段へみちびいて、二階の社長室の扉を叩《たた》いた。誠が室外で待ってくれと命じたのは遅きに失した。威丈高《いたけだか》に入《い》って来た母親は、正面の立派なデスクに足をのっけている息子の姿におどろいた。

川崎夫人が誠をこのいかがわしい株式会社の社長として認識するのには時間が要った。彼女はしばらく「何というこったろう。この私をだまして、……しらない間《ま》に、……まあこんなところで……ほんとうにひどい人だ」をくりかえした。ついに彼女は誠の机の上に顔を伏せて啜《すす》り泣いた。とだえがちにこう言った。

「誠。いったいどうしたっていうの。学校をほうり出して、親に黙って高利貸になったりして、いくらお金が儲《もう》かったってお母さんはうれしくないよ。川崎家というものはどうなるの。（この古めかしい訴えは、泣いている彼女自身を陶酔させた。）うちの家名はどうなるの。お前こそは立派な学者になってくれる筈《はず》だったのに、どうしてこんな邪道に陥《お》ちたの」

誠は耀子に目じらせして部屋を退《さが》らせた。目の前に母親の薄くなった髪を、充血して彼をにらんでいる鼠《ねずみ》のような真摯《しんし》な眼《め》を見ても、一向に心を動かされない。彼はだるそうに釈明した。

「学者にならないなんて云やしません。一段落ついたら大学へかえって研究室へ入りますよ。経済なんて本を読んでただけじゃわからないが、こうして活々《いきいき》とうごいている経済を見ているとよほど勉強になるからね。これも研究の一翼だと思って見て下さい。何もそんな泣いたりさわいだりすることはないじゃありませんか」

誠はこう言いながら、自分が久々に会った母親を一向愛していないことに自ら愕《おどろ》いたが、彼女の鬱陶《うっとう》しい訴えの中に明瞭にひびいているエゴイズムが、すこしばかりこの血筋に対する親しみをよびさました。彼はよっぽど机上のインク罎《びん》を母親の頭にぶつけてやろうと思う一方、それさえできない自分に腹を立てた。彼女の額がインキで真蒼《まっさお》に染ってくれたら、この場の憂鬱《ゆううつ》は忽《たちま》ち救われそうに思われたのだ。

易が見かねて声をかけてこう言った。

「お母さんが可哀想《かわいそう》じゃないか。何とか考えろよ。高利貸になって社会に復讐《ふくしゅう》しなければならない特別の理由があるなら、俺《おれ》にゆっくり話してくれ」

「金色夜叉《こんじきやしゃ》じゃあるまいし、そんな小説みたいな動機なんかありはしないよ」と誠はにべもなく言い捨てた。「動機もなければ目的もないんだ。そんな金儲けがどうして家名のけがれになるだろうね」

易がかさねてこう言った。

「家名のことは別にして、動機も目的もなくたって、高利貸というものは社会に悪影響を与えるよ。きっとそうだよ。どうせ動機も目的もないのなら、君がすこしでも生産的な仕事に熱をあげてくれたらねえ」

「君も屁理窟《へりくつ》をならべるようになったのかね。それじゃ僕《ぼく》とおんなじじゃないか。せっかくの君の特色がなくなっちまうじゃないか。生産的と仰《おっしゃ》言いますがねえ、法律というものはそもそも生産的なものじゃないんだ。そうかといって、法律を否定してしまうアナーキストじゃあるまい。僕を責めると、断っておくが、君は下手をすると自己撞着《じこどうちゃく》におちいるよ」

　それから易のそばへ寄って、そのネクタイをひっぱり出して掌《てのひら》の上で揺らしながら、

「これ、うちのおふくろに買ってもらったんだろう」

「おどろいたな、どうしてわかる」

「趣味がちょっと変っていて面白《おもしろ》いからね。君にこんな趣味があるわけはないし、君がまた女の子からネクタイを贈られるわけはない」

　一言註釈《ちゅうしゃく》を添えねばならぬが、この趣味云々《うんぬん》はまったく皮肉抜きで言われた言葉で、誠のしている「趣味のよい」ネクタイも甚《はなは》だ感心できない代物《しろもの》だった。

　耀子が入って来て、二言三言誠に耳打ちして再び去った。これをきいたのと同時に、誠の目は、いたずらを思いついた子供のようにいきいきし、母を援《たす》けおこして言った次のような言葉には、ほとんどやさしさの影さえ窺《うかが》われた。

「さあ泣いてばかりいないで。きょうはちょっと毛色のかわった面白い見物をさせてあげましょう」

　それから易も一緒に来るようにと無言で合図をした。

「私はお腹《なか》なんか空《す》いてやしませんよ。余計なお世話ですよ」と、料理屋へつれて行かれるものと思い込んだ母親が叫んだ。「私は決して買収されやしませんよ。懐柔政

策に乗るような私ではないんだからね」

抵抗しながらとうとうダットサンに乗せられた川崎夫人は、誠がふと「僕の車」というのをきいて、又ぞろおどろかされた。ダットサンの前には木炭車のトラックがさかんに煙をあげている。屈強な若者を四五人乗せてトラックが走りだすと、誠のダットサンは終始この後《しり》えに従った。

第十四章

「どこへ行くの？」

不安そうに川崎夫人はこうたずねた。誠は面白いものを見せてあげるというばかりで、母親の真剣な質問をはぐらかした。前方のトラックでは、若い者たちが車座になったその中央に酒罎《さかびん》が出されており、ときたま一人があやしげな足つきで立上って踊るのが見えた。二台の車は麻布へ来て飯倉片町《いいくらかたまち》の停留所のすぐそばの、一軒の小ぎれいな仕舞屋《しもたや》の前に停《とま》った。誠母子《おやこ》と易をのせた車も停った。

まっさきに自動車の踏台から勢いよく鋪道《ほどう》へとびおりる誠の靴音《くつおと》を、川崎夫人はうつろな靴音だと思った。まるで空っぽの財布を道へ落したような音だ。子供の幸不幸に敏感な母親の直感は、誠が決して幸福ではないことを見抜いたのである。

前のトラックから若い者たちが次々と飛び下りると、誠の指揮に従って二三人は勝手口へまわった。この指揮官の意気揚々たるうしろ姿は、母親の目には、学徒出陣のとき聯隊《れんたい》へ見送りに行って眺《なが》めた彼のうしろ姿とそっくりに見えた。川崎夫人がみとめた共通点は、彼女自身では何とも名付けようのないものだったが、それを少々誠のヒロイズムにおもねって言うならば、こうであった。つまり、架空の天職にとり憑《つ》かれていながらも、この天職を軽蔑《けいべつ》することを片時も忘れていない男の情熱。……この種の情熱の一得は、軽蔑の強度が架空を現実にまで高める場合がままあることだ。

易が促したので、川崎夫人も車を降りた。

誠は門のわきの潜り戸《くぐど》を、わが家の戸のように気軽にあけた。そして母と易を招じ入れた。川崎夫人は大へん鷹揚《おうよう》にその戸をくぐった。闇《やみ》料理店だと思い込んでいる彼女は、

「へえ、看板一つ出していないのね」

と易に言った。

玄関へ出て来た小女《こおんな》の案内も待たずに、どんどん靴を脱いで上ってゆく誠のあとに、母親と易がつづくと、二三人の若い者が玄関に居残った。

小走りに廊下を歩きながら、あの柄《がら》のわるい若い人たちは一体何ですかと母親は息子にたずねたが、息子は冬日がさし入っている部屋部屋がどこも深閑として、机一つない有様に舌打ちをした。

「ちえっ、先手を打ちやがった」

「おかしいね、料理屋でもなさそうだね」

川崎夫人は易を顧みてこう言った。その実彼女は、いつのまにやらあまり上等でない好奇心の虜《とりこ》になっていたので、ここが割烹店《かっぽうてん》であろうがなかろうが意に介しない。易もそうである。

三人がすでにからっぽな三部屋をとおりすぎると、さきに走って行った小女のけたたましい声がして、つづいて別の女の悲鳴のような叫喚がきこえた。川崎夫人は立ちすくんだ。誠が躊躇《ちゅうちょ》なく襖《ふすま》をあけた。

十二畳のその部屋には机一つ椅子《いす》一つない。ただまんなかに巨大なマホガニイのダブルベッドがこちらに裾《すそ》を向けて置かれている。鬱金《うこん》いろの羽根蒲団《はねぶとん》は一方にずれ、シーツを頭からかぶって隠れている女——それは隠れ了《おお》せぬ髪の具合でわかるのだが——の傍《かたわ》らに、派手なパジャマを着た中年の男が、足は蒲団に突込んだまま、呆然《ぼうぜん》と上体を起してこちらを見つめている。小女はすでにいない。

「やあ、ごきげんよう」

誠がこう言った。

「ごきげんよう」

甲高い声で男が、こう言った。その顔は一口にいうと出来すぎた顔である。立派で、無内容で、禿《は》げていて、目は柔和で小さい。

「いや、あたくし、すこし頭痛がするものだから、昼間からこうしている始末だが、まあ、お掛けなさい。残念ですなあ、椅子がない。失礼ですが、ベッドにどうですか」

誠が遠慮なく腰を下ろしたので、下敷になった女が籠《こも》った悲鳴をあげた。そしてシーツから顔を出して、誠を見て、こう言い出した姿はシュミーズ一枚であったので、誠は改めて驚嘆した。

「川崎さんなの」とはじめてそれと知ったふりをしながら女は言った。「じゃあ起きるわ。梅や、外套《がいとう》をもってきて。風邪を引くといけないから」

小女がもってきた見事な黄貂《きてん》の外套をシュミーズの上に羽織りながら、依然として寝床を離れないこの莫連女《ばくれんおんな》を、川崎夫人と易は隣室の襖の隙間《すきま》から目を丸くして眺めていたが、教育上の悪影響を考えた夫人が手真似《てまね》で易の見ることを禁じたので、手持《ても》無沙汰《ぶさた》の易は思わず口笛を吹いた。すると、

「ほかにもお客様があったのじゃなくて」

女がこう訊《たず》ねている。誠は白《しら》を切って、

「いいえ」

と言った。

それでベッドの三人はしばらく沈黙に涵《ひた》ったが、隣家のラジオらしい威勢のよいマーチが間遠にきこえる。男はつと肥《ふと》った子供のような柔和な手を伸ばして、枕《まくら》の下から煙草《たばこ》入れを引き出して、誠と女に煙草をすすめ、自分も火を点じた。煙草入れには十六弁の菊花の御紋章がついている。誠がこれに目をとめると、あたくしの財産といったら拝領物しきゃ残っちゃいませんよと男が言った。

この落着き払った御大層な男は、華族に列していた人で、幼少のころ藤倉男爵家《だんしゃくけ》から角谷《すみや》伯爵家へ養子に来たので、姓は角谷というのである。決して浪費家とよばれる類《たぐ》いの男ではないのに、財産を非常な速度ですりへらしてみせる卓越《たくえつ》した才能の持主があるものだ。月々多大の金利の収入があった戦前の生活では、こういう人物は収入とうまく適合するように造られたいわば支出の機械であった。彼はせい一杯けちなのであるが、それでも毎月靴を十足誂《あつら》えたり、読めもしない原書の全集を取寄せたり、犬小屋を増設したり、着るのを恥かしがるような新案のお仕着せを運転手に誂えてやったりすることに精を出しているうちに、戦前蓄えていた六人の妾《めかけ》は、今では一人になってしまった。本宅は競売に付され、この飯倉片町の妾宅《しょうたく》だけが、女の名義に移されていたために競売を免《まぬ》かれたので、今度はここを根城に又々借金をはじめたが、元伯爵にはそもそも借金という観念がなかった。それは収入だったのである。

「御約束どおり、担保の品物をいただきに上りました」

「それはどうも御苦労様。そう仰言《おっしゃ》ってもこの通り」と伯爵は手品師のように両手をひろげてみせた。「なあんにも、ない。もってってしまうと仰言っても、こんな貧乏な人間から何をおとりになるつもりだろう。この家に居れば、強盗が入ったって、あたくしは怖《おそ》れません」

「何はともあれ洗いざらいいただいて行きます。あなたは動産全部を担保にして金をお借りになった。その動産を勝手に処分して、利息も払わず金もお返しにならない。今日は若い者が大ぜい表でていきまいています。こうなりましたら、残念ですが、腕ずくでまいります」

「あら、これはひどいね」と伯爵はますます落ちついて答えた。「強制執行はあんた、国家だけが執行権をもって居《お》って、私的執行というものは今の法律ではありません」

「そんなこと、どこで勉強なすったんです」

「弁護士からきいたのですよ」

「モグリ弁護士の栗田からですか」

伯爵は動揺の色をあらわした。栗田は伯爵が関係している外国煙草の密売買の一味である。

「とにかく私のやることはお金をお貸ししたあとで質草をとりに上る迂遠《うえん》な方法でございます。もしこの契約が無効なら、あなたは借りた金を私に返さなきゃなるまいし、お返しになれなければ、国家の強制執行にたよるまでです。訴訟を起されたら、お困りのことがいろいろ出て来やしませんか？　いずれにしても同じことでございますから、今日はひとまず、このベッドをいただいて行きますからね。それからその外套も」

「あら」

「あら」と伯爵と女は同時に言って顔を見合せた。

女は胸まで蒼《あお》ざめて外套をしっかりと肌《はだ》に巻きつけたが、一向楽天的な伯爵は、だぶだぶなパジャマ姿で寝台を下りると、黙って縁側の日だまりへ行って体操をした。この一見飄逸《ひょういつ》な運動が、実に行き届いた悪意のこもった運動に見えることに誠は感心した。

誠は隣室をのぞいて易にこう言った。

「君、玄関へ行って若い者を呼んで来てくれないか」

滑稽《こっけい》なことは、易が義務へ赴くようにいそいで走って行ったことである。

間もなく勝手口の警戒を解いた二三を加えて、六人の若い者がどやどやと奥の間へ雪崩《なだ》れ込んだ。奥さんが悲鳴をおあげになるとあなたのためによくありませんよとい う誠の紳士的な忠告に従って、伯爵は枕の下から黒飴《くろあめ》の缶《かん》を出して、いやがる女の口に一度きに大きな三粒を押し込んだので、女は叫ぼうにも叫ばれない。どこから手をつけるべきかと部下が指示を仰ぐ。まず蒲団からだねと誠が言った。

「そうら来た。権利のための闘争だい」

若い者たちがこんな高尚な懸声をかけて作業にとりかかったのは、誠が社員に訓話を与える折に、イエーリングの権利闘争論のこの一節をたびたび引用したからである。これが何ら意味を解しない連中の間にも、一種のモットオとなって流行した。

三人の若者が敷蒲団《マトレス》を引張った。女はあっという間もなく畳にころがり落ちた。縁側では伯爵が二本目の煙草に火を点じて、こりゃあいい眺めだねと独り言を言った。あまりの騒ぎに川崎夫人と易も姿をあらわした。このとき枕の下から数十葉のけばけばしい枕絵が散らばり落ちて畳の上に散乱した。

誠は混雑した電車のなかで揉《も》まれながら超然として新聞を読んでいる男を思わせる無関心な八の字を額に寄せていた。なすべきことをするという観念があるだけである。そこで彼は畳に坐《すわ》って啜《すす》り泣いている女をよそに、母と易を縁側へ導いて伯爵に紹介した。

「こちらは角谷伯爵。母でございます。こちらは再従兄《またいとこ》です」

「はじめまして」

パジャマの伯爵は小腰をかがめて優雅なお辞儀をした。旧弊な母親は感動し、進歩的な易は昂然《こうぜん》とした。彼は自分と伯爵とのお辞儀の深浅を比較して、自分のほうが咄嗟《とっさ》の間《ま》にも段ちがいに浅かったことを確かめると、反射運動にさえしみこんだ意識の高さに甚《いた》く満足した。

「あの絵は残しておいて下さいね」

伯爵がそう言った。

「半分下すってもいいでしょう」

「誠。何をいうんです」

はじめて我に返った母親がこうたしなめた。

かかる間《あいだ》に、若い者たちは女の外套を脱がしにかかっていた。酒気を帯びているので、脱がそうとする手はおのずと触れずともよいところに触れ、女に咬《か》みつかれて血を出したりする。その痛さに一人が顔をしかめると、のこりの五人は冷やかすようにはやし立てた。

「ええい、権利のための闘争だい」

「姉さんゆるして頂戴《ちょうだい》ね、これも権利のための闘争よ」

一人が女の声色を使って、悪身《わりみ》をする。誠が早く早くと叱咤《しった》したので、なかの三人が寝台の運搬にかかった。立てられた寝台は曇り硝子《ガラス》の電燈《でんとう》の笠《かさ》にぶつかってこれを粉砕した。

ともあれそれは面白《おもしろ》い見物《みもの》であった。見るうちに誠の目はかがやき、口辺には微笑があふれた。そのうちに自分が面白がっていることに気づいた誠は、そんな感興を自ら恥じ、面白がってはいけないのだと考えた。理性の席上に感情を決して招かないことが彼の道徳である。多くの社会人にとっては単なる有利な慣習であるものを、誠は道徳と考えずにはすまさなかった。これは川崎家がいつも己れを高きに持した常套《じょうとう》手段の踏襲である。

易はまるで対蹠《たいしょ》的であった。次第に昂奮の度を加えていた彼の感情は、およそ分析に適しなくなっていたのである。目前の半裸の女の身悶《みもだ》えを見て掻《か》き立てられた昂奮は、たちまちその仕事を手つだいたいという同志愛のような精神的昂揚に姿を変えた。「伯爵」という滑稽《こっけい》な称号がこの感情に火を点じて激怒へみちびき、彼をして目前に行なわれている乱暴狼藉《ろうぜき》をいつのまにか正義そのもののように思わせた。激情によってしか正義に到達しない人はままこうした誤算を犯す。それは尤《もっと》も誤算の結果によって毫《ごう》も傷つけられない誤算である。彼は革命を想像した。まだ見たことのない理想のための、女のように崇高で気ちがいじみた燔祭《はんさい》を想像した。よく言われたり書かれたりするように、「彼の血液は逆流した」のである。

川崎夫人がそれと気づいて引止めたときは遅かった。易は飛び出して行って若い者の手を払った。その膂力《りょりょく》にあふれた腕は、一人の胸を突いて転倒させた。仕事を妨害されたと思った若者たちは殺気立って彼を遠巻きにし、救いの神が現われたと信じた女は彼の膝《ひざ》に取りすがった。この瞬間に易はおどろくべき敏速な行動の能力を発揮した。膝にすがっている女の双腕《もろうで》をやさしくひろげてやると、忽《たちま》ちその滑らかな白い腕からよく辷《すべ》る外套の絹裏の袖《そで》を抜きとった。豪奢《ごうしゃ》な黄貂の外套を剝《は》ぎとるや、彼はこれをふくよかに丸めて頭上にかかげ、誠にむかって笑いかけて投げた。誠が両手で危くこれを受けとったので、易は笑いながらこう叫んだ。

「どうだい。取立てというのはこうするものさ」

若い者たちははじめてこの義俠心《ぎきょうしん》に気がついて哄笑《こうしょう》した。伯爵にまで笑いは波及し、この女に多大の軽蔑《けいべつ》を感じている川崎夫人のごときは、道徳的な法悦にちかい微笑をうかべた。易は伯爵に近づくと、安心しきっている伯爵の胸ぐらをつかんだ。

「君、何をする。やめたまえ」と伯爵が言う。

「何をするんだい」と誠がのどかにきく。

「こいつさ、こいつが本当に一文なしか怪しいもんだ。裸にして調べてみようじゃないか」

「裸はめちゃだ」と伯爵が、あいもかわらぬ独り言の調子でいう。

誠は伯爵の目くばせには一向気のつかない顔をしてこう言った。

「いいよ。やっちまえ」

伯爵は忽ちパジャマを脱がされ、白い大きな蛆《うじ》のような半裸の毛糸の腹巻のなかを探られた。すると金いろのエルジンの腕時計と、真珠の頸飾《くびかざり》が出て来たので、易が没収して誠に手渡した。

今や寝台は運び出されようとしていた。それは「権利のための闘争だい」という奇妙な節をつけた懸声に鼓舞されて、角々を壁や柱にぶつけながら、堂々とこの十二畳を出てゆきつつあった。一方では片手に外套を、片手に頸飾をもった誠が、裸の伯爵に丁寧に挨拶《あいさつ》していた。

「ひとまずお預りしておきます。清算しましてもし余りました節は必ずお返しいたします」

「それは御苦労」
その拍子《ひょうし》に易が何の理由もなく伯爵の大きなお尻《しり》を膝で蹴上《けあ》げたので、彼は縁側に平《へい》つくばった。川崎夫人がパジャマの上着をうやうやしく彼の肩に羽織らせた。こうして重ね重ねの親切に打ちひしがれて、角谷伯爵は縁側の茣蓙《ござ》に顔を埋めて泣いていた。

事実の生起は名状すべからざるものである。或《あ》る人にとっては革命であり、或る人にとっては単なる債権の取立てであり、或る人にとっては理不尽な強奪であり、或る人にとっては面白い見世物であり、或る人にとっては職業的なスポーツの一種であり、また或る人にとっては何物でもないところの、この騒々しい祭典がこうして終った。

一同は寝台を載せたトラックとダットサンに分乗して、意気揚々と引揚げた。

かえりの車中でうるさくなりそうな母親をおそれた誠は、易と母親をダットサンに乗せておいて、自分はトラック上の寝台に仰向けに寝たまま帰路に就いたが、この寝台の周囲では若い者たちの粗野な酒盛りがはじまっていた。しかし些《いささ》か豪奢な鬱金《うこん》いろの羽根蒲団は誠の体を絹の冷たい沈黙の中に包み、誠の指は持主を失った黄貂の外套の肌に触れるともなく触れていたので、身のまわりの放歌高吟は気にならなかった。都電の電線のひろい網の目に縦横に截《た》ち切られてゆく冬空を彼は仰いだ。一点の雲もない。そのために不動の空は、厳《いか》めしい晴れやかさで彼の視界を包んだ。手がかり一つ与えないこの澄《す》み切った青空を頭上に見ると、誠はいいしれぬ嫉妬《しっと》を感じた。その澄明《ちょうめい》、その完全、その暢達《ちょうたつ》を彼は妬《ねた》んだ。やがてトラックが新橋から昭和通へ走るに及んで、とある焼ビルの背後からあらわれた一ひらの雲が誠を安心させた。

第十五章

すべての人の上に厚意が落ちかかる日があるように、すべての人の上に悪意が落ちかかる日があるものだ。ふくよかな羽根蒲団《はねぶとん》と外套《がいとう》と頸飾《くびかざり》の驕奢《きょうしゃ》に影響されてか、寝台の上にふんぞりかえって我が社へ帰った誠の身内は、一種快活な敵意、及ばぬ方《かた》とてはない慈悲のような普遍の侮蔑《ぶべつ》の欲求ではちきれそうになっていたのである。

誠の日頃《ひごろ》の無感動の教義を聞き馴《な》れている人は、こうした快活な残忍さにみちた感情のふくらみが、一種の精神の均衡のあらわれであったにせよ、訝《いぶか》らずにはいられぬだろうが、むしろ次のように云《い》ったほうが解《わか》り易《やす》かろう。誠はあのような場面に際会しながら自分を一向冷酷な男とも感じないですんだことに気をよくしていたのである。

彼はもっと試したいと思う。すると先に着いて二階の応接室で誠を待っていた母親の心配そうな潤《うる》んだ眼差《まなざし》と、易の尊敬にかがやいた眼差とが、丁度お誂《あつら》え向きの獲物に見えた。

「そんな心配そうな顔はよしてください」と母親に誠は言った。「おかあさまのその目つきにはうなされますよ。世界のどこかでいつもその目つきがこちらをじっと見ているると思うとね」

「それがおまえの良心ですよ」と憐《あわ》れな母親は威丈高《いたけだか》に言った。「ええ私はお墓の中へ入ってからも、おまえのほうをいつも見ていてやりますとも。大体今日みたいにおまえが悪漢に見えたことはなかったし、今日くらいおまえをここまで育てたお返しを見事にしてもらった日はなかったね」

息子が出世してうれしいでしょう、と誠は恬然《てんぜん》としてこれに応じたので、母親は泣き出した。面白がったあとで泣く手はありませんよと誠が冷静な慰め方をするにいたって、彼女の涙は、あのときたしかに自分も面白がっていたという反省から、忽《たちま》ち己れを責める涙に変った。すると再び息子を見上げたその眼差には、不測の快楽を教えた男に対する女の憎悪《ぞうお》の眼差にも似た、興ざめのするような抵抗が見られたので、誠は目をそらした。この眼差こそ川崎家のものであった。たったそれだけの理由から、誠はそのとき、母親を醜いと感じたのである。

こんな母親いじめの台詞《せりふ》の一つ一つにも、社会正義に対する誠の熱情を感じるまでに、たわけた誤解のとりこになっていた易は、それはさきほど伯爵《はくしゃく》の肩にパジャマをかけてやった母親の愚行を誠がゆるしていない証拠だと考えたが、あの愚行を見てから俄《にわ》かに川崎夫人を軽蔑しだした易の感情には、多少誠におもねったところがあった。そこで誠の夕食の招待も断って、匆々《そうそう》に帰り支度をした夫人が易を誘うと、彼は自分一人東京に居残るからとそっけなく答え、この誘いをはねつけた。趣味のよいネクタイも易の頑固《がんこ》な思想を治すことができなかったこんな顚末《てんまつ》は、彼女の静かな眉《まゆ》に憂《ゆう》愁《しゅう》を刻んだ。

「駅までせめて車で送ってくれるわね」

「ええ、よござんすとも」

彼女は息子の同乗を期待したのである。しかし親孝行な誠は車の世話をしただけで自分は居残った。

窓外に走り出した車の響をきくと、易は昔ながらの親しみ深い笑顔を誠へ向けた。誠はちかごろこんな純真な笑顔をめったに見ることがない。この笑顔と来たら、まるで美しい骨董品《こっとうひん》だと彼は考えた。そして旧友を壁際《かべぎわ》の電気ストーヴの前へ沼いた。

「君はえらい。肉親の愛情に縛られていないものな」と火に手をかざしながら易が言った。「きょうの取立てを見ても君に私心のないことがよくわかったよ」

誠は火の上で手を揉《も》んだ。窓ごしの薄暮の空に、威嚇《いかく》するような赤いネオンサインが突然立上った。面倒くさそうに、しかし大真面目《おおまじめ》を装って黙っていた。再従兄《またいとこ》の馬《ば》鹿《か》さ加減をもう一段と深く味わいたかったのである。

「だってああいう腐敗した階級を、何の私心も抱かずにやっつけて歩くのは、崇高な仕事じゃないか。僕《ぼく》は革命について学ぶところが大きかったな」

「参考になったかい。そりゃあよかったな。そう言われると僕もうれしい」

誠は嘲笑《ちょうしょう》の権利を保留した。そして事務机に坐《すわ》って、幾何《いくばく》の紙幣を入れた封筒の上書を、御礼と墨で誌《しる》した。それをつきつけられたときの易の激怒の表情を想像すると、誠は口笛を吹き出したいほど幸福になった。

「取立てに力を貸してくれて、本当にありがとう」

誠はこう言いざま易に近づいた。

「こいつは軽少だけれど、お礼の気持だ。君の奮戦ぶりがめざましかったおかげで、われわれも随分助かったんだ」

正義漢の面上には朱が注がれた。封筒は予期した効果をあげた。彼は吃《ども》り、追いつめられた間諜《かんちょう》のように誠を睨《にら》み、その生れつき少量の理性を、挙げて腕力の抑制に使っているのが、上着の二の腕の上からもありありと見えた。ここにいたっても友情の垣《かき》をこえられない易の様子に誠は微笑を誘われた。誠が今では友情の如《ごと》きを信じていないのに、易が盲目的にそれを信じているとすれば、明らかに誠に分《ぶ》があったし、しかも誠を擲《なぐ》るまいという抑制の方面に費されている易の全理性には、この場になっても友情を疑う余力がなかろうから、誠には友が自分を擲らないという確実な見透しがあったのである。

「君にはもう人間らしいところが一かけらもない」

漸《ようや》くにして易が怒鳴った。誠がなおもしつこく封筒を彼のポケットにさし入れようとしたものだから、彼はいよいよ憤然として背中を向け、扉《とびら》を排して階段を駈《か》け下りた。一人になった誠は長椅子《ながいす》に横になると、この顚末をもう一度心の中によみがえらしてみながら、笑った。満ちたりた、妙な言い方をすると、いわば家庭的な笑いである。この老成ぶった嘲笑家は、ストーヴの煖《だん》をとりながら、その目は和《なご》やかに、その身内にはいいしれぬ寛《くつ》ろぎを感じていた。侮辱というものは、僕には何かしら居心地のよい平和だと彼は考えた。将軍にとって戦場が居心地のよいように。

——すると、耀子《てるこ》が茶を捧《ささ》げて入って来て、もうお帰りになったの、と訝かしげに言った。

第十六章

こうして入って来た耀子《てるこ》を見ると、誠はゆえしれぬ感動にとらわれ、この部屋にしばらく居てくれるようにとたのんだ。その語調には気のゆるみから生じた懇願の調子がうかがわれたので、耀子は半ば目を伏せて坐った。

誠は今ほどこの無垢《むく》な女を愛している瞬間はないように感じたが、今に限って彼はこの種の感情をゆるしておきたくないと思った。人間の弱さは強さと同一のものであり、美点は欠点の別な側面だという考えに達するためには、年をとらなければならない。誠のわざとらしさは、こういう判断の潔癖すぎる閉め出しから生れたもので、彼は年相応の情念の甘さと柔軟さを、それもまた意識して誇張した形でもって、別の場所で発揮しようと考えていた。どんなに成績優等の小学生も運動場を必要とするように、それほど彼にとって人生というものは教室に庶幾《ちか》かったのである。誰《だれ》が誠を老成していると云うであろうか？

誠は事務的に二三の用事をいいつけたが、相手にたえず注がれているそのやさしい眼差《まなざし》は、彼の築いてきた異様に気むずかしい観念的な愛を物語っていた。われわれは愛するものについて抱いているわれわれの観念に謬《あやま》りのあることをもとより予感している。しかし雪の上に明確に印された獣の足跡のような、この観念の足跡だけが確実なのであり、後日の謬りの発見も、この足跡を消すことはできない。

　銀座界隈《かいわい》の酒場では誠はなかなかいい顔であった。愛宕や猫山を連れて主《おも》に行くのはモレラという店であるが、そこの女たちのあらかたは、かわるがわる誠の週末旅行のお相手を勧めた。誠のこんな年に似合わぬ博愛主義を、女たちはつまみ喰《ぐ》いという陳腐な蔭口《かげぐち》で呼んでおり、彼がおのおのに買い与えたハンドバッグがどれもこれも同じ品物であることに気がついて腹を立てた。この喜劇的な策謀は、次のように仕組まれたが、誠が一通りわたりをつけたあとで、ある朝メッセンジャア・ボオイを使って、小さな花束をつけた贈物の紙包みを、同じ時刻に彼女たちのおのおののアパートへ届けさせ、その夕刻店へ集った彼女たちが、それぞれ腕に提げている真新らしいハンドバッグを見比べるにいたって驚いたのである。女たちはこの喜劇の不在の観客の哄《こう》笑《しょう》をまざまざと耳にした。そしてその不在の観客にむかって口汚く罵《ののし》りちらしたが、その晩誠があらわれると、今度はいささか凄愴《せいそう》の度を加えた競争心から、先刻の罵りはおくびにも出さないでちやほやした。

こういう女たちに決して幻想を抱かないという信条にもとづいた誠の苛酷《かこく》さは、子供っぽく見られまいとする見栄坊な心の仕業《しわざ》であったが、右のような例は、苛酷さが却《かえ》って子供らしい苛酷さにまで募ってしまった一例である。

『人間的な遣《や》り方というものは』と誠は考えた。『人に馬鹿にされまいという馬鹿げた用心から、完全に免《まぬ》かれた一部分を生活のなかにもつことだ』——これはつまり彼が、耀子にだけは馬鹿にされてもよいと思っていたことで、真剣な情熱の証《あか》しとして現代これ以上のものはないのである。

耀子はつつましい様子で誠の命令をきいていたが、今日残業をして仕上げてくれと渡された書類の夥《おびただ》しさは、耀子をして思わず誠の顔をじっと見上げさせた。すると誠のやさしい目と彼女の視線はまともに結ばれ、彼女はこんな懲罰のような仕事を申し渡される理由がわからない風に見えた。彼女の視線には問いかけるような色があった。

「残業してもらわないと、明日の朝までに要る書類だからね」

誠は重ねてこう言ったが、その冷たい有無を云わさぬ語調には、いつもの冗談まじりの調子がうかがわれなかったので、耀子は素直に、はい、と答えた。重い書類を抱えて自分の机へかえるその細そりした背中を見ると、誠はうしろから抱きすくめてやりたいと思い、せめてそのよろめきがちな運搬の手助けをしてやりたいと考えた。しかし彼は自制した。そして又してもその自制に苦しくなって、外套《がいとう》とマフラーをとりあげるなり、社屋を出てしまった。

「お車は?」と驚いた耀子が立上ってうしろから声をかけた。誠は要らないという手つきをした。ふりむきもしない。この、「お車は?」という高声を、街の雑沓《ざっとう》の中へ出てからも彼はいつまでも自分の背後にきいた。彼はふりむいた。街を歩く人たちの顔があるきりである。

築地のアパートまで、誠はわざと迂回《うかい》して本通りを歩いてかえった。人生は、これをわれわれが劇的に見ようと欲するとき、まず却ってわれわれに劇を演ずることを強《し》いる。そこでますますわれわれは人生を劇と見ることが困難になる。なぜなら演ずることなしに一つの劇を生きることは不可能であり、それが可能であるかのような幻想を、われわれは人生と呼んでいるからだ。

街には夜風が吹きすさび、行人は外套の襟《えり》を立てて歩いていた。誠は自分があれほど軽蔑《けいべつ》していた筈《はず》の群衆に揉まれて歩いている自分を見出《みい》だした。こいつらの空の弁当箱の入った折鞄《おりかばん》、こいつらの安手な酩酊《めいてい》、こいつらの水っ洟《みずっぱな》、こいつらの通勤用パス、こいつらのよれよれのズボン下と毛糸の腹巻、こいつらが哀れな妻子に対して企てているちっぽけな反抗、……誠はそういうものを十把《じっぱ》ひとからげに軽蔑するためにひたすら劇的に生きたのであった。それというのに今、かれらに立ち交って歩いていると、誠自身が何という抽象的な存在と感じられることだろう。

街にはネオンが輝やき、春の流行のショオルが売られ、機械体操をする人形のネジを、夜店の女がかじかんだ指さきで巻いていた。誠は立止ってこの人形を眺《なが》めた。これはいつかの担保物件の奴《やつ》ではなかろうかと彼は考えた。人形は人ごみを何の表情もない目で見据《みす》えた儘《まま》、懸垂《けんすい》をして宙返りをした。そしてまた休む間もなく同じ運動にとりかかった。

誠は目をあげて枯れた街路樹の梢《こずえ》から見上げられる夜空を眺めた。星はろくすっぽ見えない。いたるところで廻《まわ》っているネオンが、空を葡萄酒《ぶどうしゅ》いろに汚しているからである。合成酒の広告のネオンがある。キャバレエのネオンがある。いずれも単調なわななくような運動を繰り返している。ふとして誠は、昨夜はじめて行ったバアの女給の一人と新橋駅裏のホテルで営んだ運動の単調さを聯想《れんそう》した。

彼は築地へむかって歩きながら、むこうから一人のホームスパンの外套の男がせかせかと歩いてくるのに行き逢《あ》った。蒼黒《あおぐろ》い顔いろをし、コールマン髭《ひげ》を生やしている。片方の肩がこころもち上っている。ぎこちない歩き方であるが、夜のようにひっそりと音もなく歩いてくる。例の流行の靴底《くつぞこ》は音を立てない。すれちがうとき男の外套の中で材木のきしむような音がしたので誠はぞっとして記憶を呼び戻《もど》した。この男には先刻社を出るときにすれちがったばかりだったのである。そして彼の片足は精巧な、使い馴《な》れた義足であるらしい。この義足の男も街の雑沓を縫って無意味な夜歩きの循環を繰返しているのである。

誠はあらゆるものの上に、或《あ》る単調なしぶとい具体性、昨日は今日に似、今日は明日に似ているところの具体性、誠が今まで一度として持つことを肯《がえ》んじなかった具体性の匂《にお》いをかぐのであった。街はこの具体性に充満し、ふてぶてしく輝やき、それ以外のあらゆるものに抽象の極印を押しつけてふんぞり返っているように思われた。『こういうものと僕は無縁なんだ。いや、子供のときから、僕はこういう具体性と無縁な存在だったんだ』と彼は目にしみる冷気に抗《さか》らって、考えながら歩いた。『僕のやることとなすこととは、結局こういう世界と自分の間に屹立《きつりつ》している硝子《ガラス》の壁を壊すに足りない。考えてもみるがいい、北極探険の大冒険家だって、一日一回は厠《かわや》へ行かなければならないだろうに、僕は用便については一言も触れていない探険記を鵜呑《うの》みにしたわけだ』

反省癖も彼のこま切れの日課の一つにすぎない。アパートに着いた。玄関先の棕櫚《しゅろ》のマットに汚れた靴底をこすりつけていると、この理窟《りくつ》っぽい青年はその瞬間ふいに自分を襲ってきた予期しない情念の虜《とりこ》になった。

三階の彼の部屋の扉《とびら》をあけて灯《ひ》をつけると、誠は突然芽生えた情念に身内がほてり、体の慄《ふる》えが止まらないのに困惑した。つけた灯をまた消した。寝台掛の上に靴のまま横たわって、両手でベッドの冷たい鉄柵《てっさく》を握りしめた。その掌《てのひら》に鉄の冷たさが快いにもかかわらず、彼は自分の体がひどく寒さに犯されているのを感じた。立って行って瓦斯《ガス》ストーヴに点火した。その紫いろのネルのように柔らかい焰《ほのお》は、彼の目に和やかな光を蘇《よみがえ》らせた。

誠は残業中の耀子の起居をひとつひとつ想像した。あの厖大《ぼうだい》な書類の白い山が、彼には却って自分に課せられている重荷のように感じられた。何かしなければならぬ。仕事を片附《かたづ》けねばならぬ、と考えて彼は暗い部屋を右往左往した。こんなたわけた妄《もう》想《そう》に夢中になっていたおかげで、小卓につまずいて、今朝がた洗い忘れた珈琲茶碗《コーヒーぢゃわん》を床に落した。とりあげてみると割れていなかったことが、却って誠の焦躁感《しょうそうかん》をそそり立てた。彼は珈琲の残滓《おり》を掌に滴《したた》らしてみたり、とかく埒《らち》のないことをして数分間をすごした。机に向った。仕事があるわけではない。その手はおのずと卓上電話の受話器をとりあげた。

耀子が出た。彼女の声は夜の事務室の空洞《くうどう》にひびきわたり、心なしか訴えるような熱意を帯びた。誠は手短かに用件を言った。修正すべき書類があるので、その数枚を至急アパートへ届けてくれるようにと言ったのである。

彼はそれからの数十分を、まるで死刑囚が刑の時刻を待つような待遠しさで待った。そのあいだ奇妙なことに、誠は耀子を非難すべき理由をいちいち夢中で数えあげ、彼女は抽象性に毒されていいいという評語を考え出した。牛車の飼葉桶《かいばおけ》に大金を投げ込むなんて普通じゃない。あの娘《こ》は現実の価値というものにあんまり手軽に復讐《ふくしゅう》している。現実のもつ価値は、これを籠絡《ろうらく》してやるほうが、もっとてきめんな復讐になるんだのに。……

こうして世にも若々しい偏見にみちた二人の会うべき時刻が迫った。耀子のノックがきこえる。耳にそそがれた酒を味わうように、誠の耳はこの音《おと》ないに酔った。入って来た耀子は部屋が真暗なのにおどろいた様子だったが、瓦斯の焔の前に向いあって坐《すわ》ると、おとなしく書類をさし出した。タイプライタアの細字は瓦斯の火明《ほあか》りで読むことができない。読むともなげにじっと紙面をみつめている誠の固苦しさを耀子は手を束《つか》ねて見ていたが、やがてこう言った。

「その書類でよろしうございますか」

そこで誠は、ええ結構と答えた。耀子が重ねて言った。この言葉には女に甘い奴《やつ》が母性的とでも呼ぶであろう思い上った微笑が添えられた。

「そんな明りでお読めになれて？」

この媚態《びたい》と挑戦《ちょうせん》の巧みな取り合せが誠を怒らせた。

「あんたは不真面目《ふまじめ》だな」と誠は言った。

「どうして、あたくしが」

「不真面目だよ。あなたは人生とちゃらんぽらんな関係しか結ばない。あなたはせいぜい人生を馬鹿にしているつもりでいるが、人生が悪戯《いたずら》っ子をゆるすように微笑を以《もっ》てあなたを恕《ゆる》していることに気がつかないんです。そういつまでも人間を愛さないで生きてゆけるものじゃありませんよ。愛される危険を避ける道は、愛することのほかにはないからね」

「誰も人生と確かな関係なんか結べる人はありませんわ」と耀子は気持のよい率直さで言葉を返した。「社長さんだってそんなものをもってはいらっしゃいません。合意は拘束さるべしというモットオで、まず社長さんは御自分を誠実さで縛ってお見せになりました。チンパンジーをつかまえるには、こちらの足を縛ってみせると、むこうも真似《まね》をして足を縛ってしまうから、たやすくつかまえられるというあの方法ね。でも私は人生にむかって自分の誠実さを示すということが、まるでスカートをもちあげてみせるような気がして出来ませんの。ですから私は人生についぞ誠意を示すまいと固い決心をいたしました。お金を飼葉桶に投げ込むときだけに、わたくしは人生と関係をもちます。裏切りという関係を。……お金があるべきところになくって、ある筈もない場所へ移る瞬間が、私にはほとんど酔うような心地がしてよ。そういうとき、私は自分の作った人生の小さな結び目を、自分の作った小さな神様のように崇拝しますわ」

「あなたの理窟は、ありていに言えば処女の論理ですね。それと同時に、義賊と革命家の論理でもある。とんだものにとっつかれたな」

「何とでも仰言《おっしゃ》いまし。私は何も馬鹿にしていはしません。その代り尊敬もいたしません。持ちつ持たれつで動いている世の中が丸い輪のようなものだとすると、私はその輪の切れ目になりたいんです」

「切れ目は忽《たちま》ちつながりますよ」と誠は言葉を継いだ。「僕《ぼく》のはじめ考えたことは、あなたに似たようなことだった。ところがこの丸い輪は、つながった蛇《へび》は、いわば不死身です。愚劣さが救われたと思われるのは一瞬にすぎない。不真面目さで愚劣さを救うという企《くわだ》ては、質屋の番頭を寄席へ落語をきかせにやって、心の洗濯《せんたく》をさせるようなものにすぎません。僕はもっと永つづきのする方法を考えた。それは目的を忘れてしまうことです。太陽カンパニイは征服に憧《あこが》れている。僕に云《い》わせれば、軽蔑する権利を得るための戦いが、征服です。ある価値を征服したいと思う僕の目的は、ただただその価値を軽蔑したいためにすぎません。ところで僕の処世訓は、目的を忘れてしまえということだな。そのとき僕は征服すべき対象を誠心誠意尊敬することだって出来るんだから」

「目的を忘れてしまえましょうか？」と耀子は甚《はなは》だ冷静に疑った。「私は一刹那《いっせつな》だって盲らになれません。なぜって、女には羞恥《しゅうち》がありますから。女が男から功利的だといわれるのは、いつも羞恥がその目を覚しているからです。それに女は軽蔑することなんかを目的にできませんわ」

「子供を生むことをですか」

「まあそんなところでしょうね。でも私にとっては先の話だわ」

「しかし軽蔑したいという欲望は、精神の肉慾《にくよく》のようなものなんです。精神は肉体を生むことができないから、獲得の欲望の代りに殺戮《さつりく》の欲望をもつようになるんです。『精神の高み』なんて言葉は大嘘《おおうそ》ですね。『精神の凹地《くぼち》』とでも言い代えるべきだな。そこで精神の目的を忘れているあいだは、われわれは多少とも人間らしく振舞えるわけだ。哲学の先生が八十まで生きていられるのは、八十年間哲学の目的を忘れていられたからだ。とりもなおさず哲学のおかげでね」

「そうかしら。あなたは忘れることなんか決しておできにならないように見えますわ。そう忘れる才能をもった人は、はじめから物事を考えてやったりしはいたしません。そういう人たちは目的よりはやく行為を忘れ、行為のむこう側でいつも昼寝をしていられるおかげで、よく太って真赤な頬《ほお》をしています。社長さんは瘦《や》せていらっしゃるし、頰も赤くないわ。あなたは十年前に電車の網棚《あみだな》に忘れた本のことまで憶《おぼ》えていらっしゃるような種類の方です。いつも後悔していないと自分に言いきかせていらっしゃるのに、あなたは後悔なんかできないことをごまかしていらっしゃいます。あなたが一度でも後悔なさったら、砂地に打ちあげられた海月《くらげ》のようにあなたの組織は全部こわれてしまうでしょう。行為があなたを前に押すのではなくて、積み切れない荷物がトラックから落ちるように、あなたの行為はあなたから仕方なしに落ちるのです。あなたの行為は記憶の剰余なのね。だってあなたの体験はいわば濃すぎるので、それを稀《うす》めるために行為の水が要ることになるにすぎません。体験というものははじめから稀まっていなければ人を苦しめます。あなたが目的とよび、忘れるための目的と名附けていらっしゃるものも、未来のものではなくて過去のものです。あなたは使命感にうなされて、幼年時代をおすごしになった方のような気がしますわ。そのころから人生があなたのお口に重すぎる乳房《ちぶさ》をぐいぐい押しつけたのでしょう」

「驚いた人物論だ」と誠は感情にかられて叫んだ。「僕にとっては御説《おせつ》のとおり、人生が何だか多すぎるような気がする。不当に多すぎるような気がするんだ。僕が人間の能力の果ての果てまで辿《たど》りついてみたいといつもあせっているのは、多分そのためですね。しかも不幸という奴は、過剰の外見をもたないで、必ず欠乏の外見をとるならいだから、却《かえ》って僕は自分の人生がいつでも少なすぎるという幻想に悩まされるんだ」

「こうやって当てごとのような批評でお互いのあらさがしをやるのは」と聡明《そうめい》な処女は言った。「為《ため》にもなるし、面白《おもしろ》くもありますわ。さっきあなたは私のことを、微笑を以て恕されている人間だと仰言ったわ。何でもやれるのは、恕されている人間に限るわね。私たちは恕されているので、誰《だれ》よりも自由なんだわ」

「恕されていると思うのは心外だな」と誠は憤然と反駁《はんばく》した。「僕はお目こぼしをねがっているのじゃなくて、相手に文句を言わせないんだ」

「つまり恕されていることですわ」

「相手に恕す権利があればね」

「恕す権利はいちばん凡庸な在《あ》り来《きた》りなもので、赤ん坊にだって乞食《こじき》にだってあるでしょう。ただ私たちにだけはないんです」

「そんな権利はまた持ちたくないしね」

二人は顔を見合わせてはじめて笑ったが、この一句はのちのち迄《まで》も誠の脳裡《のうり》に鮮やかに残った。恕す権利のない二人の間に生れる諒解の無力さは、想像に余りある。

二人は時の経《た》つのも忘れて話し合ったが、誠は笑いながら何気なく立上って手巾《ハンカチ》に隠して扉の鍵《かぎ》を閉めてしまったので、その微《かす》かな鍵音は耀子の顔色を失わせた。安心させるために誠は部屋に燈火《とうか》を点じた。すると耀子の頰にも、薄氷《うすらひ》のような、こわれやすい不安な微笑がうかんだ。誠は軽いまばたきをしてみせたが、女にはその意味を読みとった反応があらわれない。耀子の無防禦《むぼうぎょ》なことは、ほとんど気高いと謂《い》ってよい風情《ふぜい》をかもし、その姿にはいささかの構えもみられず、火にかざしているほうの掌を神経質にもうひとつの掌とたびたび替えるのが唯一《ゆいいつ》の目につく変化であった。

誠は耀子が声を立てはすまいかと窺《うかが》った。突然かつて私《ひそ》かに立てた誓を思い出し、兵士のようにこれを心に暗誦《あんしょう》した。……『彼女を捨てる自信を得るまでは、どんなに苦しくても指一本彼女の体に触れてはならないぞ』……彼は珈琲サイフォンに火を点じた。そのとき耀子が立ってドアのほうへ歩き出した。

「どこへ行くんですか」

「もう失礼いたします」

「そのドア、鍵がかかっていますよ」

「珈琲をおのみなさい」

「鍵を下さいまし」

「鍵を下さいまし」

それから耀子は威厳にみちた調子で同じことを三度も言った。誠はこういう場合の女の正面切った態度を見るといつも滑稽《こっけい》を感じるのであるが、女の守ろうとしている価値そのものは男の賦与《ふよ》したものであるのに、まるで一度貰《もら》ったものは返すものかといきまいているように見えるのである。貞潔は吝嗇《りんしょく》の一種であることを免《まぬ》かれない。

それにもかかわらず、耀子が何の構えもしらずに、恐怖に蒼《あお》ざめ、羞恥に苛《さいな》まれ、受け入れることと拒むこととが殆《ほとん》ど同じ意味をしか持たぬほどに、精神の緊張と自失の堺《さかい》の、東雲《しののめ》の空の陶酔に似たものに犯されてゆくさまは、美しいというよりは、むしろ聖《きよ》らかであった。それは吝嗇の聖らかさ、修女の聖らかさ、閉ざされた部屋に堆《たい》積《せき》した埃《ほこり》の聖らかさ、水底の石にまとわりついた苔《こけ》の聖らかさ、聖者の衣服にたまった垢《あか》の聖らかさである。清潔は必ずしも神聖さの条件ではないからである。

耀子はもとのところに坐らされ、沸いた珈琲をもって来られた。誠が窮屈に膝《ひざ》に手を組んで椅子《いす》に掛けている彼女の手に茶碗を持たせようとする。耀子は持とうとしない。彼女はうつむいて黙って首を振った。そこでダブルカラーの奥に、流れおちている白い滝のような美しい背中が瞥見《べっけん》された。誠が拒まれた茶碗を飾り棚《かざりだな》の上におくと、匙《さじ》が床に落ちて、その可憐《かれん》な響きがその場の緊張を和《やわ》らげた。二人が時を同じうして匙を拾おうとした結果、手と手がぶつかった。誠はその手を抱き込むようにして、急な角度で近づいた耀子の頬に接吻《せっぷん》した。そのとき女は目をつぶらない。彼女の目は正直におどろいていた。

何をなさるのと訊《たず》ねた口調は、生れてはじめて象を見た子供の発する問のようで、誠は問われている事柄《ことがら》が何事か咄嗟《とっさ》にはわからなかった。何ですかと彼は間の抜けた問を返したが、彼女は立上って、何をなさるのともう一度きいた。気を取り直した誠は、何をするか僕にもよくわからないんです、と気さくに言った。

耀子はしばらく黙っていた。それから恐れげもなく彼の目の中を見返して、あたくしそういうことぎらいなの、と言った。言わせも果てず誠が彼女の唇《くちびる》に接吻したので、耀子は顔を覆《おお》って椅子の上に崩折《くずお》れた。手は彼女の顔が落ちて来ないように支えているようで、その掌には憂鬱《ゆううつ》な重量が懸っているように思われた。

誠の接吻は蝿《はえ》のように彼女の髪と衿足《えりあし》を這《は》いまわった。このやさしい繊細な項《うなじ》は、きらいなの、きらいなの、きらいなの、と呟《つぶや》きながら揺れていた。本当にはじめて、と誠が訊《き》いたのは愚直を極めた質問であったが、唐突な愚直さがたまたま核心を射る場合がある。はじめてよ、接吻なんかしたことなくってよ、耀子もそう実直に答えた。これらの問答は急速度で交わされたが、速度を失うと共に失われがちな真実があるもので、まわっている最中の独楽《こま》にしかあらわれぬ虹《にじ》のいろを、真実の色彩ではないという理由はない。

閨房《けいぼう》の描写ほどこの種の真実から遠ざかるものはあるまい。この奇妙な男女の閨房の一挙一動には、何かしら二重写しのようなものがあった。彼らは彼ら自身の行為の一つ一つを描写していた。そこには一個の純粋な行為の代りに、一種の合作が、一種の共謀が存在したのである。

燈が消された。誠のしたことは強姦《ごうかん》の名で呼ばれても仕方のないことである。耀子は夢うつつに、執拗《しつよう》に、やわらかに、拒みつづけた。誠の手を払いのける彼女の手つきはほとんど祈りに似ていた。この執拗な拒絶は、ほとんど執拗な願望であった。社長さんなんかきらい、あなた大きらい、と彼女はたえず言いつづけたが、その声は適度な音量をもち、決して叫びにまでは至らなかった。誠には敵意のうちに微妙な香料のようにまざっているこの程のよい思い遣《や》りが、このいたわりが、このやさしさが好もしかった。かほどまで程よく織り込まれた逆説的な厚意のかずかずを、愛と呼ぶべきだろうか、それとも不実と呼ぶべきだろうか。

とまれここには一個の儀式が、一個の音楽があったのである。この理不尽に進行した破綻《はたん》の多い行為の下に、或る照応が、或る抑制と調和が潑剌《はつらつ》と目ざめていた。耀子は純潔な、火のような裸になった。あらゆるものを苦痛と嫌悪《けんお》で表現することを片時も忘れずに、耀子の眉《まゆ》と頰と唇と手は、凍った、硬い、いたましい苦渋の表情をうかべたまま、汗のなかに溺《おぼ》れようとしていた。そこには彼女が心をつくして表明しようとしている苦痛によってしか与えられない慰藉《いしゃ》の静けさが見られたのである。事のあとで誠が接吻を与えると、誠の口の下ではじめて瞬時の微笑が動いた。おぼつかなげに唇に応《こた》える力がうごいた。そのときこの白い精妙な歯が、つややかに瞥見された。しかし微笑はたちまち消えた。

これほど処女らしい処女を、誰も夢にだって見ることはできまい。羞恥、無垢《むく》、嫌悪、恐怖、好奇の心、身を滅ぼしたいという不測の翹望《ぎょうぼう》、擬死、相手にさげすまれたくないために身を護《まも》ろうと考える本能的な媚態、怒り、肉のよろこびに対する肉感的な憎悪、……あらゆるものがのこりなく耀子には備わっていた。というよりは耀子自身が、処女性の集大成だったのである。この羞《はじ》らいにみちた肉のうちに、薄氷の下を流れだした雪解水《ゆきげみず》のような清冽《せいれつ》な陶酔が動きそめるのを、誠はこの上もなくうれしく眺《なが》めた。

戸外の夜を時折震撼《しんかん》してすぎる都電の響きのほかには、音はきかれない。瓦斯《ガス》ストーヴの焔《ほのお》にまじる空気のかすかな息吹《いぶき》がきかれるだけである。残雪のように耀子はまっ白に音もなく横たわっていた。そこに今生れ、そこに今出来上ったばかりの女体が置かれているようであった。やがて耀子は目ざめ、身ぶるいして寝台の上に半身を起した。微細な皺《しわ》に隈《くま》なく埋められたシーツを引き上げて、倦《だる》そうに膝のあたりを隠した。実に子供らしいことに、隠されていない自分の乳房の存在を、彼女は忘れてしまっているように思われた。

ズロースを頂戴《ちょうだい》と耀子が怒ったような口ぶりで言ったので、こんな莫迦《ばか》げた濡衣《ぬれぎぬ》を着せられた誠は、腹いせに部屋の燈火《とうか》を点じて大っぴらな探索をはじめたが、容易なことでは見当らない。丹念に丸められた毛布の皺の中からその桃いろの絹のズロースが手品のように取り出されると、耀子は大そう顔を赤らめ、それをわが手にうけとるのをためらった。

「おどろいた?」と誠がたずねた。

「本当にびっくりしたわ」とすでに身じまいをあらかた整えた耀子は答えた。「びっくりしたどころじゃないわ。汚《けが》らわしい。あたくしこんな事を人間がやるなんて想像もしなかった。みんなこうするの？」

「君が生れたのも親がこうしたおかげさ」

「まあいやだ。本当かしら」と耀子は眉をしかめてみせた。彼女がしんそこいやがってみせているその対象と、こうした眉のひそめようとの間には、一種無責任な距離があるように思われた。「パパやママがこんなことをなさるのかしら。こんなことが世間で普通のことだとしたら、あたくし今夜家へかえってから、ママの顔がきっと醜くみえることよ。あたくし今日からあなたよりも、ママをもっと憎むようになりそうな気がしてよ」

　まだ終電車まで時間があったので、誠は改めて珈琲を沸かして彼女を引止めたが、耀子の目は遠い火事のような仄《ほの》かな紅《あか》みを帯び、その瞳《ひとみ》はまことに落ちつきなく動いて、立ちつ居つ、髪の形が崩れていはしないかと何度も髪へ手をやった。そのあげく、髪や顔にこの事件特有の証跡ともいうべきものがあらわれていはしないか、と、不安そうに問いただした。二人はそれからの三十分を、もとの椅子に行儀よく腰を下ろしてすごしたが、およそ文学的な話題に乏しい誠は、性に関する基本的な知識を開陳してみせたのである。耀子の目は今では純粋な知識慾《よく》に、貪婪《どんらん》な探究慾に、粗雑な世間が科学精神と呼んでいる、身も蓋《ふた》もない認識の欲望にかがやいていた。その純粋なおどろきを前にして、小学校の教師が生徒の前に感じるような、あの全能の喜び、あらゆる未知のものに対する侮蔑《ぶべつ》の喜びを誠は満喫しているように思われた。なぜなら耀子のこの種の知識慾のほうに、却って誠は彼女の羞らいを知らない一本気な欲望の芽生えを見たからである。

新宿駅まで耀子はタクシーで帰ればよかった。そこから小田急に乗り込めば、十一時すぎには我家へつく筈《はず》だった。誠はタクシーを拾ってやるために、外套《がいとう》を羽織って玄関まで出て行った。

「こんなときに仕事の話を蒸し返すのは変だけれど」と誠は言った。「もって来てもらった書類は、明日の朝まで君のほうで保管しておいてもらおう。僕は朝から官庁まわりをしなきゃならんので、書類をもちあるくのが一寸億劫《ちょっとおっくう》だ。それからこれをね」と彼はポケットから大形のハトロン紙の封筒をとりだした。「忘れていたが、これを明日午前中に目をとおしてタイプのほうへまわしておいて下さい。あなたが開封してよく読んだ上でね。大事な書類だから落さないように」

いつもの耀子なら、掌で重みをはかって、目のはじで仄かに笑って、お金？　とでもたずねかねないところを、今の彼女は余裕を失った尖《とが》った手つきで鞄《かばん》に押し込むのがせいぜいである。月島桟橋《さんばし》のあたりから汽笛がきこえた。目の前をゆらゆらと数台のリンタクがとおった。そのとき向う側を行くタクシーへ誠が手をあげたので、車は一回転すると不器用な媚《こ》びをみせて二人の前に寄り添って来た。誠は人通りのすくない夜の街路で大仰に手を振って彼女の車を見送った。それから煙草《たばこ》に火をつけてしばらく彳《たたず》んだ。彼の頰はほてっていたので、夜気がその頰に亀裂《ひび》を入らせそうに思われた。この冷血漢には自分の頰が時としてほてるのが意地のわるいたのしみだった。

第十七章

一週間たった。あの翌《あく》る日耀子は平常どおり午前中の執務時間を終ったのち、午後になって頭痛がすると称して帰った。無断の欠勤がその後七日間つづいたのである。

愛宕《おたぎ》専務が社長室で誠と二人になったとき、耀子の欠勤について一向に動じないふりをしている誠の見栄坊《みえぼう》をからかった。

「あいつはもう出て来《こ》ないよ」と誠は事務的な快活さでやりかえした。「平気で出て来られるような女だったら僕《ぼく》の妻としてこれ以上適切な女はあるまいが、彼女もやっぱり凡庸なんだ。凡庸さというものは鹿《しか》や猪《いのしし》のように必ず決った道を通るので、猟師はその道ばたにしゃがんで気永に待っていればいいんだ。必ず射とめられる。莫迦げた話さ」

「何のことだかさっぱりわからない」

「これを読んでみたまえな」と誠は抽斗《ひきだし》から一綴《ひとつづり》の書類を出して愛宕の前へ放り出し

た。「写しだがね」

見ると、帝探人事第七七一号調査報告書と書いてある。誠が依頼した秘密探偵《たんてい》社の報告書である。

野上耀子はこれに依《よ》ると妊娠三ヶ月で、その相手方は下っ端《したっぱ》の税務署員である。耀子は男に毎月数千円を貢《みつ》いでいるばかりか、男の出世のために、太陽カンパニイの収入の実際高を探ろうとしている。税額の査定が彼女の報告によって行われ、その結果税額の正しさが証明されれば、耀子の恋人は徴税の才能を買われるであろう。まさかばれると思わなかった実収入に税金をかけられて、太陽カンパニイは滞納処分に付せられる羽目になるであろう。……

「こいつはおどろいたね」と一向おどろかない顔つきで愛宕が言った。「しかし有り勝ちな平凡な成行きじゃないか。誰《だれ》しも予測の中に入れておきながら、その予測を忘れてしまうので、却《かえ》ってそれが現実になると愕《おどろ》くんだ。今になってみれば、そんな女だったと思い当る節もある」

「君はそう言うが、君は別段あいつを好きだったわけじゃあない」

「それはそうだ。そうすると君が泰然自若としているのはどういうわけだ」

「まあききたまえ。僕はこういう真相をうすうす察していたから探らせたんだ。はっきりわかった時は、あんまりいい気持はしなかった。しかし僕はちゃちな復讐《ふくしゅう》を軽蔑するんだ。それは凡庸さの罪悪に、凡庸さを倍加させ、俗悪な事件に俗悪をかけ合わせるにすぎない。僕は自分が陥ったこの凡庸な不幸を何とか非凡なものに作り変えたかった。そこで僕のやったことは、彼女を口説いて屈服させることだ。何ひとつ知らないふりをして、完全に純真な求愛者に化けることだ。僕が彼女を完全な処女と思い込んでいるということを、一瞬でも相手に疑わせてはならない。こいつは成功したよ。ところが敵も成功したんだ。僕は実は処女を今までに二人知っている。しかもこの贋物《にせもの》の処女ほどに処女らしい処女を見たことはない。彼女は一抹《いちまつ》の疑惑も抱かせぬほどに、巧緻《こうち》をきわめた破瓜《はか》の儀式を演じた。あれはおそろしい女だよ。演技の統一性が、事物の蕪雑《ぶざつ》なまことらしさを凌駕《りょうが》したんだ。僕は処女を満喫したよ」

「それから」

「そうだね。僕は礼をやった」

「何を」

「この報告書を封筒に入れてやって、明日の朝読めと言ったんだ。彼女は読んだ。身を隠した。しかしおそらくあの一夜をあいつ自身も後悔しちゃいないだろう」

「残酷な遊戯だ。君は人生に悪いオチをつけすぎる。もっと人生をのっぺらぼうなものだと思えないかな」

「蟹《かに》は自分の甲羅《こうら》に似せた穴を掘るよ」

と誠はいつものまじまじと相手を見据《みす》えて洩《も》らす犬儒派《けんじゅは》風な微笑と共に言った。愛宕がこう訊《たず》ねた。

「君は今いったい勝利感と敗北感とどっちのほうの近くにいるんだ」

「どっちでもないんだろう」と誠は笑いながら答えた。「君のいうように僕の心境はのっぺらぼうさ」

「のっぺらぼうな奴《やつ》が、何だって亜砒酸《あひさん》なんかを後生大事にもちあるいているのかな」

誠は一瞬顔色を変えた。愛宕はその動揺を目前に見て甚《はなは》だ喜んだ。

「安心したまえ。君が顔色を変えた理由を、誤解するような俺《おれ》じゃあない。俺は君がペニシリンのブローカアに頼んで亜砒酸を手に入れたのを知っている。あれはずいぶん前の話だ。まあ他殺用ではなくて自殺用なんだろう。俺も別段友人の自殺をとめ立てする権利はないんだ。……それにしても、亜砒酸自殺の企ての動機を、女に対する幻滅に求められたと邪推した瞬間の、君の真蒼《まっさお》になった顔色は面白《おもしろ》かった。女に失敗して毒を呑《の》もうとしていると思われるくらい、君の自尊心を傷つけることはあるまいし、そう思われる可能性に君が思いいたった瞬間は、君にとって自殺よりもっと苦しかったろうと拝察するよ」

「いい友達を持ったもんだ」と誠は言った。「僕は毒薬について一見識もっている。契約不履行を法律的に正当化する力がこいつにはあるんだ。僕がもしこいつを呑む。そうすると契約当事者の一方が死んだことになり、契約は事情変更の原則によって取消されるんだ。債務がたまってどう仕様もなくなったら、こいつを呑んでこの世におさらばさ。そうすれば、合意は拘束す、という僕の真理は守られることになる。死人には意思能力が失《な》くなるからだ」

「実に周到な計画だね」と愛宕は気楽に言った。この気さくな友人は、誠の悲劇的な軽口をろくすっぽきいていなかったのである。「君はいつも未来をがんじがらめに規定して、そこへ向ってまっしぐらに歩く。決して君は君の自由にならないんだ。奇特な男だ。いずれはきっとお望みどおりに毒を嚥《の》んで死ぬだろう。それも毒と決めたら、決してピストルに変更することのない奴《やつ》だ」

「そんなところかね。君と僕との間には、これで見ると、理解が多すぎるような気がする」

「君らしい言い方だな。そうだ、俺たちの間柄《あいだがら》には理解の鋸屑《おがくず》がたまりすぎている嫌《きら》いがある。君は理解されることが大きらいなんだ。君は自分で自分を理解することしか許さない」

「愛宕の思想は、自分が社会を所有しているというのではなくて、社会が自分を所有しているという考え方だね。君は理解し理解される淫売《いんばい》だ。君は理解に身を委《まか》せ、また自分の理解に他人が身を委せることを要求する。君は近代社会の売淫性の権化《ごんげ》なんだ。金と一緒に理解が通用する。堕落した時代だ。僕は金を楯《たて》にしてこの堕落から身を護《まも》ろうとした。金が理解し、金が口をきく以外に、人間同士は理解される義務もなく、理解する権利もない、そういうユートピアを僕は空想したんだ。君は不潔だ。なぜかというと君は僕を理解しようとする」

「そう出て来られれば話は簡単だよ。そろそろわれわれは別れ時だ。そうは思わないかい」

「金詰りの先は見えているからね」

「その通り。こんな頭の変なオンボロ金融会社は半年もたてば消えてなくなるだろう」

「炯眼《けいがん》だね。僕もおそらくそう思う。君は出て行きたかったら出て行ったらいい」

「退職金は最低五十万よこしたまえ」

「出資者でもないくせに偉そうに言うな。三十万で我慢しときたまえ」

「それは追って交渉しよう。とにかく俺は取引先の縁故で安全確実な会社から引抜かれたんだ。平社員から出直しさ。それにしても俺は万事につけて実質のほうが好物なんだ」

「実質って一体何だろう。柿《かき》の種みたいに、喰《く》えないが、八年たてば実のなるやつか」

「つまり未来さ」

「やれやれ君は長生きするよ」

二人の友は学校の流儀で談笑のうちに別れ話をした。誠は愛宕を憎んでいた。何故《なぜ》そのことにもっと早くから気がつかなかったかと訝《いぶ》かった。しばしば人を愛していることに気がつくのが遅れるように、われわれは憎悪《ぞうお》の確認についても、ともするとなおざりな態度をとる。そういうときわれわれは自分の感情の怠惰を憎らしく思うのである。

誠は一人で街へ出てしまった。早春のやや風の鋭いしかし明るい午前である。街には勤めをもたない呑気《のんき》な顔がひしめいていて、お互いに少し間抜けにみえる表情をたのしんでいるようなところがある。この余裕ありげな観察は、誠の観察でもあったので、彼は強いてすべての上に余裕ありげな観察を必要とする心の或《あ》る状態にあった。誠の外套《がいとう》の肩は何度か行人の肩にぶつかった。ふりむく相手の苛立《いらだ》った目に会うと、誠は自分の苛立った心をのぞかれるような心地がした。百万円の赤字、これが何ヶ月か先に何倍の赤字になることは半ば自明の事柄である。担保品は売れず、詐欺団《さぎだん》は横行していた。いたるところに不況の黴《かび》が生えかかっていた。貸した金は返らない。殊《こと》にちかごろ多くなった小口金融の金が返らないのは、小市民生活の逼迫《ひっぱく》の諸条件のそれぞれの退引《のっぴき》ならない組み合せから来ているもので、このこんぐらかった糸目を解きほごすことは誰にも出来ない。

誠はまだ芽吹こうとしない街路樹の梢《こずえ》に目をやって、ふとした気の迷いで、自分はともすると空を見る癖がある、いっそ詩人になればよかったのだ、と考えたりするが、芸術家が必要とする真の狡智《こうち》を知ったら、彼もまたこの職業を唾棄《だき》すべきものと思ったであろう。彼はひとりで階段を上り、二階にあるとある喫茶店に立寄った。窓という窓から日があたたかく射《さ》していて、客は少ない。鳥籠《とりかご》の中で鳥が囀《さえず》りだすと、客が皆鳥籠のほうを見る。それはその店に和やかさと親しさの空気を与えた。

彼が奥まった椅子《いす》に掛けて温い飲物を注文したとき、反対側の窓ぎわに掛けていた二人連れが目に入ったので、それが誰であるかに気がつくと、誠は気取《けど》られないで観察できるような姿勢をとった。そこの白い卓布の上には午前の日がふんだんに落ちていた。その光りの中へ顔をさし出すようにして話している青年と少女がある。そういう少女と話しているのが意外だったので、誠は一瞬それが易《やすし》であるかどうかを疑ったのであるが、機嫌《きげん》のよいときに目ばたきをしきりにする癖で、それとわかった。易の外套の袖口《そでぐち》はほころびているが、少女の着ている外套も、ほころびてこそいないが、それに劣らず粗末なものである。ただ光りの下へさし出している二人の頬《ほお》の光沢だけは誰も粗末だということはできまい。その二つの顔は光りのなかで、傾《かし》いだり、うつむいたり、のけぞって笑ったりした。そして二人の額の生《は》え際《ぎわ》にちかいほつれ毛は、ほんとうの金いろに見えた。

易は一体共産党を出たのかしら、それとも同じ党の中の女の子とよろしくやっているというわけかな、と誠は考えた。どこにどうしていようと彼は同じなのだ、易は易であって、そして嫉《ねた》ましいことに、易は易であるままに他の万人でもありうるのだ。

誠はさらにこう考えた。とすれば、彼の存在と、彼の同質の存在との境目には、僕のような障壁はないにちがいない、支配したり、理解されまいと拒んだり、征服したり、非人間的な努力をしたりしなくても、彼の存在は、一種の薄い膜質のようなものの助けを借りて、地上のあらゆる存在と黙契を結び、やがては灝気《こうき》にまで同化するにちがいない。確かに人間の存在の意味には、存在の意識によって存在を亡《ほろ》ぼし、存在の無意識あるいは無意味によって存在の使命を果す一種の摂理が働らいているにちがいない。

誠は二人が笑い、そのかがやく白い歯が光りを反映しあうさまを黙って眺《なが》めた。彼はふとこうして眺めている自分の存在が一種透明なものになる稀《まれ》な快い瞬間を意識した。

易が手帖《てちょう》をとりだして、鉛筆を探した。それは見当らなかった。すると少女が手提《てさげ》の中をさぐって、緑いろの鉛筆を探し出して彼に手わたした。易はその鉛筆でいそがしそうに手帖に何事かを書いた。

誠はこれを見ているうちに、その緑いろの鉛筆に見おぼえがあるような心地がした。その日光の加減で光っている金文字にも記憶が滞っている。彼は思い出そうと試みた。そしてこの記憶の中に、夢と現実との甚《はなは》だあいまいな情景があらわれ、そこからひびいて来る声が、彼の耳の奥底に瞬時にひびいてすぎ去ってゆくように思われた。それはこう言っていた。

「誠や、あれは売り物ではありません」

そのとき日が翳《かげ》って来て、むこうの窓はたちまち光りを失ったので、この声は掻《か》き消えた光りと一緒に彼の脳裡《のうり》から飛び去った。

――一九五〇、一〇、三十一――

解説

西尾幹二

三島由紀夫氏の豊富な作品群のなかで『青の時代』はどちらかというと、傑作とも、問題作とも見做《みな》されることの少なかった作品である。全体は読みやすく、出来上がりはすっきりしているのだが、第六章の後半で、主人公川崎誠の少年期の記述から一挙に六年間をとばして戦後へつないでいる構成に隙間《すきま》があることは、誰《だれ》の目にも明瞭《めいりょう》だったからである。前半では自尊心の強い少年のねじくれた異様な孤独のかたちが、きわめて輪郭のはっきりしたエピソードで積み重ねられている。読者はここに、性格の型を描き出そうとしている心理小説の典型を見るはずである。ジャック・ド・ラクルテルの『反逆児《シルベルマン》』を思い出す読者もいるかもしれない。だが後半では、性格の型というきわめて個人的な悲劇のかたちを追究するのが作者の意図では必ずしもないように思えてくるのは、ここに戦後という時代の問題、いわゆる戦後青年の虚無感という一般的な主題が大きく浮び上がってくるからである。もし前半のあり方にこの作品のモチーフがあるなら、後半では個人の人間性のタイプの追究は前半にみられるほどの鮮明度を欠いていることが残念であるし、また、戦後という時代への関《かか》わり方が作全体の中心テーマだとすれば、主人公の純粋に個人的な悲劇性を前半でなぜあれほど明晰《めいせき》に設定しているのかわからなくなる。精神が肉体の成熟の速度を追い越している、いわば過度にませて、可愛《かわい》げのないこの秀才少年のもつ問題性は、あくまで個人的な悲劇であるように思える。そのことは生立《おいた》ちから分析を重ねていく前半でヴィヴィドに書きつくされている。それならば、この明晰度を後半においても最後まで手離さずに徹底させる方がよかったともいえよう。また、もし、理由も目的もない人生に対する残酷な遊戯を偏愛する主人公の衝動を時代意識の典型とするなら、戦前の生立ちから描くことは当を得ていない。性格という合理的な理由から起る悲劇とは、それは別個であるはずのものだからである。

こうした矛盾に作者自身がかなり早くから気がついていたらしく、『三島由紀夫作品集2』（昭和二十八年刊）の「あとがき」で、「資料の醱酵《はっこう》を待たずに、集めるそばから小説に使った軽率さは、今更《いまさら》誰のせいにもできないが、残念なことである。文体もまた粗雑であり、時には俗悪に堕している。構成は乱雑で尻《しり》すぼまりである」と、かなり自嘲《じちょう》めいたことばで反省しているのである。また、『十八歳と三十四歳の肖像画』というエッセーのなかでは、「気質からできるだけ離脱して、今までの持ち前の技術からも離脱して、抽象的なデッサンを描こうとして失敗した」のがこの『青の時代』だと説明している。気質とは作家の生れつきもっている自然状態、つまり才能の無意識部分といったほどの意味で、作者によれば、自分の気質とはじめて正面から対決したのが『仮面の告白』であり、そのあとでもう一度気質と折り合おうと試みたのが『愛の渇《かわ》き』であって、かくて『青の時代』は気質から再度離れようとした抽象的なデッサンだということになる。そして、いったん突き離した気質という自分の自然状態にもう一度のめりこみ、これをあらためて徹底して物語化したのが、この直後にかかれて評判の高かった『禁色《きんじき》』という問題作なのである。こうみていくと、『青の時代』の置かれている位置がわかってくるし、この作が気質という無意識に溺《おぼ》れぬように配慮された、明澄《めいちょう》な意識でつらぬかれた知的な構成物だという自覚が作者の側にあり、ということは主人公の川崎が作者とはかなり距離をもった人物だということにもなる。

この作品は『新潮』に昭和二十五年七月号から十二月号までの連載で発表された。その前年の十一月にいわゆる「光クラブ事件」が起って戦後の世相を騒がせた。小説のモデルとなったこの実際の事件は、高利金融会社「光クラブ」を経営していた東大法学部三年の山崎晃嗣《やまざきあきつぐ》が、物価統制令、銀行法違反に問われ、三百九十人の債権者と三千万円の債務を残して挫折《ざせつ》、整理の結果、最後の三百万円が工面できずに、二十七歳の身に青酸カリをあおって自殺したというものである。小説では主人公に自殺の用意があることを暗示するていどにとどめていて、実際に自殺させてはいない。作者はこの実際の事件からヒントを得たには違いないが、当時、この作品に対するおおむねの見方が、アプレ青年の生活と心理に同時代人として共感した作者の時代描写という受取り方であったことは、いま読み直すとまことに奇異な感じがする。なににしても作者は主人公をいわば実験室のなかで細工するようにかなり冷淡に造型しているからである。「三島は『青の時代』において、アプレ青年の生活の形を描いて、その心を描かなかったといわねばならない」（本多秋五『物語戦後文学史』）というような断定はいささか乱暴だとしても、たしかに、作品に即して言えば、三島氏がかなり個人的な観念の生み落す孤独な青年の心を描こうとしたのであって、モデルとなった社会事件は作者の観念を展開するのに都合の良い素材にすぎず、結果的には、実際の日本のアプレ青年とはかなり違ったものを創《つく》り出していた、ということにもなろう。戦後の世相などを離れ、モデルとなった事件を忘れても、これは独立したひとつの性格悲劇として今なおわれわれに納得がいくのである。とりわけ少年時代のエピソードで描かれる前半部分は、じつに新鮮で、今まで日本では書かれたことのない異様な青春のかたちである。それがごく広い意味でわれわれの時代の不幸と関係がある、というのならそれはそれでいい。だが、戦後風俗というような限定されたものの表現であるとするには、この孤独のかたちは余りにも自己反省癖の激しい、自意識過剰な一個人のそれであって、そこにまた作品の魅力と独創性もあるのである。

主人公のこころの動きの屈折は、たとえば勇気を振い起して始めて一人でバアへ出掛けていく場面などにはこんなふうに現われる。

「誠は店へ入ると、帽子を脱いで女たちに挨拶《あいさつ》した。もちろんそんな挙動が野暮《やぼ》なことは知っていたが、手のほうが容赦なく野暮に動いたのである。話のきっかけがなくて丸めた帽子でスタンドの上をしきりと拭《ふ》いた。そのうちにそれがいつかの寮委員長の影響であることに気づいて止《や》めた」

作者はこういう主人公をユーモラスに暖かい目で眺《なが》めているのではなく、かなり残酷に突き離しているところがあって、それが「序」にも書かれてある主人公の「卑俗さ」に対する作者の観察なのである。

学生時代に知り合った愛宕《おたぎ》という友人とともに金融業をはじめた主人公は、この小説の終りの方で、愛宕に向って次のように自分の生き方を語っている。

「愛宕の思想は、自分が社会を所有しているというのではなくて、社会が自分を所有しているという考え方だね。君は理解し理解される淫売《いんばい》だ。（中略）僕は金を楯《たて》にしてこの堕落から身を護《まも》ろうとした。金が理解し、金が口をきく以外に、人間同士は理解される義務もなく、理解する権利もない、そういうユートピアを僕は空想したんだ。君は不潔だ。なぜかというと君は僕を理解しようとする」

この平俗な哲学は決してアプレ青年に特有なものではない。人生をもっとのっぺら棒なものだと考えている愛宕という対蹠《たいしょ》的《てき》な人物を出すことによって、主人公の孤独な想念を浮き立たせようとするこの意図は、じつは作者によって人間類型の二つのタイプとして最初から仕組まれているのであって、主人公が一高の入寮式で笑い声を立てて、先輩からにらまれたあとのこの二人の出会いの場面に早くもはっきり形が与えられているのである。

「二人の新入生はすこし気が大きくなって、ベッドに腰かけて足をぶらぶらさせながら話した。

『さっき君が吹き出したでしょう』と愛宕は言った。『あのとき僕は偉いなと思いましたよ。まったく可笑《おか》しいものを笑わないでいるなんて、真理に忠実じゃありませんからね』

『いや、思わず吹き出しちゃったんです。僕はいつもわるい癖で後先《あとさき》の考えなしにやっちまうんです』

誠は嘘《うそ》をついた。軽率になりたさに笑ったなどと言っても、わかってもらえそうもないと思ったからである。

このとき彼の中には奇妙な心理が働いた。自分がまったく軽率に、後先を考えずに笑ったと思わせたかったのである。決して後悔はしていないが、自分と同じような感情の動かし方をするこの新らしい友への警戒心から、彼はおのれの鋭鋒《えいほう》を隠さねばならぬと考えた。ひとつには、愛宕の発音があまりにも流暢《りゅうちょう》な東京弁だったので、このK市出身者は、田舎者のとんちきを露骨に出しておもねりたい気持もあった」

このように厄介《やっかい》な用心深いこころの動かし方をする主人公が、目的のない金儲《かねもう》けという観念や、女が精神的に自分を愛したときに女を棄《す》てるという残酷な遊戯などに対しては、ほとんど直線的な行動家であって、それ以外の人生や社会を軽蔑《けいべつ》し、あらゆるものを疑い、家族や友人をさえ信じていないかにみえ、それでいて、大学の権威だけはまったく疑わないという間の抜けた卑俗さをもっていることなどは、以上に見る通り、少年期の性格説明などによってことごとく準備されているとも言えるのである。

われわれは、主人公のタイプのなかにひそんでいる他者不信と独特な自尊のかたちを、少年期から説明されている前半であらかじめ知っていなければ、作の後半で起る物語の展開にもなめらかについて行くことはやはり出来ないだろう。それでいて、全体としてみれば典型的な心理小説とはいえない。自分で「疑う範囲を限定しておいて、それだけを疑う」という「贋物《にせもの》の英雄」の抽象的情熱が主題だからである。しかもそれでいて完璧《かんぺき》な観念小説になり得ていないのは具体的な心理の細部にささえられているストーリーの展開のうちに主題が埋没しているからでもある。

それにしてもこの作品の魅力のひとつは、ふんだんに投げこまれているアフォリズムの切れ味である。

「彼は文学を教養として読んでいたが、漱石《そうせき》と藤村《とうそん》とジイドとヴァレリイとシェークスピアとバイロンとゲーテとハイネとの佃煮《つくだに》からどういう栄養がとれるかには無関心であった。（中略）誠には先天的に文学がよくわからなかったのだというほうが当を得ている。そしてこれこそは小説の主人公たりうる第一条件なのである」

『青の時代』はたしかにこういう主人公を登場させて、作者が余裕をもって、縦横にシニシズムをたのしんでいる作品のように私には思える。

（昭和四十六年七月、文芸評論家）

この作品は昭和二十五年十二月新潮社より刊行された。

新潮文庫編　文豪ナビ　三島由紀夫

時代が後から追いかけた。そうか！　早すぎたんだ――現代の感性で文豪の作品に新たな光を当てる、驚きと発見に満ちた新シリーズ。

三島由紀夫著　仮面の告白

女を愛することのできない青年が、幼年時代からの自己の宿命を凝視しつつ述べる告白体小説。三島文学の出発点をなす代表的名作。

三島由紀夫著　花ざかりの森・憂国

十六歳の時の処女作「花ざかりの森」以来、巧みな手法と完成されたスタイルを駆使して、確固たる世界を築いてきた著者の自選短編集。

三島由紀夫著　愛の渇き

郊外の隔絶された屋敷に舅と同居する未亡人悦子。夜ごと舅の愛撫を受けながらも、園丁の若い男に惹かれる彼女が求める幸福とは？

三島由紀夫著　盗賊

死ぬべき理由もないのに、自分たちの結婚式当夜に心中した一組の男女――精緻微妙な心理のアラベスクが描き出された最初の長編。

三島由紀夫著　禁色

女を愛することの出来ない同性愛者の美青年を操ることによって、かつて自分を拒んだ女達に復讐を試みる老作家の悲惨な最期。

三島由紀夫著

鏡子の家

名門の令嬢である鏡子の家に集まってくる四人の青年たちが描く生の軌跡を、朝鮮戦争直後の頽廃した時代相のなかに浮彫りにする。

三島由紀夫著

潮（しおさい）騒

新潮社文学賞受賞

明るい太陽と磯の香りに満ちた小島を舞台に海神の恩寵あつい若くたくましい漁夫と、美しい乙女が奏でる清純で官能的な恋の牧歌。

三島由紀夫著

金閣寺

読売文学賞受賞

どもりの悩み、身も心も奪われた金閣の美しさ——昭和25年の金閣寺焼失に材をとり、放火犯である若い学僧の破滅に至る過程を抉る。

三島由紀夫著

美徳のよろめき

優雅なヒロイン倉越夫人にとって、姦通とは異邦の珍しい宝石のようなものだったが……。魂は無垢で、聖女のごとき人妻の背徳の世界。

三島由紀夫著

永すぎた春

家柄の違いを乗り越えてようやく婚約にこぎつけた若い男女。一年以上に及ぶ永すぎた婚約期間中に起る二人の危機を洒脱な筆で描く。

三島由紀夫著

沈める滝

鉄や石ばかりを相手に成長した城所昇は、女にも即物的関心しかない。既成の愛を信じない人間に、人工の愛の創造を試みた長編小説。

三島由紀夫著

獣の戯れ

放心の微笑をたたえて妻と青年の情事を見つめる夫。死によって愛の共同体を作り上げるためにその夫を殺す青年――愛と死の相姦劇。

三島由紀夫著

美しい星

自分たちは他の天体から飛来した宇宙人であるという意識に目覚めた一家を中心に、核時代の人類滅亡の不安をみごとに捉えた異色作。

三島由紀夫著

近代能楽集

早くから謡曲に親しんできた著者が、古典文学の永遠の主題を、能楽の自由な空間と時間の中に〝近代能〟として作品化した名編8品。

三島由紀夫著

午後の曳航《えいこう》

船乗り竜二の逞しい肉体と精神は登の憧れだった。だが母との愛が竜二を平凡な男に変えた。早熟な少年の眼で日常生活の醜悪を描く。

三島由紀夫著

宴《うたげ》のあと

政治と恋愛の葛藤を描いてプライバシー裁判でかずかずの論議を呼びながら、その芸術的価値を海外でのみ正しく評価されていた長編。

三島由紀夫著

音　楽

愛する男との性交渉にオルガスムス＝音楽をきくことのできぬ美貌の女性の過去を探る精神分析医――人間心理の奥底を突く長編小説。

新潮文庫最新刊

石破茂著
国防
国会議員きっての防衛政策通であり、長官在任日数歴代二位の著者が語る「国防の基本」。文庫用まえがき、あとがきを増補した決定版。

秋尾沙戸子著
ワシントンハイツ
―GHQが東京に刻んだ戦後―
日本エッセイスト・クラブ賞受賞
終戦直後、GHQが東京の真ん中に作った巨大な米軍家族住宅エリア。日本の「アメリカ化」の原点を探る傑作ノンフィクション。

中村尚樹著
被爆者が語り始めるまで
―ヒロシマ・ナガサキの絆―
長崎で亡くなった同僚六二九四人、広島で亡くなった生徒六七六人。それぞれの魂を鎮める旅に出る、二人の名もない被爆者の記録。

中村計著
佐賀北の夏
―甲子園史上最大の逆転劇―
2007年夏、無名の公立校が果たした全国制覇はいかにして可能となったのか。綿密な取材から明かされる奇跡の理由。

U・ウェイト
鈴木恵訳
生、なお恐るべし
受け渡しに失敗した運び屋。それを取り逃がした保安官補。運び屋を消しにかかる〝調理師〟。三つ巴の死闘を綴る全米瞠目の処女作。

C・カッスラー
P・ケンプレコス
土屋晃訳
運命の地軸反転を阻止せよ（上・下）
北極と南極が逆転？　想像を絶する惨事を防ぐため、NUMAのオースチンが注目した過去の研究とは。好評海洋冒険シリーズ第6弾。

青《あお》の時《じ》代《だい》

新潮文庫　み－3－20

昭和四十六年七月二十三日　発行
平成二十三年八月五日　七十刷改版

著者　三《み》島《しま》由《ゆ》紀《き》夫《お》

発行者　佐藤隆信

発行所　株式会社　新潮社

郵便番号　一六二－八七一一
東京都新宿区矢来町七一
電話　編集部(〇三)三二六六－五四四〇
　　　読者係(〇三)三二六六－五一一一
http://www.shinchosha.co.jp

価格はカバーに表示してあります。

乱丁・落丁本は、ご面倒ですが小社読者係宛ご送付ください。送料小社負担にてお取替えいたします。

印刷・株式会社三秀舎　製本・株式会社植木製本所

ISBN978-4-10-105020-1　C0193

徳間文庫

極楽安兵衛剣酔記

秘剣風疾り

鳥羽亮

徳間書店

目次

第一章　辻斬り

1

浅草諏訪町《すわちょう》。大川端の柳の陰に、ひとりの男が立っていた。牢人《ろうにん》であろう。総髪で、着古した小袖と羊羹色《ようかんいろ》の袴《はかま》。使い込んだ黒鞘《くろざや》の大小を帯《お》びていた。牢人は凝《じっ》と大川端の通りに目をやっていた。

剽悍《ひょうかん》そうな顔付きの男だった。目が鋭く、肉をえぐり取ったように頬《ほお》がこけている。

五ツ（午後八時）ごろである。十六夜《いざよい》の月がかがやき、大川端を淡《あわ》い青磁《せいじ》色のひかりでつつんでいた。大川の川面《かわも》は黒ずんでいたが、月光を反射《はね》た波が無数の白い起伏を刻みながら、両国橋の彼方までつづいている。

日中は猪牙舟《ちょきぶね》、屋形船、艀《はしけ》、高瀬舟などが川面《かわも》を行き交っているのだが、いまは船影もなく、見えるのは広漠《こうばく》とした黒い川面だけである。川沿《かわぞ》いの通りに面した表店《おもてだな》は店仕舞いし、ひっそりと夜陰のなかに沈んでいた。足元から、汀《みぎわ》の石垣に寄せる川波の音だけが聞こえてくる。

……来たか。

樹陰の牢人がつぶやいた。

見ると、通りの先に提灯《ちょうちん》の灯《ひ》が見えた。ぼんやりとした明りのなかに、黒い人影が見えた。上流の駒形町《こまがたちょう》の方から歩いてくる。

提灯の灯に浮かび上がった人影は、ふたりだった。提灯を手にした男と、灯のなかに浮かび上がった黒羽織の男である。

ふたりとも、町人のようだ。提灯を手にした男の白い脛《すね》が、夜陰のなかにぼんやりと見えていた。尻《しり》っ端折《ぱしょ》りしているらしい。黒羽織の男は刀を帯びていなかった。武士ではなく、商家の旦那《だんな》ふうである。

……今夜は、あの男にするか。

牢人が提灯の灯を見つめながら小声で言った。夜陰のなかで、双眸《そうぼう》が獲物を狙《ねら》う餓狼《がろう》のようにひかっている。

提灯の灯がしだいに近付いてきた。ふたりの足音が、汀《みぎわ》を打つ水音のなかに聞きとれるようになった。

ふたりの男が十間ほどに近付いたとき、牢人はゆっくりとした足取りで通りへ出た。

提灯の灯はとまらなかった。まだ、行く手に立った牢人に気付かないようだ。

牢人は抜刀した。刀身が、ギラリとひかった。月光を反射たのである。

ふいに、提灯の灯がとまり、

「だ、だれか、います」

と、上《うわ》ずった声が聞こえた。

いきなり牢人が疾走した。刀を八相《はっそう》に構えている。刀身が月光を反射て銀色のひかりを放ち、夜陰を切り裂いていく。

ヒイイッ！

提灯を持った男が、喉《のど》のひき攣《つ》ったような声を上げた。提灯が激しく揺れ、ふたりの男の姿を闇とひかりとで目まぐるしく斬り刻んだ。

ふたりの男は、凍《こお》りついたようにその場につっ立っていた。恐怖で身が竦《すく》み、咄嗟《とっさ》に逃げられなかったのだ。

牢人は走り寄りざま、刀を一閃させた。

バサッ、と提灯が裂けて、路傍《ろぼう》に落ちた。同時に、提灯を持った男が絶叫を上げて身をのけ反《ぞ》らせた。男の肩口から、血が夜陰のなかに黒い火花のように飛び散った。

男は悲鳴を上げながら夜陰のなかによろめいた。

ボッ、と音をたてて提灯が燃え上がった。黒幕を上げるように夜陰が消え、あたりが急に明るくなった。

その明りのなかに、黒羽織の男が浮かび上がった。恐怖に顔がゆがんでいる。見開いたふたつの目が、燃え上がった炎を映じて赤らんで見えた。

「た、助けて！」

黒羽織の男が悲鳴を上げて、逃げようとした。

そのとき、閃光がはしった。

瞬間、ヒュッ、という風音が聞こえた。刀身が風を切った音である。

牢人の斬撃が、きびすを返して走り出そうとした男の首筋にあびせられたのだ。

男の首がかしいだ瞬間、首筋から血が驟雨《しゅうう》のように飛び散った。牢人の切っ先が男の首を頸骨《けいこつ》ごと截断《せつだん》したのである。

男は血を撒《ま》きながらよろめいたが、すぐに腰からくずれるように転倒した。夜陰のなかで、男は四肢《しし》を痙攣《けいれん》させていたが、動く気配はなかった。絶命したようである。

男の首筋から噴出する血が地面に流れ落ち、シュルシュルと妙に生々《なまなま》しい音をたてていた。地面に、蛇《へび》でも這《は》っているような音である。

提灯の火が急に細くなった。黒幕が下りてくるように、闇があたりをつつんでいく。牢人は血刀《ちがたな》をひっ提《さ》げたまま、川岸の方へ足をむけた。提灯を持っていた男が低い呻《うめ》き声を上げ、うずくまっていたのである。

「とどめを刺してくれる」

言いざま、牢人は手にした刀を一閃させた。

瞬間、にぶい骨音《こつおん》がし、男の首が前に垂《た》れた。次の瞬間、男の首根から血が、闇のなかに赤い帯のようにはしった。首の血管《ちくだ》から噴《ふ》き出したのである。

男は前につっ伏《ぶ》した。首が奇妙にまがって横を向いている。男の見開かれた目が、夜陰のなかで白く浮き上がったように見えた。

牢人は倒れた男の着物の袂《たもと》で血塗《ちぬ》れた刀身を拭《ぬぐ》って納刀《のうとう》すると、その男にはかまわず、もうひとりの男の方へ近付いた。

牢人は仰臥《ぎょうが》している男の襟元《えりもと》から手を入れ、財布を取り出した。そして、財布の中味を月光に当てて確かめている。

そのとき、牢人の背後に近付く足音が聞こえた。

牢人が振り返ると、夜陰のなかに人影が立っていた。町人らしい、裾高《すそだか》に尻っ端折りした着物から、空《から》っ脛《ぱぎ》が白く浮き上がったように見えた。

「旦那、たんまりありやしたか」

町人が訊《き》いた。声に、嘲笑《ちょうしょう》するようなひびきがある。

町人は牢人と七、八間の間をとっていた。それ以上は、近付かないつもりらしい。顎のとがった目の細い男である。

「何者だ！」

牢人が誰何《すいか》した。

「通りすがりの者でさァ」

「見たのか」

「へい、見させていただきやした」

男は、口元に薄笑いを浮かべている。

「生かしておけんな」

牢人は刀の柄《つか》を握り、男に歩を寄せた。

「おっと、あっしを斬ろうってえんですかい」

男は後じさった。素早い動きである。牢人との間合は、七、八間のままである。

「岡《おか》っ引《ぴ》きか」

牢人が足をとめて訊いた。

「冗談じゃァねえ。あっしが、岡っ引きに見えやすか」

男も後じさるのをやめた。

「岡っ引きでは、ないようだな。……名は」

牢人が訊いた。

「まだ、名乗れねえ。……それより、旦那、辻斬《つじぎ》りなどしても、いくらにもならねえでしょう。その財布には、いくら入《へえ》ってやした。十両もありゃァいい方だ」

男が闇のなかで白い歯を見せながら言った。

「おまえには、かかわりのないことだ」

「それに、旦那、辻斬りなど長くはつづきませんぜ。町方も、動いてまさァ」

「おれに、何が言いたいのだ」

「旦那がその気になりゃァ、百両にも二百両にもなるんですがね。どうです、あっしらの仲間に入《へえ》りやせんか」

男の声が、急に低くなった。口元の笑いが消えている。

「ことわる」

牢人は、ふたたび男の方へ歩きかけた。

すると、男は後ろへ大きく跳《と》び、

「旦那、また、来やすよ。それまで、お縄《なわ》にならねえように気をつけてくだせえ」

そう言って、きびすを返すと、闇のなかに走り去った。

牢人は男の後ろ姿が見えなくなるまで、その場に立っていたが、

……ただの鼠《ねずみ》ではないようだ。

とつぶやくと、懐手《ふところで》をしてゆっくりと歩きだした。

2

長岡安兵衛《ながおかやすべえ》は、ひとの気配を感じて目を覚ました。だれかが、体にかけていた掻巻《かいまき》を引っ張っている

「小父《おじ》ちゃん、とんぼの小父ちゃん」

お満《みつ》の声がした。

安兵衛のことを、とんぼと呼ぶ者がいた。極楽とんぼからきたらしい。安兵衛の飲んだくれで、気ままな暮らしぶりを見て、極楽とんぼとつなげたらしい。

安兵衛の掻巻を引っ張っているのは、お満である。どうやら、安兵衛を起こしに来たようだ。

お満は五歳の女児《おんなのこ》だった。浅草駒形町にある料理屋、笹川《ささがわ》のひとり娘である。女将《おかみ》であるお房《ふさ》の子であった。

安兵衛は、笹川の二階の布団《ふとん》部屋に寝ていたのである。布団部屋といっても、安兵衛にとっては、寝間であり居間であった。

安兵衛は笹川の居候《いそうろう》だった。女将であるお房の情夫《いろ》でもある。

お房の亭主は米次郎《よねじろう》といったが、お満が二つのとき風邪《かぜ》をこじらせて急逝《きゅうせい》してしまった。その後、お房は女手ひとつで笹川を切り盛りしながらお満を育てていたのだ。

一年ほど前のこと。安兵衛が客として笹川にきたおり、酒に酔った徒《いたずら》牢人《ろうにん》がお房に襲いかかり、体を奪おうとした。それを見た安兵衛が、牢人を追い払ったのである。それが縁で、安兵衛は笹川に寝泊まりするようになり、お房との体の関係ができてしまったのだ。お満は、安兵衛とお房の関係を知ってか知らずか、安兵衛を父親のように思っているようだった。

安兵衛はお房の情夫であったが、遊んでいたわけではない。店の用心棒兼付け馬でもあった。暇なときは下働きのような仕事もするし、お房に頼まれて、お満の子守《こもり》をすることもあった。

「お満か……」

安兵衛は身を起こし、両手を突き上げて伸びをした。

障子《しょうじ》に目をやると、朝陽《あさひ》があたって白くかがやいていた。五ツ（午前八時）ごろであろうか。すこし、寝過ごしたようだ。

「おかァちゃんが、呼んでるよ」

お満が安兵衛の手を引っ張った。

「朝めしかな」

安兵衛は立ち上がり、皺《しわ》だらけになって捲《めく》れ上がった袴《はかま》を手でたたいて伸ばした。昨夜遅くまで酒を飲み、面倒なのでそのまま寝てしまったのだ。

「早くゥ」

お満が袴をつかんで引っ張った。

「よし、行くぞ」

安兵衛は腰をかがめて、お満を抱き上げた。

お満は、安兵衛の首筋に手をまわし、桃のようにふっくらした頬《ほお》に笑窪《えくぼ》を浮かべて嬉しそうに笑った。

安兵衛がお満を抱いたまま階段を下りると、追い込みの座敷の上がり框《かまち》にお房が腰を下ろし、土間に立っている船頭《せんどう》の梅吉《うめきち》と話していた。

お房は安兵衛の顔を見ると、

「旦那、早く食べてよ。片付けたいんだから」

とがった声で言った。安兵衛が陽が高くなってもいっこうに下りて来ないので、痺《しび》れを切らせていたようだ。

お房は黒襟《くろえり》のついた細い格子縞《こうしじま》の着物に、片襷《かただすき》をかけていた。黒襟の間から乳房の谷間が、すこしだけ覗《のぞ》いている。粋《いき》に着こなした着物の上から、むっちりした腰の線が見てとれる。お房は二十五歳の子持女だが、なかなか色っぽい。

「旦那、昨夜は遅くまでやったんですかい」

梅吉が、左手で杯《さかずき》をあける仕草《しぐさ》をしながら訊いた。歳は五十がらみ、丸顔で目が細く、笑うと地蔵のような顔になる。

梅吉は、若いころから笹川で船頭として働いていた。お春《はる》という十六になる梅吉の娘も、笹川で女中をしている。

「まァな」

安兵衛がニヤリと笑い、抱いていたお満を追い込みの座敷に下ろした。

安兵衛は二十八歳。面長《おもなが》で、頤《おとがい》が張っていた。浅黒い肌で馬面《うまづら》。おまけに、鼻が大きく、唇が厚い。どう見ても、色男とは言いがたい。ただ、憎めない顔であった。それに、女には妙にもてた。目のせいであろう。黒眸《くろめ》がちの澄《す》んだ目が無垢《むく》な少年を思わせ、母性本能をくすぐるらしい。

「お茶《ちゃ》漬けですよ」

お房が、丼《どんぶり》の茶漬けと小皿にのったたくわんを板場から運んできてくれた。

「おお、すまん」

さっそく、安兵衛は茶漬けをかっこみ始めた。

茶漬けを食い終え、残ったたくわんをバリバリ嚙《か》んでいると、表の格子戸があいて、又八《またはち》が飛び込んできた。

「だ、旦那、大変《てえへん》だ！」

又八が、安兵衛の顔を見るなり声を上げた。よほど急いで来たと見え、丸顔が赤く染まっている。

又八は、ぼてふりだった。ふだん、笹川に料理用の魚をとどけている。お節介焼きで、おっちょこちょいだが、人はいい。梅吉の娘のお春に気があるらしく、何かあると笹川に顔を出すのだ。

「どうした？」

「大川端《ばた》で、ふたりも殺《や》られていやす」

又八が口早に言った。

「おれは、町方《まちかた》じゃァねえぜ。人殺しがあろうと、何のかかわりもねえ」

安兵衛は伝法《でんぼう》な物言いをした。安兵衛の出自は旗本《はたもと》だが、笹川で暮らすうちにいつの間にか、町人の遣《つか》う言葉が身についたのである。

「旦那、殺られたのは、美濃屋《みのや》の旦那らしいですぜ」

又八が言うと、

「美濃屋って、茅町《かやちょう》の作蔵《さくぞう》さんかい」

お房が、驚いたような顔をして訊いた。

作蔵は浅草茅町で太物《ふともの》問屋をしており、笹川にも顔を見せることがあった。

「その美濃屋で」

又八が丸く目を見開いたまま言った。

「行ってみるか」

安兵衛も作蔵を知っていたので、顔ぐらい拝《おが》んでこようと思ったのである。

3

「旦那、あそこですぜ」

又八が指差した。

見ると、大川端に人だかりがしていた。ぼてふり、船頭らしい男、風呂敷包みを背負った店者《たなもの》、職人ふうの男などが目につく。近所の住人と通りすがりの野次馬らしい。すこし離れたところには、女子供の姿もあった。

「旦那、八丁堀《はっちょうぼり》の旦那も来てやすぜ」

町奉行所《ぶぎょうしょ》同心は小袖を着流し、巻き羽織と呼ばれる羽織の裾を帯に挟む独特の格好をしているので、遠目にもそれと分かるのだ。

「倉持《くらもち》どのではないか」

北町奉行所、定廻《じょうまわ》り同心の倉持信次郎《しんじろう》である。安兵衛は倉持と顔見知りだった。これまでの事件で、倉持と何度も顔を合わせていたのである。

安兵衛と又八は人垣の後ろにつき、男たちの肩越しに倉持が立っている足元に目をやった。殺された男は、そこに横たわっているらしい。

「見えんな」

安兵衛が言った。倉持の足元に、黒羽織姿の男が横たわっていることは分かったが、羽織と足しか見えなかった。

「どいてくんな」

又八が声を上げ、強引に野次馬たちのなかに割り込んだ。

安兵衛も、又八の後ろから人垣の前へ出た。

野次馬たちのざわめきを耳にした倉持が、安兵衛の方へ顔をむけ、

「長岡さんか」

と、声をかけた。

「美濃屋の作蔵が斬られたと聞いてな」

そう言って、安兵衛は倉持に歩を寄せた。又八が、岡っ引きのような顔をして跟《つ》いてきた。

「作蔵と知り合いなのか」

倉持が、安兵衛に訊いた。

「知り合いというほどではないが、作蔵は笹川の馴染《なじ》み客なのだ」

安兵衛は、長岡の足元に横たわっている男に目をやった。

作蔵だった。首から肩口にかけてどす黒い血に染まっている。出血が激しかったらしく、辺りの叢《くさむら》にも血が飛び散っていた。

作蔵は目を剝《む》き、口をあんぐりあけたまま死んでいた。ひらいた口から黄ばんだ歯が覗いている。凄惨《せいさん》な死顔である。

首筋の傷から白い骨が覗いていた。頸骨《けいこつ》が截断されている。背中の方に深く斬り込まれた傷からみて、下手人《げしゅにん》は背後から袈裟《けさ》に斬りつけたらしい。

……手練《てだれ》だな。

と、安兵衛はみてとった。

下手人は、一太刀《ひとたち》で作蔵を仕留《しと》めていた。しかも、頸骨をも截断するほどの強い斬撃である。

「長岡さん、何か知れたかい」

倉持は、安兵衛が神道無念《しんとうむねん》流の達人であり、傷口を見れば、下手人の腕のほどが推測できることを知っていた。

「下手人は遣い手のようだ」

安兵衛は死体に目をやったまま言った。

安兵衛は、三百石の旗本、長岡家の三男坊だった。少年のころから、神道無念流の斎藤弥九郎《さいとうやくろう》の練兵館《れんぺいかん》に通い、二十歳を過ぎたころから塾頭にも三本のうち一本は取れるほどになった。ずぼらな性格だったが、剣術は好きで熱心に稽古《けいこ》に励《はげ》んだのである。それに、剣の天稟《てんぴん》もあったらしい。

ところが、二十二、三歳のころから酒と女の味を覚え、稽古もなおざりになってきた。特に酒に目がなく、底無しに強かった。日中でも酔っていることが多くなり、飲ん兵衛安兵衛とか極楽とんぼとか呼ばれるようになった。その後、道場にもいられなくなり、いまに至っている。

「おれにも、下手人が遣い手らしいことは分かるぜ」

倉持が渋い顔をした。

「作蔵の財布はあったのか」

安兵衛が訊いた。

「抜かれている」

「となると、辻斬りかもしれんな」

「おれも、辻斬りとみている。似たような傷口を見るのは、これで二度目だからな」

倉持が言った。

「二度目だと？」

「ああ、十日ほど前にな、柳原通《やなぎわら》りでも、ひとり殺られたのだ」

倉持によると、神田鍋町《なべちょう》にある薬種問屋《やくしゅ》のあるじが、柳橋《やなぎばし》で飲んだ帰りに柳原通りで、辻斬りと思われる下手人に斬られて財布を抜かれたという。

「首筋から胸にかけて、同じような傷があったぜ」

倉持が言い添えた。

「それで、下手人の目星はついているのか」

安兵衛が訊いた。

「いや、下手人は腕のたつ武士らしいということだけだな」

倉持が素《そ》っ気《け》なく言った。

「ここでは、ふたり斬られたそうだな」

安兵衛は、又八からふたり斬られていたと耳にしていたのだ。

「もうひとりはあそこだ」

倉持が川岸の方を指差した。

見ると、そこにも人だかりができていた。野次馬らしい男に混《ま》じって伝蔵《でんぞう》の姿もあった。伝蔵は浅草界隈《かいわい》を縄張にしている岡っ引きである。あまり評判はよくなかった。金にうるさいくせに、身に危険の及ぶような事件は避《さ》けてしまうからである。

「むこうの死骸《ほとけ》も拝んでくるか」

そう言い置いて、安兵衛は倉持のそばから離れた。

倉持は何も言わなかった。仏頂面《ぶっちょうづら》をして、ちいさくうなずいただけである。

「旦那、もうひとりは、繁乃屋《しげのや》の若い衆《し》らしいですぜ」

又八が安兵衛に跟《つ》いてきながら小声で言った。野次馬たちが話しているのを耳にはさんだようだ。

繁乃屋は、浅草並木町《なみきちょう》にある老舗《しにせ》の料理屋である。おそらく、作蔵は繁乃屋で飲み、若い衆に送られて帰る途中、辻斬りに襲われたのであろう。

もうひとりの死体は川岸近くの叢《くさむら》のなかにつっ伏していた。首がねじれて横をむいている。喉皮だけ残して首を截断されたらしい。辺りの叢は、小桶《こおけ》で血を撒いたようにどす黒い血に染まっていた。

二十歳前後と思われる若い男だった。面長で顎《あご》がとがっていた。見開いた目が、恨《うら》めしげに虚空を睨《にら》んでいる。

……同じ手だな。

作蔵を斬った下手人と同じだろう、と安兵衛はみてとった。

「長岡の旦那、死骸《ほとけ》に近付かねえでくだせえ」

伝蔵が、渋い顔をして言った。

伝蔵は安兵衛のことを嫌っているのだ。安兵衛が、伝蔵の縄張内の事件に首をつっ込んでくるので、癪《しゃく》に障《さわ》っているのである。

「分かっておる。死骸を拝《おが》ませてもらうだけだ」

安兵衛は、死体のそばに立ったまま言った。又八は安兵衛の後ろに身を隠すようにしている。

安兵衛は、いっとき死体を見ていたが、その場から離れた。それ以上見ていても仕方がなかったのである。

安兵衛と又八が人垣のなかにもどったとき、大川沿いの道を数人の男が走ってくるのが見えた。いずれも、町人である。着物を尻っ端折りした男がふたりいた。

戸板と莫蓙《ござ》を持っている。

「旦那、美濃屋の奉公人ですぜ」

又八が安兵衛に身を寄せて言った。

「死骸《ほとけ》を引き取りにきたようだな」

奉公人たちが持参した戸板や莫蓙は、死体を運ぶための物であろう。

「又八、帰るぞ」

安兵衛はきびすを返した。

「旦那、帰っちまうんですかい」

又八が跟《つ》いてきながら、不服そうな顔をした。

「見ていても仕方があるまい」

「近所で、聞き込んでみたらどうです」

又八はどういうわけか捕物《とりもの》好きで、岡っ引きだった玄次《げんじ》という男の手先のようなこともしていたのだ。

「そんなことは、町方にまかせておけばいい」

安兵衛はとりあわず、笹川に足をむけた。

4

浅草花川戸町《はなかわどちょう》。大川端の桜の幹《みき》の陰に、男がひとり身を隠していた。諏訪町《すわちょう》で作蔵と若い衆を斬った牢人である。

五ツ半（午後九時）ごろだった。風のない月夜である。大川の川面は月光を反射《はね》て、銀色の紗幕《しゃまく》を流したように淡くかがやいていた。静かな宵《よい》で、大川の流れの音だけが地鳴りのようにひびいていた。

すぐ目の前に、大川にかかる吾妻橋《あづまばし》の橋梁《きょうりょう》が見えた。黒くそそり立つ橋梁は夜空を圧するようである。

牢人は吾妻橋の方へ目をむけていた。浅草寺界隈の料理屋や料理茶屋で飲んだ帰りの客を待っていたのだ。

通りの先に、人影が見えた。提灯の灯はなかった。月明りのなかに、黒い人影がふたつぼんやりと浮かび上がったように見えている。

ふたりは黒の半纏《はんてん》に股引《ももひき》姿だった。職人か大工といった感じである。

……だめだな。

　牢人は樹陰から動かなかった。ふたりの男は、金を持っていないとみたのである。

　ふたりの男は酔っているらしかった。腰をふらつかせ、下卑《げび》た笑い声を上げながら牢人の前を通り過ぎていく。

　それからいっときし、通りの先に提灯の灯が見えた。明りのなかに、ぼんやりとふたつの人影が浮かび上がっている。

　提灯の灯がしだいに近付き、ふたりの足音がはっきりと聞こえてきた。

　町人らしい男が提灯を持ち、もうひとりの男の足元を照らしていた。こちらは、武士らしい。羽織袴姿で二刀を帯びていた。恰幅《かっぷく》のいい男である。

　……今夜は、この男にするか。

　牢人はゆっくりと通りへ出た。

　通りのなかほどまで出たとき、提灯の灯がとまった。ふたりの男は、牢人に気付いたらしい。まだ、十間ほどの間があった。

「旦那、お久し振りで」

　提灯を持った男が声をかけ、手にした提灯を前にかざした。

　牢人は、提灯の明りのなかに浮かび上がった顔に見覚えがあった。諏訪町の大川端で姿を見せた男である。男の口元に薄笑いが浮いている。

「おまえか」

牢人は刀の柄に右手を添えた。

「へい、旦那に会っていただきたいお方がいやしてね」

そう言って、町人は後ろに立っている武士を提灯で照らした。

顔の大きな男だった。大きな目が、提灯の灯を映じて熾火《おきび》のようにひかってい
る。四十がらみであろうか。身装《みなり》から見ると、御家人か江戸勤番の藩士といった
感じである。

「おれの名は、一柳惣三郎《いちやなぎそうざぶろう》」

武士が低い声で名乗った。

「それで、おれに何の用だ」

牢人は柄にかけた手を下ろした。武士が名乗ったので、町方や火盗改《かとうあらため》ではな
いとみたのである。

「おぬしの腕を生かしてもらおうと思ってな」

一柳が、両手を下げたままゆっくりと歩を進めてきた。

「おれは、奉公するつもりはないぞ」

どうせ、だれかの警護か旗本の子弟の剣術指南かであろう、と牢人は思った。

「奉公ではない」

一柳が足をとめ、低い声で言った。

一柳と牢人との間合は、四間ほどあった。まだ、一足一刀の間境《まざかい》からは遠かった。

……いい間積《まづ》もりだ。

と、牢人は胸の内で思った。

一柳は、牢人が疾走しざま抜き打ちに斬り込んでもかわせる間合をとって、足をとめたのである。

……こやつ、なかなかの遣《つか》い手だ。

牢人は、一柳が剣の遣い手であることを察知した。

「ひとり、斬ってもらいたい」

一柳が牢人を見すえて言った。

「ひとを斬れだと」

牢人が訊き返した。

「いかにも。百両、出そう」

一柳が抑揚のない声で言った。

「うむ……」

百両は大金である。

「ただ、斬ってもらう相手は、武士だ」

「………」

牢人は、斬る相手が武士でも町人でもかまわなかった。

「その男は御家人で、そこそこ腕がたつ」

「その方が斬りがいがあるが、おぬし、なぜ自分で斬らぬ」

牢人が一柳に訊いた。相手が何者かは知らないが、一柳ほどの腕があれば、斬れるだろうと踏んだのである。

「いろいろ事情があってな。おれが、斬ったことを知られたくないのだ」

一柳が口元に薄笑いを浮かべながら言った。

「どうだ、やってくれるか」

「よかろう」

牢人は、夜中に路傍《ろぼう》に立って辻斬りをするよりおもしろいと思った。それに、百両なら悪くない。

「では、おぬしの名を教えてくれ」

「村中半十郎《むらなかはんじゅうろう》。見たとおりの牢人だ」

　牢人が低い声で言った。

「村中どの、どうだ、お近付きのしるしに一献《いっこん》」

　そう言って、一柳が四間ほどの間合のなかに踏み込んできた。

　そのとき、一柳の後ろでふたりのやり取りを聞いていた男が、

「村中の旦那、あっしの名は仙次郎《せんじろう》でさァ」

　と名乗って、ニヤリと笑った。

「この先に、旨《うま》い酒を飲ませる料理屋がある」

　一柳が、先にたって歩きだした。

5

　アアアッ！

　安兵衛は、両手を突き上げて大きく伸びをした。朝餉《あさげ》の後、二階の座布団部屋に来て、お満の遊び相手になっていたのだが、小半刻（三十分）ほど前、お房が

迎えにきてお満は二階にもどっていた。お房は、朝から安兵衛にお満の子守をさせるのは、気が引けたのだろう。

安兵衛はお満がもどった後、一眠りしようと思って横になったのだが、いっこうに眠くならないのだ。無理もない。昨夜はめずらしく早く寝て、睡眠をじゅうぶんとっていたのである。

……酒でも飲んでくるか。

安兵衛は、懐手をして階下に下りていった。

追い込みの座敷で、お房、お満、それに女中のお春の三人で、千代紙を折って遊んでいた。まだ、店をあけるまで間があるので、お房とお春がお満の遊び相手になっていたらしい。

「おや、旦那、お出かけですか」

お房が、千代紙を手にしたまま訊いた。

「お房、頼みがある」

「何です」

「おれの瓢《ひさご》、酒を入れてくれんか」

安兵衛は、愛用の瓢をお房にあずけていた。瓢は携帯用の酒入れである。朱塗《しゅぬ》りの瓢簞《ひょうたん》のくびれに紐《ひも》が結んであり、紐の先には木製の杯が付いていた。

「いつもの、大川端ですか」

お房が、腰を上げて訊いた。

安兵衛は大川端の土手に腰を下ろし、のんびりと瓢の酒を飲むのが好きだった。

「ああ、川風に吹かれて飲む酒は格別だからな」

安兵衛が目を細めて言うと、

「長岡さま、酔って川に落ちないでくださいよ」

お春が笑みを浮かべて言った。

するとお満が、

「とんぼの小父ちゃんは、飲ん兵衛でこまっちゃう」

と、こまっしゃくれた言い方をした。

「なに、落ちても川には嵌《は》まらん。とんぼだからな。スイスイ、と飛んで岸にもどってくる」

安兵衛が両手を上げて、とんぼが翅《はね》を羽ばたかせるような格好をして見せた。

なんとも気楽な男である。

これを見たお満が、

「あたしも、飛ぶ」

と言って、両手を上げ、とんぼの飛んでいるような格好をして追い込みの座敷をまわりだした。

お春は、笑いながら安兵衛とお満に目をむけている。

板場から瓢を手にしてもどってきたお房は、安兵衛とお満が両手を上げて駆けまわっているのを見て、

「旦那ァ、いい加減にしてくださいよ」

と言って、あきれたような顔をしたが、目は笑っていた。

「またな」

安兵衛はお房から瓢を受け取ると、お満に手を振りながら戸口から出ていった。

店の外は、初夏の陽射しが満ちていた。表通りは、浅草寺への参詣客《さんけい》や遊山客《ゆさん》などでいつもより賑《にぎ》わっていた。陽気がいいせいだろう。

安兵衛は駒形堂の裏手に出ると、大川端を川上にむかって歩いた。駒形町から材木町《ざいもくちょう》に入ってまもなく、川岸がすこし盛り上がって土手になっている場所があった。

土手の上に桜の大樹があり、新緑におおわれた枝を伸ばしていた。桜の根元に

は、若草が茂《しげ》っている。

　この桜の樹陰が、安兵衛のお気に入りの場所だった。

　安兵衛は木陰の若草の上に腰を下ろした。気持ちのいい川風が吹いていた。すぐ、目の前に大川の川面がひろがっている。

　初夏の陽射しを反射《はね》た川面は、金箔《きんぱく》を流したようにキラキラと輝いていた。そ
のひかりのなかを、客を乗せた猪牙舟、屋形舟、荷を積んだ艀《はしけ》などがゆったりと
行き交っていた。いつになくのどかな眺《なが》めである。

　……さて、飲むか。

　さっそく、安兵衛は瓢の酒を木杯《もくはい》につぎ、ゆっくりとかたむけた。

ことのほか、旨かった。酒気が臓腑《ぞうふ》に染《し》み渡っていく。

　安兵衛が、その場に腰を下ろして小半刻（三十分）も経《た》ったろうか。又八が、
小走りにやってきた。

「やっぱり、ここでしたかい」

　又八の額《ひたい》に汗が浮き、息が荒かった。だいぶ、急いで来たらしい。

　又八が口早にしゃべったことによると、笹川に立ち寄り、お房から、安兵衛が
ここにいるのではないか、と聞いて駆け付けたという。

「おまえは、いつも、おれの楽しみの邪魔をするな」

安兵衛が渋い顔をして言った。

「酒など飲んでる場合じゃァねえや。また、殺《や》られたんですぜ」

又八が口をとがらせて言った。

「そうか」

安兵衛はゆっくりと瓢の酒を木杯につぎ、おまえも飲むか、と言って又八の前に差し出した。まったく、腰を上げる気配はない。

「旦那、殺されたのは侍《さむらい》ですぜ」

又八が、足踏みしながら言った。

「町人だろうと侍だろうと、おれにかかわりはない」

そう言うと、安兵衛はまた杯をかたむけた。

「御家人ふうのお侍が、三人も来てやしてね。死骸《ほとけ》を見てやしたぜ」

「三人な」

安兵衛は別に驚かなかった。殺された男が御家人ならば、同じ役柄の者が死体を引き取りに来ることもあるはずだ。幕臣は頭《かしら》支配である。町奉行の支配下ではないのだ。

「伝蔵がいやしてね。三人のお侍のやり取りを耳にしたようで、死骸は公儀《こうぎ》の目《め》付《つけ》筋のようだと手先と話してやしたぜ」

又八が急に声を低くして言った。

「なに、目付筋だと」

安兵衛の手にした杯が、口の前でとまった。

「へい」

又八がうなずいた。

「うむ……」

安兵衛は、これまでの辻斬りとは筋がちがうようだ、と思った。

「又八、場所はどこだ」

安兵衛は手にした杯の酒を飲み干した。

「川向こうの北本町《きたもとちょう》でさァ」

川向こうとは、対岸の本所のことである。

「行ってみるか」

安兵衛は目付筋と聞いて、殺された男が気になった。

長岡家を継いだ嫡男《ちゃくなん》の依之助《よりのすけ》は出世し、御目付の要職にあったのだ。安兵衛は依之助が殺されたとは思わなかったが、何かかかわりがあるかもしれない。

「旦那、舟で行きやすか」

又八が、声を上げた。

近くに、竹町の渡し場があった。舟で行けば、対岸の本所まですぐである。

「いや、橋を渡って行こう」

吾妻橋は、すぐ近くだった。橋を渡っても、北本町までそれほど遠くない。

安兵衛は愛用の瓢を肩にかけたまま桜の樹陰から離れた。

吾妻橋を渡り、本所北本町の大川端に出てしばらく歩くと、

「旦那、あそこでさァ」

そう言って、又八が前方を指差した。

川岸からすこし離れた空地《あきち》のなかに、十数人の男が集まっていた。羽織袴姿の武士が三人、それに中間《ちゅうげん》らしい男がふたりいた。通り沿いに駕籠《かご》が一挺《いっちょう》置いてあり、そばにふたりの陸尺《ろくしゃく》がいた。

すこし離れた通り沿いには、通りすがりの野次馬らしい男が数人集まっていた。そのなかに伝蔵の姿もあった。八丁堀同心の姿はない。殺されたのが、武士と知ってこの場に来なかったのかもしれない。

「又八、近付いてみよう」

安兵衛は、三人の武士が立っているそばに歩を寄せた。又八は、首をすくめながら跟いてくる。

死体は空地の叢のなかに仰臥していた。黒羽織と袴姿で二刀を帯びている。大小の黒鞘が横を向いていた。

いかつい面構《つらがま》えの男だった。色が浅黒く、頬骨が張っていた。ギョロリとした目が、虚空《こくう》を睨んだまま表情がとまっている。

男は首筋から胸にかけて深く斬られていた。ひらいた傷口から、截断された鎖《さ》骨《こつ》が覗いている。

……同じ下手人だ！

安兵衛は、刀傷を見て美濃屋の作蔵を斬った下手人と同じだと思った。となると、この武士は辻斬りに斬られたのか。

……ちがうな。

と、安兵衛は思った。横たわっている男は微禄《びろく》の御家人のように見えた。金目当ての辻斬りが狙うような相手ではない。

安兵衛が死体に目をむけて黙考していると、

「おぬし、何か用か」

死体のそばに立っていた武士のひとりが、訝《いぶか》しそうな顔をして訊いた。三十がらみであろうか。面長で鼻梁《びりょう》が高く、眼光のするどい男だった。

「いや、通りすがりの者だ」

安兵衛が慌《あわ》てて言った。

「邪魔せんでくれ」

武士はそう言うと、陸尺の方へ顔をむけ、運んでくれ、と声をかけた。

どうやら、駕籠は死体を運ぶために持ってきたらしい。

武士の声で、ふたりの陸尺は駕籠を担《かつ》いできて死体のそばに置いた。そして、脇にひかえていた中間といっしょに死体を駕籠に乗せた。これから、殺された男の屋敷へ運ぶのであろうか。

死体が駕籠に乗せられたのを見た野次馬たちは、ひとりふたりとその場から離れた。

「又八、帰るぞ」

安兵衛は空地から通りへ出た。これ以上見ていても仕方がない。野次馬たちもその場から離れ、大川端の通りへ出ると左右に分かれて歩きだした。いつ帰ったのか、伝蔵の姿が消えている。

「旦那、何か知れやしたか」

歩きながら、又八が訊いた。

「何も分からん」

安兵衛はつぶやくような声で言ったが、

……裏に何かありそうだ。

と、胸の内で思った。

辻斬りを捕らえただけで決着するような事件ではないようだ。

6

安兵衛と又八が本所北本町で、御家人ふうの斬殺体を見た三日後、笹川に榎《えのき》田平右衛門《だへいえもん》があらわれた。榎田は、長岡家に長く仕える用人である。

榎田が笹川に来たとき、安兵衛は二階の布団部屋で貧乏徳利《とっくり》の酒を手酌《てじゃく》で飲んでいた。

二階に上がったきたお房から、榎田が来ていることを知らされると、

「まずい、榎田にこのような格好は見せられぬ」

安兵衛は、慌てて飲みかけの湯飲みを脇に置いて立ち上がった。

乱れた鬢《びん》を撫《な》でつけ、髷《まげ》をなおし、皺《しわ》だらけになった袴をたたいてなおした。

榎田は、安兵衛の自堕落《じだらく》な暮らしぶりに口やかましいのだ。

お房は、安兵衛の慌てぶりを笑いながら見ていた。お房は、安兵衛と榎田のかかわりを知っていたのである。

階段を下りて行くと、榎田が仏頂面《ぶっちょうづら》をして立っていた。

「安兵衛さま、相変わらずのようですな」

榎田は、安兵衛の姿を舐《な》めるように見ながら言った。

長岡家の用人の榎田が安兵衛に対して口やかましいのは、それなりのわけがあった。

安兵衛は、長岡家の三男だったが、兄ふたりと母親がちがっていた。安兵衛は、父親である長岡重左衛門《ながおかじゅうざえもん》とお静《しず》という料理屋の座敷女中との間に生まれた子である。安兵衛が八つのとき、お静は病死し、その後、長岡家に引き取られたのだ。

妾腹《しょうふく》の子である安兵衛に、重左衛門を除く家族はことのほか冷たかった。そんななかで、用人の榎田は肉親のように親身になって、安兵衛の面倒を見てくれたのだ。榎田には倅《せがれ》がなく、安兵衛を自分の子のように思うところがあったらしい。安兵衛の胸のうちにも、榎田を口うるさい父親のように思うところがあった。

「平右衛門、息災《そくさい》そうではないか」

安兵衛が照れたような顔をして言った。

「無精髭《ぶしょうひげ》が伸びていますぞ。袴のまま、横になっていましたな」

榎田が不機嫌そうな顔で言った。

榎田は還暦ちかい老齢である。鬢《びん》や髷《まげ》は白髪《しらが》交じりで腰もすこしまがっているが、口だけは達者だった。

「髭か。……昨日あたったのだがな。おれの髭は、伸びるのが早いようだ」

安兵衛は顎の下を指先で撫《な》でながら言った。ザラザラする。ここ三日、髭を剃《そ》っていなかったのだ。

「それに、酒の匂いがしますぞ」

そう言って、榎田が顔をしかめた。

「昨夜、客がそのあたりに酒をこぼしたらしい。まだ、匂いが残っているようだな」

安兵衛はとぼけた。

をむけたのだ。

「榎田、そう目くじらを立てるな。……ところで、父上からあずかってきたものがあるだろう」

安兵衛は、榎田が重左衛門からあずかって来たものをなかなか出さないので水をむけたのだ。

榎田が笹川に姿を見せるとき、重左衛門からなにがしかの金をあずかってくることが多かった。それというのも、重左衛門は長岡家の屋敷を出た安兵衛が料理屋に居候していることを知っていて、暮らしに困ってのことだろうと思い、隠居の身ではあったが、ときおり金を都合してくれたのである。

「今日は、大殿から預かった金子はございません」

榎田が突《つ》っ撥《ぱ》ねるように言った。大殿とは重左衛門のことである。

「なに、ないと……」

安兵衛はがっかりした。後で渡される金のことを思って、榎田の小言に付き合っていたのだが……。うまく騙《だま》されたような気がした。

「大事な言伝《ことづて》があってまいりました」

榎田が声をあらためて言った。

「だれの言伝だ？」

「依之助さまが、屋敷に来るようにとの仰《おお》せでございます」

「兄上が、おれを呼んでいるのか」

「はい」

「何の用だ」

長岡家の当主であり、御目付の要職にある依之助が、安兵衛を屋敷に呼んだという。もっとも、依之助は御目付の仕事のことで安兵衛を使うこともあったのだ。

「用件は存じませんが、これからごいっしょに屋敷へまいりますので、安兵衛さま、すぐにお支度を」

榎田が慇懃《いんぎん》な口調で言った。

「このままでいい」

着替えたくとも、着用しているものよりましな小袖も袴もなかった。

「袴が、だいぶ痛んでいるようでございますな」

ジロリ、と榎田が安兵衛の袴を見た。

「だが、着替えはないぞ」

あらためて見ると、袴は皺だらけで裾がすこし破れている。

「仕方ありません。せめて、髷と髭だけでもあたっていただきましょうか」

榎田が渋い顔をして言った。

「しばらく待ってくれ」

安兵衛は、お房に頼んで髷を結いなおしてもらい、髭は自分で剃った。

「さっぱりした。榎田、出かけるか」

安兵衛が声を大きくして言った。

長岡家の屋敷は本郷にあった。笹川を出た安兵衛と榎田は、浅草寺の門前を通り、東本願寺の脇へ出た。そして、寺社の多い下谷の町筋を抜けて本郷へむかった。

長岡家は、加賀百万石前田家の上屋敷のそばにあった。三百石の旗本《はたもと》らしい堅《けん》牢《ろう》な長屋門を構えている。

「ここから、お入りくだされ」

榎田は表門の脇のくぐり戸から安兵衛を敷地内に入れた。

「隠居所が先か」

安兵衛が訊いた。

重左衛門の住む隠居所は、中庭の南側にあった。その隠居所に立ち寄って父に挨拶《あいさつ》してから依之助に会うのではないかと思ったのである。

「先に、依之助さまに会っていただきます」

榎田が当然のことのように言った。

7

榎田は式台のある玄関から入り、奥の書院に安兵衛を通した。そこは、来客用の座敷である。まだ、依之助の姿はなかった。

「安兵衛さま、ここでお待ちください。すぐ、依之助さまがお見えになりましょう」

榎田が小声で言った。

「分かった」

「それから、くれぐれも依之助さまのご意向にしたがうようお願いしますぞ。それが、安兵衛さまの将来にもつながりますからな」

榎田が安兵衛を見つめて言った。声に、親が子供を諭《さと》すようなひびきがあった。

榎田が出ていっていっときすると、廊下を歩く足音が聞こえた。ひとりではない。ふたりの足音である。

障子があいて、依之助につづいて羽織袴姿の武士が姿を見せた。

……あの男だ！

安兵衛は、男の顔に見覚えがあった。本所北本町の大川端で斬殺された武士を見たとき、死体のそばに立っていた三十がらみの眼光の鋭い男である。

依之助が安兵衛の正面に対座し、三十がらみの男は控えるように障子のちかくに膝を折った。どうやら、依之助の配下らしい。

男は端座した後、あらためて安兵衛の顔を見た。その顔に、ハッとした表情が浮いた。北本町で見かけた男だと気付いたようだ。

「安兵衛、久し振りだな」

依之助は穏やかな声で言うと、脇に控えている男に顔をむけ、

「御徒目付組頭《おかちめつけくみがしら》、内藤多聞《ないとうたもん》だ」

と、紹介した。

御徒目付は、御目付の支配下である。当然、内藤は依之助の配下ということになる。

「内藤多門にございます。お見知りおきのほどを……」

内藤は低い声で言って、安兵衛に頭を下げた。北本町で顔を合わせたことは、口にしなかった。

「長岡安兵衛、牢人でござる」

安兵衛も慌てて名乗った。

すると、依之助が、

「安兵衛は牢人だが、ときには、おれの仕事を手伝ってくれることもあるのだ」

と言って、口元に笑みを浮かべた。

安兵衛は何も言わなかった。肩をすぼめて、ちいさく頭を下げただけである。

「さて、安兵衛、三日前、本所北本町で武士が斬られたのだが、知っているかな」

依之助が、声をあらためて切り出した。

依之助の切れ長の目に、能吏《のうり》らしい鋭いひかりが宿っている。依之助は三十代半ば、登勢《とせ》という妻と七つになる嫡男《ちゃくなん》がいた。いまや押しも押されぬ長岡家の当主である。

「承知しております」

知らないとは言えなかった。現場で顔を合わせた内藤が目の前にいるのである。

「斬られた男だがな、御小人目付《おこびとめつけ》なのだ。名は久松重蔵《ひさまつじゅうぞう》。内藤の配下でな、剣の腕もたったようだ」

そう言って、依之助が内藤に目をむけた。

「久松は一刀流の達者でございました。惜《お》しい男を失いました」

内藤が低い声で言った。

「巷《ちまた》では、辻斬りに斬られたとの噂《うわさ》があるようだが、安兵衛、どうみるな」

依之助が訊いた。

「斬ったのは、辻斬りと思われます」

安兵衛も、久松を斬ったのは辻斬りとみていた。

「安兵衛は、なにゆえ辻斬りとみたのだ」

依之助が安兵衛を見すえて訊いた。

「斬り傷です。……諏訪町で料理屋のあるじが辻斬りと思われる者に斬られ、金を奪われました。それがし、町方が調べているところに偶然通りかかり、その傷を見ましたが、北本町で斬られた久松どのと似た刀傷でした」

安兵衛は、偶然通りかかって傷を見たことにしておいた。依之助に、事件が起こるたびに嗅《か》ぎまわっているように思われたくなかったのである。

「なるほど、安兵衛がそこまで言うなら、同じ下手人とみていいな」

そう言って、依之助は内藤に目をむけた。

「解《げ》せぬことがございます」

内藤が言った。

「何が、解せぬ」

「はい、われらも諏訪町と柳原通りの辻斬りについて聞き込んでみましたが、二件とも殺されたのは商家のあるじで、金を奪われておりました。ところが、久松の場合は懐に財布が残っておりました。……そのことだけみますれば、同じ下手人とは思われませぬが」

「もっともだ。安兵衛、どう思うな」

依之助が、安兵衛に訊いた。どうやら、依之助は安兵衛と内藤にしゃべらせ、久松殺しの真相をつかもうとしているようだ。

「それがしも、久松どのが金目当てで殺されたのではないような気がします」

安兵衛が言った。

「では、久松はなにゆえ殺されたとみる」

すかさず、依之助が訊いた。

「金でないとすれば、恨み、口封じ、それに何者かの依頼で、殺されたとも考えられます。……久松どのが、御小人目付と聞きましたので、あるいはお役目で、探索していたことにかかわりがあるのかもしれません」

安兵衛には、それ以上のことは言えなかった。

「なかなか目の付け所がいいぞ」

依之助が笑みを浮かべてうなずき、内藤に目をむけ、

「久松は、何を探っていたのだ」

と、訊いた。

「一柳惣三郎という非役の御家人の所行でございます。……一柳の評判があまりよくないもので、久松に探らせておりました」

御徒目付は、配下の御小人目付を使って御家人の監察糾弾《きゅうだん》をおこなっている。内藤によると、一柳は町人のならず者と結託《けったく》して商家や旗本などの落度や失態などを種に金を強請《ゆす》ったり、強引に金を借りて踏み倒したりしているという。ときには、商家の娘を誑《たぶら》かして、親から金を出させることもあるそうである。

「すると、一柳なる者が久松を斬ったのかもしれんな」

依之助が訊いた。

「それが、一柳が久松を斬ったのでないようです」

内藤たちは、一柳が下手人ではないかとみて、身辺を探ったという。その結果、久松が殺された夜、一柳はむかし通った一刀流の道場へ出かけ、昵懇《じっこん》にしている道場の師範代と京橋の升屋《ますや》という料理屋で遅くまで飲んでいたことが分かった。

「升屋で確かめましたが、まちがいないようです。その夜、一柳が京橋から本所まで出かけて久松を斬るのは無理でございます」

内藤が言い添えた。

「なるほど」

「それに、これまで探ったことからみても、一柳が辻斬りをしているとは思えません」

「まァ、そのうち下手人の姿もみえてこよう」

依之助は、あらためて安兵衛に顔をむけ、

「安兵衛、本所や諏訪町は、おまえの住む駒形町とも近い。これから、下手人にかかわる噂を耳にすることもあろう。……おまえにも事情があろうが、内藤とともに久松を斬った下手人を探ってみてくれんか。どうも、一柳という男は一筋縄ではいかぬようだ。それに、内藤の配下の久松が斬り殺されたとなると、おれも放ってはおけんからな」

依之助がそう言うと、

「心得ました」

内藤がすぐに答え、あらためて依之助に頭を下げた。内藤は、安兵衛について何も訊かなかった。依之助から内藤に、安兵衛のことはすでに話してあったのかもしれない。

「安兵衛、どうだな」

依之助が安兵衛に目をむけた。

「承知しました」

やむなく、安兵衛も承知した。

それからいっとき、安兵衛は一柳の容貌《ようぼう》や体軀《たいく》、それに仲間の町人のことなどを内藤に訊いた。

話が一段落したとき、依之助が、

「安兵衛、父上が隠居所におられる。挨拶《あいさつ》してから帰るがいい」

と言って、腰を上げた。

安兵衛はうなずいたが、胸の内には肩透かしを食ったような不満があった。それというのも、依之助は、御目付として安兵衛に仕事を頼むとき、かならず仕事に応じた金を手当として渡していたのだ。それが、今日にかぎって、金のことは一言も口にしなかった。内藤がいた手前もあろうが、その気があれば渡す方法はいくらでもあったはずである。

依之助が座敷から出た後、安兵衛は内藤といっしょに腰を上げた。玄関へむかいながら、念のために内藤の屋敷のある地を訊いておいた。連絡のために、訪ねることがあるかもしれないと思ったのである。

8

玄関先で内藤と別れると、榎田が近寄ってきた。

「安兵衛さま、依之助さまのお話はすみましたか」

榎田が機嫌よさそうに笑みを浮かべて言った。

「ああ、すんだ」

兄上は手当を忘れたようだ、と安兵衛の口から出かかったが、思いとどまった。自分から手当を要求できる立場ではなかったのだ。

「大殿が、隠居所で首を長くしてお待ちですよ」

榎田が目を細めて言った。

「父上に、挨拶せんとな」

こうなったら、父上に何とかしてもらおう、と安兵衛は思った。牢人暮らしの安兵衛にとって、金がなにより大事である。

「では、隠居所へ」

榎田が先にたって歩きだした。

隠居所といっても別に屋敷があったわけではない。中庭に面した一棟の一部を使っているだけである。ただ、独り暮らしの身には十分で、重左衛門の寝間と居間、それに来客用の書院もあった。

安兵衛たちは隠居所にまわった。狭い戸口が別にあり、屋敷のなかを通らずに中庭をまわって直接隠居所に行くことができる。

重左衛門は居間にいた。書院でなく居間で待っていたのは、安兵衛を客ではなく身内のひとりと思っているからであろう。

重左衛門は納戸《なんど》色の小袖に角帯《かくおび》というくつろいだ格好で居間に座し、ひとりで茶を飲んでいた。

「安兵衛か、よく来たな」

重左衛門は安兵衛の顔を見て目を細めた。

すでに還暦を過ぎ、鬢や髷は白髪が目立ち、顔には皺が多かった。ただ、大柄で肩幅がひろく、ゆったりと座した姿には幕府の要職にあったころの威風が残っていた。

「父上、お久し振りでございます」

安兵衛は、三月《みつき》ほど前重左衛門と顔を合わせていたが、久しく会っていないような気がしてそう言ったのである。

そのとき、障子のそばに膝を折っていた榎田が、

「茶を淹《い》れさせましょう」

と言い置き、そそくさと座敷から出ていった。後は、父子ふたりにまかせようと思ったらしい。

「どうだな、依之助との話はうまくいったかな」

重左衛門が訊いた。

「はい、なんとか」

安兵衛は、まだ仏頂面をしていた。

「そうだ、おまえに渡すものがある」

「何でしょうか」

安兵衛は期待した。

「依之助から、おまえに渡しておいてくれと言われ、預かっているのだ」

そう言って、重左衛門は懐から袱紗《ふくさ》包みを取り出した。

安兵衛の膝先に置かれた袱紗包みの膨《ふく》らみぐあいから見て、切り餅《もち》がふたつ、五十両ありそうだった。

「これを、兄上が！」

とたんに、安兵衛の目尻が下がった。

「そうだ。此度《こたび》の仕事の手当ということであろうな」

重左衛門の顔もほころんでいる。

「ありがたく頂戴《ちょうだい》いたします。やはり、持つべきものは、心優しい兄でございます」

安兵衛は袱紗包みを握りしめ、深く頭を下げてから懐にねじ込んだ。

「安兵衛」

急に、重左衛門の声が大きくなった。ギョロリとした目で、安兵衛を睨むように見すえている。

「ハッ」

「依之助は、何かあるとおまえに仕事を頼むが、その胸の内が分かっておるのか」

重左衛門が叱《しか》りつけるように言った。

「…………」

安兵衛は上目遣いに重左衛門を見た。

「むろん、おまえに対する合力もあるが、何とか仕官させたいという思いがあるのだぞ。そうした、依之助の気持ちに報いるためにも全力をつくさねばならぬ」

亘左衛門の声が、すこしやわらいだ。

「心得ました」

安兵衛は深く頭を下げた。依之助の胸の内はともかく、なんといっても五十両の大金である。これだけあれば、当分の間、お房に気がねなく旨い酒が飲めるのだ。

それからしばらく、安兵衛は重左衛門に付き合って日頃の暮らしや世間話などをしてから、

「父上、また寄らせていただきます」

と言い残し、居間を出た。

戸口から中庭に出ると、榎田が待っていた。

「安兵衛さま、懐がだいぶ暖かくなったようですな」

榎田が、安兵衛の膨らんだ懐に目をやって言った。

「これは、目付筋の仕事に対する手当だ」

安兵衛が榎田の耳元でささやいた。

「安兵衛さま、酒はほどほどになさってくださいよ。まず、その金子《きんす》で羽織袴をあつらえていただきたいものです」

榎田が安兵衛に身を寄せ、くだくだと意見を始めた。いつもの榎田にもどったようである。

「羽織袴な」

安兵衛は歩きだした。

「酒で、身を持ち崩してはなりませんぞ」

榎田の語気が強くなった。

「分かった、分かった」

安兵衛は逃げるように榎田から離れた。

第二章　誑《たら》しの彦

1

神田佐久間町《さくまちょう》、神田川沿《ぞ》いに小料理屋があった。戸口の掛け行灯《あんどん》に「つるや」と記されている。

その店の二階に、四人の男が集まっていた。薄暗い座敷で、お品書きも貼ってなければ、料理屋らしい飾りもなかった。そこは、店の住人が居間として使っている座敷であった。二階は二間だけで、居間の隣が寝間になっていた。

座敷の隅に置かれた燭台《しょくだい》の灯《ひ》に、四人の男の顔が浮かび上がっていた。武士がふたり、町人がふたりである。

一柳惣三郎、村中半十郎、仙次郎、それに彦蔵《ひこぞう》である。彦造には、誑しの彦との異名があった。誑しは、女誑しからきたのである。

　彦造は色白の端整な面立ちで、背もすらりとしていた。役者にしてもいいような男前である。この容姿が、女を誑しこむ彦造の武器であった。

　男たちの膝先には、酒肴《しゅこう》の膳が置いてあった。階下から運んできたものである。

「村中、いい腕だな」

　一柳が銚子《ちょうし》を手にし、村中の杯に酒をつぎながら言った。

「たいしたことはない」

　村中はくぐもった声で言うと、手にした杯の酒をゆっくりと飲み干した。

「これで、一安心ですぜ」

　仙次郎が一柳に顔をむけながら言った。

「そうだな」

「どうして、おぬしが斬らなかったのだ」

　村中が、一柳に訊《き》いた。

「あの男は久松という名でな、公儀の犬なのだ。おれの身辺をうるさく嗅《か》ぎまわっていたので、夜出歩くのもままならなかったのだ。何とか始末したかったが、おれがやると、もっとうるさいことになるのでな」

一柳は、久松が御小人目付で一柳の身辺を洗っていたこと、一柳が久松を始末すれば、他の多くの目付筋の者が一柳の身辺を探るようになることなどを話した。

「あの夜、おれはむかしの道場仲間と飲んでいてな。おれが、久松を殺したのではないことをはっきりさせたのだ」

一柳が口元に薄笑いを浮かべて言った。

「そういうことか」

村中が納得したような顔をした。

「また、おぬしの腕を貸してもらうことがあったら頼むぞ」

「気がむいたらな」

村中が抑揚《よくよう》のない声で言った。

次に口をひらく者がなく、座が沈黙につつまれたとき、階段を上がってくる足音がした。障子があいて姿を見せたのは、色白の年増《としま》だった。面長《おもなが》で切れ長の目、うすい唇が血のように赤かった。雪のように白い胸と襟元《えりもと》から覗《のぞ》いた緋色《ひいろ》の襦袢《じゅばん》が、燭台の火に浮かびあがり妖艶《ようえん》な感じがした。

店の女将のおらんである。

「お酒の追加を持ってきましたよ」

おらんは、両手に銚子を持って座敷に入ってきた。

「おらん、まだ客はいるのか」

一柳が訊いた。

「常連が、三人残ってるんですよ。長《なが》っ尻《ちり》でいやになっちまう」

おらんが一柳の脇に腰を下ろし、銚子を差し出しながら言った。

「手がすいたら、二階にな」

一柳は杯で酒をうけながら言った。

「分かってますよ。すぐ、来ますから」

おらんは、一柳に色っぽい目をむけてから腰を上げた。

おらんが座敷から出ていくと、

「旦那《だんな》、そろそろ次の稼《かせ》ぎを仕掛けやすか」

仙次郎が言った。

「そうだな。……金になりそうな店はあるか」

一柳が、仙次郎と彦造に目をむけた。

「あっしが、目をつけている店があるんですがね」

彦造が口元に薄笑いを浮かべて言った。

「どこの店だ」

「浅草茶屋町の鶴乃屋《つるのや》でさァ」

茶屋町は、浅草寺の門前にひろがる町である。表通りは繁華街で、料理茶屋、料理屋、置屋などが軒《のき》を連ねている。

「料理茶屋か」

「へい」

「老舗《しにせ》だな」

鶴乃屋は、浅草寺界隈でも名の知れた料理茶屋だった。

「お菊《きく》ってえ、十六、七になる娘がおりやす。鶴乃屋のあるじの峰右衛門《みねえもん》は、お菊を目のなかに入れても痛くないほど可愛がっているそうでさァ」

彦造が言い添えた。

「娘のためなら、いくらでも金を出すというわけか」

「七、八百両はかたいですぜ」

彦造の口元に薄笑いが浮いている。

「狙《ねら》い目だな」

一柳の大きな目が、燭台の火を映して赤くひかっている。

「旦那、あっしと彦とで、娘と鶴乃屋をいろいろ探ってみやすぜ」

仙次郎が言った。

「まずは、仙次郎と彦造にまかせるか」

仙次郎は、掏摸《すり》だった。もっとも、いまはほとんど仕事をしていない。掏摸の稼ぎより、一柳たちと組んでやる方が金になったからである。

「さっそく、明日から動きやしょう」

仙次郎が言うと、彦造もうなずいた。

「よし、今夜はゆっくりと飲もう」

そう言って、一柳が銚子をとった。

2

「彦、お菊が出てきたぜ」

仙次郎が小声で言った。

鶴乃屋の店先から、娘がひとり出てきた。年のころは十六、七。色白で面長である。振り袖ではなかったが、花柄の小袖に黒塗りの下駄を履《は》き、手に鹿《か》の子絞《こしぼ》りの手提《てさ》げ袋を持っていた。

「まだ、ねんねのようだ」

彦造が薄笑いを浮かべて言った。

仙次郎と彦造は、浅草茶屋町の賑《にぎ》やかな通りにいた。鶴乃屋の斜向《はすむ》かいにある奈良茶漬け屋の脇から、鶴乃屋の店先を見ていたのである。

ふたりが鶴乃屋とお菊のことを探り始めてから三日目だった。ふたりは、そろそろ次の手を打とうと思っていたのだ。

「浅草寺の方へ行くぜ」

お菊は、賑《にぎ》やかな通りを浅草寺の雷門《かみなりもん》の方へむかって歩いていた。

「お参りに行くようだ」

「尾《つ》けるぜ」

仙次郎が通りへ出ると、彦造もつづいた。

ふたりは通りのなかほどを歩いた。尾けるといっても、身を隠す必要はなかった。表通りは、大勢の参詣客や遊山客などが行き交っていて、お菊のすぐ後ろを歩いていても、不審を抱かせるようなことはなかった。

お菊は行き交う人々の間を慣れた様子で歩いていく。おそらく、日を決めて浅草寺のお参りに出かけているのだろう。

お菊は大きな提灯の下がっている雷門をくぐり、境内《けいだい》へ入った。参詣客はさらに多くなり、場所によっては肩が触れ合うほど混雑していた。

「見失っちまうぜ」

仙次郎と彦造は小走りになり、お菊との間をつめた。五、六間ほどに近付いたが、お菊はまったく気付かないようだ。

本堂へつづく参道の左右には、寺院が並んでいた。浅草寺の支院である。

参道沿いに床店《とこみせ》が建ち並んでいた。物売り、大道芸人なども多く、声を張り上げて客を呼んでいた。なかでも、楊枝《ようじ》を売る店が目をひく。浅草寺の境内の楊枝屋は、江戸でも評判だった。楊枝を売るだけでなく、どの店も美人をそろえて売り上げを競っていたからである。

お菊は二十軒茶屋の前を通り、本堂の前へ出た。賽銭《さいせん》を投げた後、掌《て》を合わせている。やはり、お参りに来たようだ。

「彦、仕掛けるぞ」

仙次郎が言った。

「まず、おれだな」

彦造がニヤリと笑い、足早にお菊の方へ近付いた。

お菊はお参りを終え、参道の方へもどってきた。

彦造はお菊の前に立ち、

「お嬢さん、お尋ねいたします」

と、口元に笑みを浮かべて言った。

彦造は地味な縞柄《しまがら》の小袖に黒羽織といった格好で来ていた。遊び人や地まわりには見えない。大店《おおだな》の手代か、若旦那といった感じである。

「何でしょうか」

お菊の顔が、ぽっと赤くなった。前に立った男は、役者にしてもいいような男前だった。それに、ひどく優しそうである。

「護摩堂《ごまどう》は、どこでしょうか」

彦造が訊いた。護摩堂は本堂の裏手にあった。護摩堂の近くなら客もすくないので、そこまでお菊を連れ出そうと思ったのである。

「本堂の裏ですけど」

お菊が小声で言った。

「行けば分かりますかね」

彦造は眉宇《びう》を寄せて頼り無さそうな顔をした。

「わたし、案内しましょうか」

お菊が言った。

「そうしていただければ、ありがたい」

彦造が嬉《うれ》しそうな顔をした。

「こちらです」

お菊は先に立って本堂の後ろへまわった。

本堂の裏手にも、水茶屋や楊弓場《ようきゅう》などがあったが、参道や本堂前にくらべれば、人出はだいぶすくなかった。

「護摩堂は、ここです」

お菊は、護摩堂のすぐ前まで彦造を連れていった。

「お蔭で、迷わずにすみました」

彦造は丁寧《ていねい》に礼を言い、護摩堂の方へ歩きだした。

そのときだった。護摩堂の脇の松の樹陰から、男がひとり飛び出してきた。仙次郎である。

仙次郎は、本堂の方へ歩きだしたお菊の背後から走り寄り、肩先でお菊の肩に突き当たった。

アッ、と声を上げて、お菊がよろめき、仙次郎は尻餅《しりもち》をついた。むろん、わざと尻餅をついたのである。

「なにをしやがる！」

仙次郎が跳ね起きて叫んだ。怒りで目をつり上げたが、それも芝居である。

「わ、わたしは、何も……」

お菊が声をつまらせて言った。顔から血の気が引き、肩先が震えだした。

「おれに、突き当たっておいて、詫《わ》びる気もねえのかい」

仙次郎は声を荒立て、尻に付いた土をバタバタとたたいた。

「ごめんなさい」

お菊が蒼《あお》ざめた顔で言った。

「口で詫びただけじゃァすまねえな。おれといっしょに来い。こうなったのも何かの縁だ。酒の酌《しゃく》でもしてもらおうか」

仙次郎がいきなりお菊の腕をつかんだ。

「やめて！」

お菊が悲鳴のような声を上げた。

そのとき、彦造がお菊の背後に駆け寄り、

「おい、お嬢さんの手を放せ！」

と声を上げ、仙次郎の脇に近付いた。

「なんだ、てめえは！」

仙次郎は怒鳴り声を上げ、怒りをあらわにした。

「いいから、その手を放せ。つまらぬことで、お嬢さんにいいがかりをつけて、金でも脅《おど》し取ろうという魂胆《こんたん》だろう」

「やろう！」

仙次郎はお菊の手を放すと、いきなり彦造に殴りかかった。

ヒョイ、と彦造は脇に跳んで、仙次郎の拳《こぶし》をかわした。そして、仙次郎が勢い余って泳ぐところを、後ろから腰のあたりを足蹴《あしげ》にした。

ワアッ！　と声を上げ、仙次郎は前につんのめり、地面に両手をついて腹這《はらば》いになった。すぐに、仙次郎は身を起こして反転したが、

「覚えてやがれ！」

と、一声叫んで、逃げだした。

彦造は仙次郎の後ろ姿が本堂の脇へ消えると、

「お嬢さん、お怪我《けが》はありませんか」

と、優しい声で訊いた。

「は、はい……」

お菊の蒼ざめていた顔に血の気がさし、恥じらうような表情が浮いた。

「家は近くですか」

「雷門から、すぐです」

「近くに、あの男がいるかも知れません。……雷門の前まで送りますよ」

彦造は当然のことのように言った。

「ありがとうございます」

お菊は、ほっとしたような顔をした。お菊は頰《ほお》を赤らめ、俯《うつむ》きかげんで跟《つ》いてくる。

彦造は先に立って歩きだした。

「わたしは、彦次郎《ひこじろう》ともうします。さしつかえなかったら、お嬢さんの名を教えていただけませんか」

歩きながら、彦造が訊いた。むろん、彦次郎は偽名である。

「お菊です」

お菊が消え入りそうな声で言った。

「お参りは、よく来るのですか」

「はい、一のつく日に……」

「そうですか。すると、次は二十一日ですね」

今日は、四月の十一日なので、次は二十一日ということになる。

「はい……」

「いつも、いまごろですか」

「四ツ（午前十時）ごろ、参ります」

「では、わたしも、二十一日の四ツごろ、浅草寺にお参りにきます」

何気なく、彦造が言った。それとなく、次のお参りの日にお菊に逢《あ》いたい、と伝えたのである。

「は、はい……」

お菊が蚊《か》の鳴くような声で応え、顔を紅葉《もみじ》のように染めた。

3

「とんぼの小父《おじ》ちゃん、遊ぼう」

お満が、安兵衛の手をつかんで引っ張った。

笹川の追い込みの座敷である。朝餉《あさげ》の後、ひょっこり又八が姿を見せ、話し込んでいるところにお満があらわれたのだ。

「何して、遊ぶのだ」

安兵衛は、お満と遊ぶ気になれなかった。それというのも、長岡家へ行って依之助から殺された久松の件の探索を頼まれていたが、何の進展もなかった。その後、辻斬《つじぎ》りもあらわれず、八方塞《はっぽうふさ》がりの状態であった。

「めんない千鳥」

お満が、手にした手ぬぐいを安兵衛の目の前に突き出して言った。

めんない千鳥は、ひとりが目隠しをし、もうひとりが、めんない千鳥、手の鳴る方へ、と言いながら手をたたき、目隠しをした者が、その声と手拍子《てびょうし》を頼りに、つかまえる遊びである。

お満は、安兵衛とめんない千鳥の遊びをするのが大好きだった。

「朝から、遊んでるわけにはいかんなァ」

安兵衛は渋った。

すると、脇に腰を下ろしていた又八が、

「旦那、いっそのこと親分の手を借りやすか」

と、口をはさんだ。

親分というのは、玄次《げんじ》のことである。ふだん、玩具《がんぐ》の蝶《ちょう》を売っていることから、蝶々の玄次とも呼ばれている。

「そうだな。玄次なら、何か知ってるかもしれんな」

安兵衛がそう言って、立ち上がろうとすると、
お満が、ちいさな手で安兵衛の袂《たもと》をムズとつかみ、

「めんない千鳥をやる」

と、言って、口をへの字に引き結んだ。いまにも、泣き出しそうな顔である。

「お満、お春がいいぞ」

安兵衛は、慌てて腰を下ろした。

「お春がな、お満とめんなり千鳥をやりたいと言って、探してたぞ」

「お春さんが……」

お満は、お春と遊ぶのも好きだった。

「そうだ。おれが、お春を呼んでやる」

安兵衛は立ち上がり、板場の方へ向かって、お春、お春、と声を上げた。

すると、下駄の音がし、お春が顔を見せた。襷《たすき》をかけ、白い腕をあらわにしていた。板場で洗い物でもしていたらしい。

「長岡さま、何かご用ですか」

お春が、襷を外しながら訊いた。

「お満がな、どうしても、お春と遊ぶと言ってきかないのだ。忙しいだろうが、すこしだけ付き合ってやってくれ」

安兵衛が掌《て》を合わせて言った。

「いいですよ。……お満ちゃん、何して遊ぶ」

お春が笑いながら訊いた。安兵衛がお満にせがまれ、仕方なくお春を呼んだのを察知したようだ。

「めんない千鳥」

お満が、手ぬぐいを突き出しながら言った。

「この間に、行こう」

安兵衛が戸口に向かったが、又八はその場に立ったままだった。

「お春ちゃん、旦那とちょいと出かけてきやす」

又八が目尻を下げて、お春に声をかけた。お春と話したいらしい。又八は、お春に気があるのである。

「おい、又八、行く気はないのか」

安兵衛が又八の袂をつかんで引っ張った。

「い、行きやすよ」

又八は、後ろ向きのまま戸口のそばまで来た。

安兵衛は又八を店の外に連れ出し、

「玄次は、浅草寺にいるのか」

と、訊いた。

玄次は浅草寺の境内に立って、子供相手に蝶の玩具を売っていることが多かったのだ。

「まだ、三好町《みよしちょう》にいるはずですぜ」

玄次の住む徳兵衛店《とくべえだな》は、浅草三好町の御厩河岸《おうまやがし》の渡し場近くにあった。お島《しま》という女房とふたりで住んでいる。

又八によると、玄次が長屋を出て浅草寺の境内に立つのは、四ツ（午前十時）ごろから陽が沈むころまでだという。

「三好町に行ってみよう」

安兵衛は、玄次が長屋を出たとしても途中で顔を合わせるのではないかと思った。

大川端をたどり、三好町に入ってしばらく歩くと、徳兵衛店につづく路地木戸が見えてきた。

「旦那、親分ですぜ」

又八が声を上げた。

ちょうど、玄次が路地木戸から通りに出てきたところだった。玄次は蝶の玩具の入った木箱を首から下げ、八ツ折りの編《あ》み笠《がさ》をかぶっているので、遠目にも玄次と分かる。

安兵衛たちが近付くと、玄次は足をとめた。

「旦那、あっしに何か?」

玄次が笠の間から安兵衛を見つめて訊いた。

「また、頼みたいことがあってな」

安兵衛が小声で言った。――

これまで、安兵衛は難事件にかかわったおりに、何度か玄次の手を借りていた。いまでこそ、玄次は子供相手に蝶の玩具を売っているが、腕利《うでき》きの岡っ引きだったのである。

数年前、玄次は手違いで盗人のひとりを殺し、定廻り同心の倉持からもらっていた手札を返した。ただ、まったく岡っ引きから足を洗ったわけではない。難事件のおり、倉持は玄次に相応の手当を渡して、探索を頼んでいたのだ。それに、町方ではなく、安兵衛のような者からも頼まれれば、探索や尾行など岡っ引きのようなこともしていた。いわば、現代の私立探偵のようなものである。

「長屋に寄りやすか。お島に茶を淹《い》れさせやすが」

玄次とお島との間に子はいなかった。

「いや、歩きながら話そう」

安兵衛はお島の手をわずらわせたくなかった。

安兵衛、玄次、又八の三人は、大川端を川上にむかってゆっくりと歩いた。

「親分、繁乃屋の作蔵が辻斬りに殺《や》られたのを知ってやすか」

又八が、意気込んで言った。又八は玄次のことを勝手に親分と決めて、下っ引きのように振る舞っているのだ。

「聞いてるぜ」

玄次は苦笑いを浮かべただけで、又八には何も言わなかった。

「川向こうで、侍が殺られたことは？」

「それも、噂だけは聞いたぜ」

玄次は表情も変えなかった。

「玄次、倉持さんから頼まれているのか」

安兵衛は、玄次が倉持から探索を頼まれているなら遠慮しようと思ったのだ。

「いえ、何も」

「それなら、おれから頼みたいのだがな」

「どうして、旦那が辻斬りの探索を？」

玄次が怪訝《けげん》な顔をした。

「いろいろあってな」

安兵衛は歩きながら、殺された久松が御小人目付であったことや兄の依之助に頼まれ、御徒目付組頭の内藤とともに探索にあたっていることなどをかいつまんで話した。

「それで、辻斬りの下手人を探っているわけですかい」

玄次が訊いた。

「まァ、そうだ」

安兵衛は懐《ふところ》から財布を取り出すと、五両取り出し、

「玄次、五両でどうだ」

と、訊いた。

玄次はただでは動かなかった。これまでも、安兵衛は相応の金を渡して玄次に頼んでいたのだ。玄次としても、蝶の玩具売りはやめて探索にあたるのだから、手当がなければ暮らしていけなくなる。

「ようがす」

玄次は五両を受け取った。

これを見た又八が、

「親分が手を貸してくれりゃァ、鬼に金棒だ」

と、声を上げた。

その声が大きかったので、通りすがりの者が驚いたような顔をして安兵衛たちに目をむけた。

4

八ツ（午後二時）ごろだった。どういうわけか、鶴乃屋の店先に暖簾《のれん》が出ていなかった。格子戸はしまり、ひっそりとしている。

その店先にふたりの男があらわれた。一柳と彦造である。ふたりは、鶴乃屋の格子戸をあけて、なかに入った。

戸口の先に狭い板敷の間があり、その先が二階に上がる階段になっている。左手が帳場で、障子がしめてあった。そこから、くぐもったような女の声が聞こえてきた。

「だれか、おらぬか」

一柳が声を上げた。

すると、帳場の障子があいて女が顔を出した。格子縞《こうしじま》の小袖と渋い路考茶《ろこうちゃ》の帯。小袖の裾から赤い蹴出《けだ》しが覗いている。女は三十を過ぎているようだが、洗練された粋《いき》があった。

「お客さま、まだ店をひらいておりませんが」

女は框《かまち》ちかくに膝を折り、困惑したような表情を浮かべた。

「女将か」

一柳が訊いた。

「は、はい」

「おかしいな。いつも、店開きはもっと早いではないか」

一柳がもっともらしい顔をして言った。

「事情がありまして」

「娘のお菊のことか」

一柳が言うと、女将がハッとした顔をして、一柳と脇に立っている彦造に目をむけた。

「おれたちは、お菊のことで相談に来たのだ。そうだな、彦次郎」

一柳が彦造に顔をむけると、

「へい、お菊さんのためと思いやしてね」

彦造が、口元に薄笑いを浮かべて言った。

「おふたりは、お菊がどこにいるか、知っているのですか」

女将が腰を浮かして訊いた。声がうわずっている。

「その前に、話があるのだ。あるじの峰右衛門はいるかな」

「は、はい」

「まず、峰右衛門と相談したいが、女将、戸口に立って話すのもどんなものかな」

一柳が言うと、

「すぐに、ご案内します」

女将が慌てた様子で立ち上がり、奥にむかって、おしげ、おしげ、と声を上げた。

すると、二階に上がる階段の脇の廊下から年増があらわれ、女将のそばに来て腰をかがめた。女中らしい。

「おしげ、おふたりを松の間にお通ししてしておくれ」

女将が、震えを帯びた声で言った。

「女将さん、まだ、お客さまは入れないことに……」

おしげが、戸惑《とまど》うような顔をした。

「いいから、お通しして」

女将は声を強くして言うと、急いで帳場にもどった。峰右衛門を呼びにいくようだ。

「お客さま、こちらへ」

おしげは、一柳と彦造を二階の奥の間にとおした。馴染《なじ》み客用の座敷であろうか。狭いが、落ち着いた雰囲気がある。

一柳と彦造が座敷に腰を下ろしていっとき待つと、廊下を慌ただしそうに歩く足音がした。

すぐに、座敷の障子があき、顔を出したのは五十がらみの男と女将だった。男が峰右衛門らしい。

「む、娘は、どこにいるんです？」

男は座敷に入り、一柳の顔を見るなり訊いた。声が震えている。

恰幅のいい男だった。丸顔で、目が糸のように細い。唐桟《とうざん》の羽織に細縞《ほそじま》の小袖姿だった。いかにも、料理屋の旦那といった感じである。

「そう慌てずに、座ったらどうだ」

一柳が、微笑を浮かべて言った。

男と女将が一柳の前に膝を折ると、

「あるじの峰右衛門か」

一柳が念を押すように訊いた。

「は、はい」

「女将の名は」

「お富《とみ》です」

「おれの名は、山田虎蔵《やまだとらぞう》。ここにいる彦次郎の知り合いだ」

一柳が言った。山田虎蔵は、頭に浮かんだ偽名である。

「そ、それで、娘はどこに」

峰右衛門が、訴えるような声で訊いた。

「彦次郎、経緯を話してやれ」

一柳が脇に座っている彦造に目をやった。

「へい、昨日の六ツ（午後六時）過ぎ、お菊があっしの塒《ねぐら》に転がり込んできたんでさァ」

「塒というのは、どこです」

峰右衛門が身を乗り出すようにして訊いた。

「そう、せっつくな。お菊は、家を出てきたんで、おれのところ置いてくれと泣いて訴えてるんだよ。どうしても、おれの女になりてえと言ってな。おれも、どうしたものか迷っちまって、山田の旦那に相談に行ったわけよ」

彦造の物言いが乱暴になった。地が出てきたらしい。

「そ、そんな」

お富が、顔をゆがめた。

「それとも、おれがお菊を攫《さら》ったとでもいうのかい。……お菊は、昨日の夕方、ひとりでこの店を飛び出したんじゃァねえのかい。お菊は、おれにそう言ってたぜ」

彦造が声を大きくした。

「…………」

峰右衛門は苦渋《くじゅう》に顔をゆがめ、視線を膝先に落とした。お富も顔を伏せたまま身を顫《ふる》わせている。

「おれの言ったとおりのようだな。……お菊はな、おれに抱いてくれってせがむんだが、おれは、まだお菊の手も握っちゃァいねえんだぜ」

彦造が口元に薄笑いを浮かべて言った。

「お菊を帰してください！」

ふいに、お富が顔を上げ、ひき攣《つ》ったような声を上げた。

すると、黙って聞いていた一柳が、

「帰してやりたいが、ただというわけにはいかんな。……本来なら、彦次郎はお菊の身をどうしようと勝手だが、両親《ふたおや》のことも考えて我慢してるようだからな」

と、声を低くして言った。

「いかほどお渡しをすれば、お菊を帰していただけるんです」

峰次郎が戸惑うような顔をして訊いた。

「そうだな、八百両でどうだ」

一柳が言った。

「八百両！」

峰右衛門が目を剝《む》いた。お富も、凍りついたように身を硬くして息を呑んだ。思いもしなかった大金だったのであろう。

「高くはあるまい。娘を無傷で、帰すというのだからな」

「で、ですが、そのような大金……」

峰右衛門が声を震わせて言った。

「嫌なら仕方がないな。……彦次郎、お菊となたっぷり楽しんでから、吉原にでも売り飛ばすんだな」

「へい、泣いて喜ぶように可愛がってやりまさァ」

彦造が卑猥《ひわい》な笑いを浮かべた。

「峰右衛門、聞いたとおりだ。……娘はあきらめな」

そう言って、一柳が立ち上がろうとすると、

「ま、待って、ください」

峰右衛門が声をつまらせて言った。

「金を出す気になったかい」

一柳が座りなおした。

「は、はい。ですが、店の金を掻《か》き集めても八百両はありません。しばらく、待っていただきませんと……」

峰右衛門の顔は、紙のように蒼ざめていた。体が小刻みに顫《ふる》えている。

「いま、店にどれほどある？」

一柳が訊いた。

「せいぜい、三百両ほどかと」

「仕方がない。今日のところは、三百両でいいだろう。ただ、娘を引き渡すのは残りの五百両と引き換えだぞ。……それで、残りはいつごろ用意できるのだ」

そうだ。

峰右衛門によると、その間に貸した金を集めたり、知り合いから借りたりする

「半月ほどすれば……」

「よし、半月後にまた来よう」

「そのとき、お菊を連れてきていただけますか」

「いいだろう」

一柳がそう言ったとき、

「む、娘に、手を出さないでください」

お富が泣き声で言った。

「安心しな。お菊は、きれいな体のままで帰してやる。おれは、女に不自由してねえからな」

そう言って、彦造がニヤリと笑った。

5

「旦那、お菊ちゃんの噂を聞いてますか」

お房が銚子で、安兵衛の杯に酒をつぎながら言った。

四ツ半（午後十一時）ごろであろうか。安兵衛とお房は、笹川の追い込みの座敷にいた。客が帰り、後片付けが終わってから、ふたりで一杯やり始めたのだ。

座敷の隅で、燭台の火がゆらゆらと揺れていた。包丁人も女中も帰り、店のなかはひっそりとしていた。お満も、奥の座敷で眠っている。

「お菊というと？」

「鶴乃屋の娘さんですよ」

「あの娘か」

安兵衛はお菊を知っていた。色白の可愛い娘である。もっとも、通りを歩いている姿を見かけただけで、話したこともない。

「男と駆け落ちしたらしいんですよ」

お房が急に声をひそめた。

「駆け落ちな」

めずらしいことではなかった。浅草寺界隈の花街では、男と女の浮いた話が尽きなかった。女郎が男と逃げたとか、店の娘が若い衆《わかいし》と駆け落ちしたとか、そんな話が安兵衛の耳にも入ってくる。

「それが、色男とお侍が、鶴乃屋さんに談判に来たらしんです。八百両出せば、お菊ちゃんには手を出さずに帰すと言ったそうですよ」

お房が言った。

「八百両だと」

高すぎる、と安兵衛は思った。

「鶴乃屋さんは、贔屓《ひいき》の客や知り合いなどを走りまわり、何とか八百両を都合したようですよ」

そう言って、お房は自分の杯にも酒をついだ。

「八百両だが、色男と侍に渡したのか」

安兵衛が訊いた。

「渡したようです」

「それで、お菊は店にもどったのか」

「ええ……。はっきりしたことは知りませんけど、お菊ちゃん、無事だったようですよ」

お房は、杯《さかずき》を手にしてゆっくりとかたむけた。

「お菊だが、本当に駆け落ちしたのか」

安兵衛は、談判に来たというふたり組が、お菊を攫って身の代金を狙ったのではないかとみたのだ。

「それが、旦那、お菊ちゃん、自分で家を出て男の許《もと》へ行ったようですよ。色男に騙《だま》されたらしいけど」

お房が眉宇を寄せた。

「悪いやつだな」

「わたしね、ふたりが初めから金目当てで、お菊ちゃんを誑《たぶら》したとみてるんですよ。だって、お侍が談判に来たというのは、おかしいもの」

お房が目をひからせて言った。ほんのりと顔が朱に染まっている。

「その侍だが、どんな男だ」

安兵衛の胸に、一柳のことが浮かんだ。内藤の話だと、一柳は町人のやくざ者と組んで、旗本や商家を脅して金を巻き上げているという。

「大柄でね、身装《みなり》もきちんとしていたそうです」

「御家人ふうか」

内藤によると、一柳は大柄とのことだった。

「さァ、そこまでは……」

お房は首をひねった。

「峰右衛門が、侍と会っているのだな」

「お富さんも、いっしょにいたそうですよ」

「そうか」

安兵衛は、明日にも鶴乃屋に出かけて様子を訊いてみようと思った。

安兵衛が虚空に視線をとめて黙考していると、

「ねえ、旦那、もう寝ましょうか」

お房が、鼻声で言った。安兵衛に向けられた黒瞳《くろめ》が、濡《ぬ》れたようにひかっている。

「寝よう、ふたりでな」

安兵衛は目尻を下げ、膝先にあった銚子と杯を脇に押しやった。

「旦那ァ、お満が起きるかもしれないよ」

お房が身をよじりながら言った。

「心配ない。お満は、ぐっすり眠っている」

安兵衛はお房ににじり寄り、お房の肩に手をまわした。

「旦那ァ……」

お房が安兵衛の胸にくずれるように身をあずけてきた。

すかさず、安兵衛はお房の胸に手をつっ込んだ。

「ウフ……」

お房が肩をすぼめながら目をとじた。

ゆらゆら揺れる燭台の火が、安兵衛とお房をぼんやりと照らしだしている。


翌朝、安兵衛は五ツ（午前八時）ごろ目覚めた。昨夜、久し振りにお房を抱き、すこしがんばり過ぎたせいもあって、寝過ごしたようだ。

着替えて階段を下りると、又八が来ていた。顔を紅潮させて、お春と話していた。お満は、追い込みの座敷で千代紙を折って遊んでいる。そばに、お房の姿はなかった。板場にいるようだ。

「旦那、お目覚めですかい」

又八が声をかけた。

「ああ、昨夜、すこし飲み過ぎてな」

安兵衛は、両腕を突き上げて伸びをした。

「飲み過ぎは、いつものことで」

又八が、茶化すように言った。

「お春、お房はどうした。おれの朝めしは、まだかな」

安兵衛は、板場の方へ顔をむけて訊いた。

「女将さんが、用意してますよ。女将さん、そろそろ長岡さまが起きてくるころだと言って板場に入ったんです」

お春が笑みを浮かべて言った。

「やはり、お房は気が利くな」

安兵衛は上がり框に腰を下ろした。

いっとき待つと、お房が盆に載せて茶漬けとたくあんの小皿を持ってきてくれた。

「お待ちどうさま」

お房が盆ごと安兵衛の膝先に置いた。声に、よそよそしいひびきがある。お春と又八に、昨夜の房事《ぼうじ》を気付かれまいとしているようだ。

「いただくぞ」

安兵衛はすぐに箸《はし》をとった。

茶漬けを食い終え、お房が淹《い》れてくれた茶を飲み終えると、

「馳走《ちそう》になった」

そう言って、安兵衛は腰を上げた。お満が千代紙に夢中になっているので、店を出るならいまのうちだ、と思ったのである。

「旦那、どこへ」

又八が慌てた様子でついてきた。

「鶴乃屋だ。気になることがあってな」

安兵衛がお満に聞こえないように小声で言うと、

「あっしも、お供しやす」

と、又八が声を上げた。

お満が千代紙を手にしたまま安兵衛をちろりと見たが、何も言わなかった。

6

鶴乃屋の店先に暖簾が出ていなかった。もっとも、まだ昼前だったので、店をひらくのは早いのかもしれない。

戸口の格子戸はあいた。店のなかは、ひっそりとしていたが、左手の帳場に人のいる気配がした。帳面でも繰《く》っているような音がする。

「ごめんよ」

又八が、声を上げた。

すると、帳場で、いま、うかがいます、という男の声がし、すぐに障子があいた。

姿を見せたのは、峰右衛門だった。安兵衛は何度か通りで見かけたことがあったので、峰右衛門の顔を知っていたのだ。

峰右衛門は安兵衛と又八の姿を見て、ギョッ、としたように立ち竦《すく》んだが、すぐに表情をやわらげ、

「長岡さまでしたか」

と、小声で言った。戸口が暗かったので、お菊のことで談判にきたふたり組と安兵衛たちを重ねたらしい。

「峰右衛門、とんだことだったな」

安兵衛がいたわるような声で言った。

「まことに、お恥ずかしいことでして……」

峰右衛門は肩をすぼめ、消え入りそうな声で言った。

浅草寺界隈で料理屋や料理茶屋などをひらいている者は、たいがい安兵衛のことを知っていた。笹川の居候であり、用心棒でもあると思っているようだ。なかには、女将の情夫《いろ》らしいとみている者もいるだろう。

「それで、お菊に怪我はなかったのか」

安兵衛が訊いた。

「は、はい、お蔭さまで、お菊に変わりはありません」

峰右衛門の顔に、ほっとした表情が浮いた。

「それは、よかった」

お菊は、男に凌辱《りょうじょく》されずに済んだようである。

「ご心配いただきまして……」

峰右衛門の顔に戸惑うような色が浮いた。安兵衛と又八が、何のために店に来たのか分からなかったのだろう。

「ところで、峰右衛門、これで終わったと思っているのか」

安兵衛が声をあらためて言った。

「……！」

見る間に、峰右衛門の顔がこわばった。

「ここに来たふたりの男だが、武士と町人だそうだな」

安兵衛が框に腰を下ろすと、又八も安兵衛の脇に腰を下ろした。話が長引くだろうと思ったのである。

「は、はい」

「おかしいと思わんか。武士と町人がいっしょに談判に来るというのも妙だし、八百両はあまりに高額だ。おれは、初めからこの店から金をとるために、仕組んだ狂言だと思うがな」

「そ、そうかもしれません」

峰右衛門も、胸の内に思い当たることがあるのだろう。

「大金を手にして味をしめたふたりが、このまま鶴乃屋から手を引くと思うか。また、ほとぼりがさめたころ、何か仕掛けてくるぞ」

安兵衛が低い声で言った。

「そ、そんな……」

峰右衛門の顔が恐怖にゆがんだ。

「それに、お菊は色仕掛けで誑かされたのではないのか」

畳みかけるように、安兵衛が言った。

「そのようです」

「ならば、相手の男がいるだろう。放っておけば、また、お菊に手を出すかもしれんぞ」

「な、長岡さま、どうすればよろしいんでしょう」

峰右衛門が声を震わせて訊いた。

「そのふたりを始末するか。そうでなければ、町方に捕らえてもらうかだな」

「それはそうですが、お菊は攫われたわけではございませんし、悪戯《いたずら》されたわけでもございません。親分さんに話してもとりあっていただけないのでは……」

「どうだ、おれが手を貸してやってもいいぞ。同じ浅草で、料理屋をやっているのも何かの縁だからな」

安兵衛は、ふたりのことを探れば、何か出てくるだろうと思った。悪事がはっきりすれば、倉持に話して捕縛《ほばく》してもらう手もある。

「長岡さま、仕返しをされるようなことは、ないでしょうか」

峰右衛門は困惑したような顔をした。

「なに、この店とかかわりのないようにやる。何も心配することはない」

「さようでございますか」

峰右衛門の顔が、いくぶんやわらいだ。

「まず、ここに来たふたりの男の名を聞かせてもらおうか」

「は、はい。お侍は山田虎蔵と名乗っておりました」

「山田虎蔵な」

内藤の話にあった一柳とは、名がちがう。ただ、本名を名乗るはずはないので、山田は偽名とみていいだろう。

「町人は」

安兵衛は念のために訊いた。

「彦次郎とか」

「又八、彦次郎に覚えがあるか」

安兵衛は又八に訊いた。

又八は、覚えはありやせん、と言って、首を横に振った。おそらく、彦次郎も偽名であろう。

「武士は大柄だったそうだが、身装《みなり》は？」

「羽織袴姿で、大小を差していました」

「御家人ふうだな」

「はい」

峰右衛門がうなずいた。客商売なので、峰右衛門の身分を見る目は確かである。

「町人は？」

「お菊を誑かしたのは、彦次郎のようです。役者にしてもいいような男前でしてね。ここに来たときは遊び人ふうでしたが、お菊に話しかけたときは、若旦那のようだったらしいんです」

「それで、ふたりの住処《すみか》は分かるか」

ふたりの塒が分かれば、何者なのかすぐに突きとめられるだろう。

「そこまでは……」

峰右衛門は首を横に振った。

「お菊だが、彦次郎の許《もと》にいたのではないのか」

「それが、お菊もどこにいたのか、分からないようです」

峰右衛門が、お菊から聞いたと前置きして話しだした。

お菊は、彦次郎と浅草寺の雷門の前で逢う約束があり、家を出て雷門の前で待っていた。そこに、彦次郎が駕籠を連れてやってきたという。

お菊は、彦次郎に無理やり駕籠に乗せられた。しばらく駕籠に揺られてから、小料理屋らしい店の前に着いた。すでに、辺りは暗くなっていたし、すぐに店のなかに連れ込まれたので、そこがどこなのか、お菊には分からなかったという。

「お菊は、そのまま小料理屋の二階の狭い座敷に閉じ込められたそうです。川の流れの音が聞こえたと言ってましたが……」

「川の流れの音か」

安兵衛は、大川か神田川ではないかと思った。

「それで、この店に帰ったときは」

さらに、安兵衛が訊いた。

「帰りは目隠しをされ、また、駕籠で雷門の前まで連れてこられたようです」

「周到だな」

安兵衛は、ふたり組の周到さからみても鶴乃屋から大金をせしめるために、お菊を色仕掛けで連れ出したにちがいないと確信した。

それから安兵衛は峰右衛門に、お菊に何かあったり、ふたり組から何か言ってきたりしたら、すぐに知らせるよう話して腰を上げた。

7

障子をあけると、心地好い川風が流れ込んできた。酒と房事の後の熱《ほて》った肌に染みるようである。

村中半十郎は障子近くに身を寄せて、大川に目をやっていた。夕闇につつまれた川面に、船影はなかった。黒ずんだ川面が、無数の波の起伏を刻みながら両国橋の彼方までつづいている。

村中は柳橋の大川端にある清水屋《しみずや》という老舗の料理屋の二階にいた。さっきまで、おいせという座敷女中が、いっしょだった。

村中はおいせを馴染みにし、一年ほど前から清水屋に通っていた。すでに、おいせとは情を通じ合う仲になり、今日も酒を飲んだ後、おいせを抱いたのである。

……金のかかる女だ。

村中は、黒ずんだ川面に目をやりながらつぶやいた。

おいせに大金を渡すわけではなかった。ただ、おいせを抱くためには、清水屋に相応の金を渡して二階の座敷を借り切り、飲食せねばならなかった。それが、老舗の料理屋だけに一晩で数両かかるのだ。牢人暮らしの村中には、辻斬りでもしなければ、清水屋の暖簾はくぐれないのである。

……だが、金が惜しいとは思わぬ。辻斬りや人殺しをしても、おいせを抱かずにはいられないだろう、と村中は思っていた。おいせに惚《ほ》れたというより、おいせとの情交《まぐわい》に溺《おぼ》れているといっていい。おいせの白蠟《はくろう》のような肌や情交のおりに見せる淫靡《いんび》で獣《けもの》のような狂態が、村中を悦楽の極みに引き込むのである。

おいせも、村中との情交を嫌がっていなかった。それどころか、おいせの方から求めることもすくなくなかった。

トン、トン、と階段を上がってくる足音がした。おいせである。おいせは、村中との情交を終えて身繕《みづくろ》いを終えると、

「もうすこし、飲みたい」

と言って、階下へ下りていったのだ。

障子があいて、おいせが姿を見せた。手に銚子を二本ぶら下げていた。

「旦那ァ、障子をしめて」

おいせが、襟元を合わせながら甘えた声で言った。

「寒いか」

村中は障子をしめ、膳の前に座りなおした。

おいせは、村中の脇に腰を下ろし、肩先を村中の胸にあずけて、

「一杯、やっておくれ」

と言って、銚子をとった。はだけた襦袢の襟元から、白蠟のような胸の谷間が見えた。かすかに脂粉《しふん》と汗の匂いがした。

村中は杯を手にして、酒をついでもらった。

杯の酒を飲み干した後、

「おいせも、飲むか」

村中が銚子をとると、

「あたし、酔いが醒《さ》めたみたい」

と言って、おいせも杯をとった。

いっときふたりで杯をかたむけた後、

「ねえ、旦那、道場の方はうまくいってるのかい」

と、おいせが真顔で訊いた。

「ああ、なんとかな」

村中は、おいせに剣術の道場主をしていたと話していた。まさか、おいせを抱くために辻斬《つじぎ》りをしているとは言えなかったのである。

ただ、まんざら虚言でもなかった。村中は、四ツ谷で暮らしていたとき、町道場をひらこうと思ったこともあったのだ。

村中は牢人の子として生まれたが、父親が手跡《しゅせき》指南所をひらいていたため、それほど困窮《こんきゅう》した暮らしではなかった。村中は、少年のころから近所にあった一刀流の町道場に通わせてもらった。父親は、村中を剣で身を立てさせてやろうと思ったらしい。

村中は剣術が好きだった。それに、剣の天稟《てんぴん》をあったらしく、めきめき腕を上げ、二十歳を越えるころには師範代にも打ち込めるようになった。そのころの村中には、将来自分の道場を持ちたいという夢があったのだ。

ところが、二十歳を過ぎてすぐ、父親が流行病で急逝《きゅうせい》すると、村中の暮らしは一変した。村中は、すぐに暮らしに困った。いくら剣の腕が立っても、道場に通っているだけでは暮らしの糧《かて》が得られなかったのだ。

そのうち、賭《か》け試合をしたり、町で出会った遊び人に喧嘩《けんか》をふっかけて打ちのめし、金を巻き上げたりするようになった。しだいに暮らしが荒れ、道場とも遠ざかった。そして、酒と女の味を覚えると、金のために賭場《とば》の用心棒をしたり、ときには辻斬りまでするようになったのである。

「道場の門弟は大勢いるの」

おいせが訊いた。

「三十人ほどな。……おいせ、道場のことなどどうでもいいではないか」

村中は、飲め、と言って銚子をとった。

おいせは首を突き出すようにして、一気に飲み干し、

「うふ、あたし、また酔ってきちゃった」

そう言って、村中に身を押しつけてきた。

「まだ、いくらも飲んでないぞ」

おいせが待ってきた銚子には、まだ酒が残っていた。

「あたし、酒より旦那の方がいい」

おいせは、いきなり村中の首に腕をまわし、抱き付いてきた。

「おい、慌てるな」

村中は腰を浮かしておいせを抱き上げると、そのまま脇の屏風《びょうぶ》の陰に運んだ。

そこに、夜具が敷いてあったのである。

「旦那も、脱いで」

おいせが、剝《は》ぎ取るように着物を脱ぎ捨てた。

第三章　太刀颫《たちかぜ》

1

「この辺りのはずだがな」

安兵衛は、小体《こてい》な武家屋敷のつづく通りに目をやった。

安兵衛と又八は、下谷中御徒町に来ていた。安兵衛は内藤から、一柳の屋敷は中御徒町の一乗院《いちじょういん》という寺の裏手にあると聞いていたのだ。

安兵衛は一柳の屋敷近くで聞き込んでみようと思ったのである。

「旦那《だんな》、あれが一乗院のようですぜ」

又八が前方を指差した。

小体な武家屋敷のつづく通りの先に、寺院の本堂らしき屋根が見えた。付近に寺はないので、一乗院にまちがいないだろう。

「あのふたりに、訊《き》いてみるか」

通りの先に、中間らしい男がふたり見えた。こちらに歩いてくる。

「つかぬことを訊くが」

安兵衛がふたりに声をかけた。

「へえ」

赤ら顔の男が、安兵衛に訝《いぶか》しそうな目をむけた。安兵衛は小袖に袴姿で、朱鞘《しゅざや》の大小を帯びていた。御家人や旗本には見えなかったのであろう。

「この辺りに、一柳惣三郎どのの屋敷があると聞いてきたのだがな」

「一柳さまねえ」

赤ら顔の男が首をひねった。

すると、脇に立っていた小柄な男が、

「一柳さまのお屋敷なら、そこですぜ」

と、後ろを振り返って指差した。

小柄な男によると、通りの右手の三軒先にある屋敷だという。

「ところで、一柳どのは屋敷にいるかな」

安兵衛は小柄な男に、一柳のことを訊いてみようと思った。

「あまり屋敷にはいねえと聞いておりやすが……」

小柄な男は語尾を濁した。くわしいことは知らないらしい。

「一柳どのに、子供はいるのか」

「さァ……」

小柄な男は首をひねった。

それから、安兵衛は一柳の素行や評判などをそれとなく訊いたが、ふたりは首を横に振るばかりだった。

「手間をとらせたな」

安兵衛はふたりに礼を言い、又八を連れて一柳の屋敷にむかった。

一柳の屋敷はすぐに分かった。簡素な木戸門があり、板塀《いたべい》がめぐらせてあった。屋敷はだいぶ荒れていた。板塀は朽《く》ちて所々剝《は》げ落ち、狭い庭は雑草におおわれている。

「旦那、だれもいねえようですぜ」

又八が板塀の隙間《すきま》からなかを覗《のぞ》きながら言った。

屋敷はひっそりと静まっていた。物音も、話し声も聞こえてこない。

「近所で、様子を訊いてみるか」

安兵衛は通りの左右に目をやった。

「あの屋敷がいいな」

斜向《はすむ》かいに板塀をめぐらせた武家屋敷があった。百石前後の御家人の屋敷らしい。木戸門の門扉《もんぴ》があいたままである。

安兵衛と又八が木戸門の近くまで行くと、庭と縁先が見えた。縁先で、老爺《ろうや》が鉢植えの盆栽を手にして眺めている。小袖に角帯姿だった。この家の隠居であろうか。

「ご無礼つかまつる」

安兵衛は門の脇から声をかけた。

「わしかな」

老爺が、安兵衛に顔をむけた。手にしているのは、松の盆栽である。

「お訊《たず》ねしたいことがありまして、お声をかけました」

安兵衛が言った。

「入ってくれ」

老爺が、盆栽を手にしたまま言った。盆栽は一本立ちの松だった。老松を思わせるような見事な樹形である。

安兵衛と又八が近付くと、

「なにかな」

と、老爺の方から訊いた。丸顔で目が細く、福耳だった。いかにも人のよさそうな好々爺《こうこうや》である。

「それがし、青木又次郎《あおきまたじろう》ともうし、この先の一柳惣三郎どのと若いころ親交のあった者でござる。……今日、何年かぶりで訪ねてまいったのですが、留守のようでして。ご近所で様子をお訊きしたいと存じ、立ち寄ったしだいでござる」

安兵衛が、もっともらしい顔をしてしゃべった。青木又次郎は、咄嗟《とっさ》に浮かんだ偽名である。

「青木どのとな。……剣術の道場で、同門だったのかな」

老爺が、手にした盆栽を棚に置きながら訊いた。

「そうです」

安兵衛は、道場の同門だったことにしておこうと思った。

「一柳どのは、道場に通っていたころと、だいぶ変わってしまったぞ」

老爺の顔に嫌悪の色が浮いた。一柳のことを、よく思っていないらしい。

「変わりましたか」

「ああ、変わった。お上《かみ》から扶持《ふち》を得ているが、徒者《いたずらもの》と変わらぬ」

老爺によると、一柳は八十石取りで非役だという。八年ほど前に当主が死に、一柳が家を継いだが、そのころから暮らしが荒れてきたそうだ。

「もともと、遊び好きだったようだが、父親の生前は抑えられていたのであろう。父親の死後、暮らしが放埒《ほうらつ》になってな、頻繁《ひんぱん》に家をあけるようになったのじゃ」

老爺が顔をしかめて言った。

「ですが、八十石の非役では、あまり贅沢《ぜいたく》はできないのでは」

安兵衛はそれとなく水をむけた。

「噂《うわさ》じゃがな、商家や旗本を強請《ゆす》って金を巻き上げているそうじゃ」

「そのようなことを……」

安兵衛は驚いたような顔をして見せた。

「いずれ、お上から相応のお裁きがあろうな」

老爺が、もっともらしい顔をして言った。

「一柳どのに、妻子はおらんのですか」

安兵衛が憤慨《ふんがい》したような口振りで訊いた。

「子はおらぬ。きぬどのという妻女がおられるが、病身で寝込んでいることが多いようじゃ」

老爺によると、一柳は数年前にきぬという御家人の娘を嫁にもらったが、病弱だったこともあって子はできなかったという。

「下女が、妻女の面倒をみているようじゃな」

老爺が言い添えた。

「町人が、屋敷に出入りしている様子はありませんか」

安兵衛は、彦次郎と名乗った男が一柳家に出入りしているのではないかと思ったのだ。

「町人は見かけんな」

「一柳ですが、家をあけて、どこへ出かけているのです」

安兵衛は一柳の行き先がつかめれば、仲間の所在も分かるのではないかと思ったのだ。

「そこまでは知らんな」

老爺が訝しそうな顔した。安兵衛が、目付筋の探索のような聞き方をしたからであろう。安兵衛はこれ以上訊くと、こちらの正体が知れると思い、

「一柳どのには、会わずに帰ります」

と言い残し、きびすを返した。

通りに出た安兵衛と又八は、浅草の方へ足をむけた。今日のところは、ここまでにしようと思ったのである。

このとき、一柳の屋敷の板塀の陰に人影があった。仙次郎である。

仙次郎は、遠ざかっていく安兵衛と又八に目をむけていた。仙次郎は、一柳から近くを通りかかったおりに、屋敷の様子を見てきてくれ、と頼まれ、屋敷近くまで来たのだ。そして、板塀の陰からなかを覗《のぞ》いている安兵衛と又八の姿を目にしたのである。

……あのふたり、お目付筋には見えねえな。

仙次郎は、一柳から目付筋の者が屋敷近くに張り込んでいるかもしれない、と聞いていたのだ。

……尾《つ》けてみるか。

仙次郎は通りに出た。

仙次郎は、先を行く安兵衛たちから半町ほど間をとったまま跡《あと》を尾け始めた。

尾行はなかなか巧《たく》みだった。通りすがりの者の陰にまわったり、物陰に身を隠したりして尾けていく。

安兵衛と又八は浅草にもどり、笹川の格子戸をあけた。

仙次郎は、安兵衛と又八が笹川に入るのを見とどけてから尾行をやめた。ふたりが何者なのか、近所で聞き込めば分かると思ったのである。

2

玄次は浅草寺の境内《けいだい》に来ていた。いつものように八ツ折りの編み笠をかぶり、蝶の玩具の入った木箱を首からぶら下げていた。ただ、今日は玩具を売りにきたのではない。安兵衛から、鶴乃屋から金を騙《だま》しとった御家人ふうの武士と町人のことを聞き、ふたりを探ってみようと思ったのである。

安兵衛の話では、御家人ふうの武士が山田虎蔵で、町人は彦次郎と名乗ったという。ただ、ふたりとも偽名で、安兵衛は山田が一柳ではないかとみているそうである。

玄次は、彦次郎と名乗った男に目をつけた。

……ただの鼠《ねずみ》じゃァねえ。

と、思った。お菊を誑《たぶら》かす手口が巧みである。それに、一柳らしい武士と組んで金を巻き上げていることからしても、お菊だけでなく、他にも同じような手口で金を騙しとっているのではないかとみたのだ。

玄次は、彦次郎がお菊に近寄った場所が浅草寺だったことから、浅草寺の境内で商売をしている者のなかに、彦次郎のことを知っている者がいるのではないかと踏んだ。

玄次は雷門の脇で、七味唐辛子《とうがらし》を売っている与吉《よきち》から聞いてみようと思った。雷門を通る者の多くは、与吉の目に触れるのである。

与吉は葦簀《よしず》張りのちいさな小屋のなかに、胡麻《ごま》、山椒《さんしょう》、唐芥子など七種の具を入れた小箱を並べ、効能を述べながら売っている。

玄次は店先から客が離れたのを見てから近付いた。

「玄次、何か用かい」

与吉が、唐芥子をすくう匙《さじ》を手にしたまま訊いた。玄次と与吉は、顔見知りだったのである。

「ちょいと、訊きてえことがあってな」

「なんだい」

「鶴乃屋の娘が、駆け落ちしたってえ話を聞いてるかい」

　玄次は、お菊が駆け落ちしたことにしておいた。

「噂《うわさ》は聞いてるな」

「知り合いに頼まれてな、娘の相手を探しているんだ。名は彦次郎ってえんだが、知ってるかい」

　与吉は、玄次が腕利きの岡っ引きだったことを知っていたので、玄次の問いに不審は抱かなかった。

「彦次郎かどうか知らねえが、鶴乃屋の娘が、駕籠で連れて行かれるのを見たぜ」

　与吉によると、若い男が駕籠を担いだ駕籠かきを連れて雷門の前に来ていて、娘を無理やり駕籠に乗せて連れ去ったという。

「その若い男が、彦次郎だ」

　玄次は、お菊が駕籠で連れ去られたことを聞いていた。

「そういやァ、色白の男前だったな」

「おめえ、そいつの顔を見るのは、初めてかい」

「前にも見たような気がするが、はっきりしねえ」

与吉は、首をひねった。

「駕籠かきは、顔見知りか」

玄次は、駕籠からも行き先をたどることができると思った。

「いや、浅草寺界隈じゃァ見かけねえやつだったな」

与吉によると、辻駕籠だが、駕籠屋も分からないという。

「そうか」

おそらく、彦次郎と一柳と思われる武士は、辻駕籠から手繰《たぐ》られないよう用心して浅草界隈の辻駕籠屋を使わなかったのだろう。

「与吉、邪魔したな」

玄次は与吉の店の前から離れ、雷門をくぐった。

参道に、飴売《あめう》りの磯六《いそろく》が商《あきな》いをしているはずだった。玄次は磯六とも顔見知りだったので、話を聞いてみようと思ったのだ。

磯六は赤い大きな傘を立て、その下で飴を売っていた。傘の骨に、飴を入れる袋がぶらさがっている。子供がふたり店にたかっていた。

玄次は傘の脇に立ち、子供が離れるのを待ってから、

「磯六、どうだい、商いは？」

と、声をかけた。

「まァ、まァだ。おめえ、今日は商売をしねえのかい」

磯六が訊いた。

「ちょいと、頼まれたことがあってな。……おめえ、鶴乃屋の娘が、駆け落ちしたって話を聞いてるかい」

玄次が切り出した。

「知ってるぜ。何度か、ふたりで歩いているのを見かけたからな」

磯六の口元に卑猥《ひわい》な笑いが浮いたが、すぐに消えた。

「男も見たのか」

「ああ、男の名も知ってるぜ」

磯六が言った。

「なに！　男の名を知ってるのか」

思わず、玄次の声が大きくなった。

「彦造だ。誑《たら》しの彦だよ」

「誑しの彦だと」

玄次は、誑しの彦の噂を聞いたことがあった。色白の男前で、女を食い物にしているという。

「ねんねが、誑しの彦に目をつけられたらおしめえだな。……鶴乃屋は大金を出したにちげえねえぜ」

「そういうことか」

どうやら、彦造が、金目当てに鶴乃屋のお菊を誑し込んだようだ。

「磯六、彦造の塒《ねぐら》を知ってるかい」

玄次は塒が分かれば、捕らえて口を割らせる手もあると踏んだ。

「塒は知らねえなァ」

磯六は首を横に振った。

「彦造は、浅草界隈で幅を利かせているわけじゃァあるめえ」

浅草界隈の遊び人や地まわりなら、玄次の耳にも入っているはずである。

「彦造は両国界隈で、女を漁《あさ》っていることが多いと聞いてるぜ」

「両国な……」

玄次は両国をあたってみようと思った。彦造の身辺を探れば、一柳も見えてくるはずである。

「手間を取らせたな」

玄次は、磯六に礼を言って店先から離れた。

3

「旦那、一柳はどこに隠れてるんですかね」

又八がうんざりしたような顔で言った。

今日も、安兵衛と又八は中御徒町に出かけて一柳の屋敷の周辺で聞き込んだ。ふたりは、半日ほど足を棒にして歩いたが、新たなことは分からなかった。一柳は、屋敷にもどっていないようだった。

「まァ、いずれ姿を見せるさ」

安兵衛と又八は、神田川沿いの道を歩いていた。

駕籠で連れ去られたお菊は、小料理屋の二階に閉じ込められていたらしいが、そのとき川の流れの音を耳にしたという。

……神田川沿いに、それらしい小料理屋があるかもしれない。

と安兵衛は思い、中御徒町から笹川へ帰るのに、すこし遠くなるが神田川沿いの道を通ることにしたのだ。

暮れ六ツ（午後六時）を過ぎていた。すでに、陽は西の家並のむこうに沈み、樹陰や表店《おもてだな》の軒下《のきした》などは薄闇に染まっている。

通り沿いの表店は店仕舞いし、表戸をしめていた。日中は結構人通りの多い通りだが、いまは人影もまばらである。居残りで仕事をしたらしい出職の職人や仕事帰りに一杯ひっかけたらしい大工などが、通り過ぎていくだけである。

「親分は、どうしてやすかね」

又八がつぶやくような声で言った。

「玄次のことだ。すでに、一柳の居所をつかんでいるかもしれんぞ」

そんなやり取りをしながら、ふたりは神田川にかかる和泉橋《いずみばし》のたもとを過ぎた。

「旦那、柳の陰にだれかいやすぜ」

又八が小声で言った。

見ると、川岸の柳の樹陰に人影があった。はっきり見えなかったが、武士であることは分かった。袴姿で、二刀を帯びている。

「もうひとりいやす」

又八が、通り沿いの表店の方を指差した。

軒下闇に人影があった。こちらは町人らしい。着物を尻っ端折りしているらしく、闇のなかに脛《すね》が白く浮き上がったように見えた。

……一柳と彦次郎か。

安兵衛の胸に、ふたりのことがよぎった。

そのとき、人影が樹陰からゆっくりとした足取りで通りに出てきた。総髪だった。それに、大柄ではなかった。御家人というより牢人体である。一柳ではないようだ。

村中だった。むろん、安兵衛は村中の名を知らない。

「旦那、軒下からも出てきた」

又八がうわずった声で言った。

表店の軒下から、町人が出てきた。仙次郎である。安兵衛と又八は、仙次郎のことも知らなかった。

「又八、下がってろ」

安兵衛は、ふたりの身に殺気があるのを察知した。町人はともかく、牢人体の武士は遣い手のようである。

又八は蒼ざめた顔で、川岸の柳の陰へまわり込んだ。口は達者だったが、斬り合いや喧嘩は苦手だった。

村中は、安兵衛と四間ほどの間合を取って足をとめた。両手をだらりと下げたまま、安兵衛と対峙《たいじ》した。肉をえぐりとったように頰《ほお》がこけ、双眸《そうぼう》が猛禽《もうきん》のようにひかっている。

「おぬし、辻斬りか」

安兵衛の脳裏に、作蔵や久松を斬った辻斬りのことがよぎった。

「辻斬りなら、おぬしのような男は狙《ねら》わぬ」

村中がくぐもったような声で言った。

「もっともだ。それで、名は？」

安兵衛が誰何《すいか》した。

「問答無用！」

言いざま、村中が抜刀した。

仙次郎は、すばやい動きで安兵衛の左手にまわり込んできた。又八は、安兵衛を斃《たお》してから始末する気なのかもしれない。

仙次郎は手に匕首《あいくち》を握っていた。ただ、安兵衛との間合が遠かったので、すぐに匕首をふるうことはないだろう。

「やるしかないようだな」

安兵衛も刀を抜いた。

柄《つか》を握った右手に、フーと息を吹きかけた。安兵衛の顔がひき締まり、全身に闘気がみなぎってきた。人のよさそうな表情が拭《ぬぐ》いとったように消え、剣客らしい凄《すご》みのある面《おもて》豹に変わっている。

村中は八相に構えた。刀身を寝せた低い八相である。

……変わった構えだ。

と、安兵衛は思った。

村中は刀身を寝せて低く構えただけでなく、腰も沈めたのだ。体全体がいくぶん低くなっている。

「さァ、きやがれ！」

安兵衛は右手だけで刀を握り、だらりと刀身を足元に垂らした。

「それが、構えか」

村中が驚いたような顔をした。

「これが、おれの構えよ」

「流は？」

「無手勝流《むてかつ》だよ」

安兵衛がうそぶくように言った。

安兵衛が身につけたのは、神道無念流だが、多くの喧嘩や真剣勝負をとおして、流派の構えや刀法にこだわらず、場や相手に応じてふるう剣を会得したのだ。実戦のなかで磨《みが》いた喧嘩剣法である。

「無手勝流で、おれの風疾《かぜばし》りを受けてみろ」

言いざま、村中がさらに腰を沈めた。

村中の体全体が、沈んだように低くなった。異様な構えだった。袈裟ではなく、胴あたりを横に薙《な》ぎ払うような構えである。

……風疾りだと！

特異な刀法にちがいない、と安兵衛は察知した。

だが、安兵衛は臆《おく》さなかった。安兵衛が身につけた喧嘩剣法は様々な刀法や闘いの場に対応できるのだ。

「いくぜ！」

安兵衛は柄《つか》を両手で握り、切っ先を村中にむけた。

青眼の構えとはすこしちがう。踵《かかと》を浮かせて両肩の力を抜き、切っ先をかすかに上下させた。こうすると、一瞬の反応と斬撃の起こりが迅《はや》くなるのだ。これも、安兵衛が実戦のなかで会得した構えである。

4

喧嘩剣法と風疾り。

ふたりは対峙《たいじ》したまま、いっとき動かなかった。

「いくぞ！」

村中が足裏を摺《す》るようにして、ジリジリと間合をつめ始めた。村中の全身に気勢がみなぎり、下から突き上げてくるような威圧がある。

安兵衛は昆虫の触手のように切っ先を動かしながら、村中の気の動きを読んでいる。ふたりの間合が、しだいに迫ってきた。剣気が高まり、時のとまったような緊張と静寂がふたりをつつんでいる。

ふいに、村中の寄り身がとまった。一足一刀の間境《まざかい》の一歩手前である。

村中の全身に斬撃の気がみなぎってきた。いまにも、斬り込んできそうな気配がある。

……この遠間《とおま》から仕掛ける気か！

そう思ったとき、一瞬、安兵衛の気が乱れた。

刹那《せつな》、村中の全身に斬撃の気が疾り、低く沈んでいた体がふいに膨れ上がったように見えた。

イヤアッ！

裂帛《れっぱく》の気合が静寂を劈《つんざ》き、村中の体が躍動した。

ヒュッ、という風音が耳元でし、閃光が安兵衛の脇腹あたりから逆袈裟にはしった。低い八相からすくい上げるような斬撃だった。

次の瞬間、さらに耳元で風音がし、閃光が袈裟にはしった。

逆袈裟から袈裟へ。まさに神速の連続技だった。

刹那、安兵衛は上体を後ろに倒すように反《そ》らした。咄嗟《とっさ》の反応である。

ザクッ、と安兵衛の着物が肩口から胸にかけて斜に裂けた。村中の切っ先がとらえたのである。

瞬間、安兵衛は大きく背後に跳んだ。

……これは！

安兵衛の顔から血の気が引いた。

まさに、神技だった。逆袈裟にふるう一の太刀から刀身を返して、二の太刀を袈裟にふるう。まさに、電光のような一瞬の斬撃だった。風音は刀身が、大気を切り裂く音らしい。風疾りという剣名は、この音からきたものであろう。

安兵衛の着物が裂け、あらわになった胸板に血の色が浮いた。

浅手だった。咄嗟に、安兵衛が後ろに跳んだので、薄く皮肉を裂かれただけである。だが、傷は長かった。出血で胸が赤く染まっていく。

「よくかわしたな」

村中の顔に驚きの色があった。よもや、風疾りの太刀《たち》をかわされるとは思わなかったのであろう。

「だが、次はかわせぬ」

村中はふたたび八相に構え、腰を沈めた。

「やるじゃァねえか!」

安兵衛が、吼《ほ》えるような声で言った。

顔が紅潮し、双眸が猛虎のようにひかっている。胸が赤い布をひろげたように血に染まっていた。まさに、手負いの猛獣のようである。

又八は顫《ふる》えながら安兵衛と一柳の闘いを見ていたが、一柳の斬撃をあびて安兵衛の胸が真っ赤に染まると、

……だめだ、旦那が殺《や》られる！

と、思った。

又八は、安兵衛が斃《たお》されれば、次は自分が斬られると分かっていた。何とか、安兵衛とともにこの場から逃れたかった。

又八は通りの左右に目をやった。だが、人影はなかった。神田川沿いの通りは、淡い夕闇に染まっている。

そのとき、神田川を下ってくる一艘《いっそう》の猪牙舟《ちょきぶね》が見えた。艫《とも》に立った船頭が棹《さお》を握っている。空舟だった。どこかに荷を運んだ帰りなのだろう。

……舟で逃げるしかねえ。

と、又八は思った。

「旦那、舟だ！」

叫びざま、又八は樹陰から川岸へ走った。

これを見た仙次郎が、

「やろう、逃がすか！」

と叫び、又八の後を追った。

「旦那！　逃げてくれ」

いきなり、又八は川岸の土手へ跳躍した。

土手の急斜面は、水際まで茅《かや》や葦《あし》など丈の高い雑草でおおわれていた。又八は、その雑草のなかに足からつっ込んだ。

バサバサと雑草を薙《な》ぎ倒しながら、又八は急斜面を水辺まで尻で滑り落ちた。

この様子を目の端にとらえた安兵衛は、すばやく後じさり、

「勝負はあずけた！」

と声を上げて、反転した。

「待て！」

村中が後を追ってきた。

安兵衛は、川岸に走り寄りざま水辺を目がけて跳んだ。虚空に安兵衛の体がひるがえり、バシャッ、という水音とともに浅瀬に生えていた葦が薙ぎ倒された。

安兵衛は飛び下りた瞬間、浅瀬に両手、両足をついたが、すぐに立ち上がり、バシャバシャと水を蹴って川のなかほどにむかった。

「旦那、ここだ！」

又八が叫んだ。

見ると、又八が猪牙舟の船縁《ふなべり》を両手でつかんでしがみついている。船頭は棹を水底に突き立て、舟をとめているようだ。

安兵衛は水を蹴りながら、舟にむかった。すぐに、水深が股《また》のあたりになり、さらに腰ほどになった。

安兵衛は猪牙舟に近付き、両腕を伸ばして船縁に飛び付いた。

「舟を出せ！」

安兵衛が怒鳴った。

すると、船頭は川底に突き刺して舟をとめていた棹を引き、舟を流れにまかせた。

安兵衛と又八は、船縁にしがみついたまま舟といっしょに神田川を下っていく。

川沿いの道に目をやると、村中と仙次郎が去っていく舟に目をむけていた。追ってくるつもりはないようだ。

ふたりの姿がしだいにちいさくなり、夕闇のなかにかすんでいく。

……逃げられたようだ。

安兵衛は船縁にしがみついたままつぶやいた。

5

「ど、どうしたんです！」

お房が、安兵衛と又八の姿を見て声を上げた。

安兵衛と又八は、村中と仙次郎に襲われた後、舟で神田川を下った。そして、大川に出た後、笹川のある駒形町の桟橋まで送ってもらったのだ。

ふたりともずぶ濡れで、ひどい姿をしていた。髷《まげ》の元結《もとゆい》が切れてざんばら髪。顔は葦や茅のなかを突き進んだときに負った引っ掻き傷だらけだった。おまけに、安兵衛は着物が裂け、血で蘇芳《すおう》色に染まっている。

「牢人に襲われてな。川へ逃げたのだ」

安兵衛は照れたような顔をして言った。

「すぐに、医者を呼ばないと」

お房は、そばにいた船頭の梅吉に目をやった。

梅吉がきびすを返して戸口から飛び出そうとするのを、

「待て！」

と、安兵衛がとめた。

「医者を呼ぶような傷じゃァねえ。見た目は派手だが、たいした傷じゃァねえんだ」

安兵衛は、お房の脇にこわばった顔で立っていたお春に、手桶に水を汲《く》んでくるように頼んだ。

すると、お房が、

「わたし、晒《さらし》と薬を持ってくる」

と言って、あたふたと奥へむかった。

そのとき、土間につっ立って安兵衛を見上げていたお満が、

「とんぼの小父《おじ》ちゃん、痛いの」

と、顔をしかめて訊いた。自分の方が、痛そうな顔をしている。

「すこしな」

安兵衛が苦笑いを浮かべて言った。

お満は安兵衛の苦笑いを見て、安心したのか、

「おばけみたい」

と言って、自分でもすこし笑った。

「ハッハ……。とんぼのおばけか」

安兵衛が声を上げて笑った。

その声を聞いて、お満も笑いだした。

そこへ、お春が手桶に水を汲んできた。気をきかせて、手ぬぐいも持ってきた。

安兵衛は濡れた着物を脱いで上半身裸になると、手ぬぐいを水に浸《ひた》して傷口を洗った。そして、お房が持ってきた金創膏《きんそうこう》を折り畳んだ晒に塗って傷口にあてがった。

「お房、晒を巻いてくれ」

安兵衛は肩から腋《わき》にかけて晒を巻いてもらった。

「これでよし」

傷の手当てが終わると、安兵衛と又八はお房に浴衣《ゆかた》を出してもらって着替えた。

「腹がへった。お房、何か食う物はないか」

安兵衛が言うと、

「あっしも、腹がへっちまって……」

又八が情けないような顔をして言った。

「すぐ、支度しますよ」

お房とお春が、板場にむかった。

それから三日間、安兵衛はおとなしく笹川で過ごした。たいした傷ではなかったが、刀を振りまわすと、出血したからである。

四日目の午後、笑月斎《しょうげつさい》がひょっこり笹川に顔を出した。総髪を肩まで垂らし、袖無し羽織に袴姿である。

笑月斎は八卦見《はっけみ》が生業《なりわい》だった。ふだんは、吉原や浅草寺界隈で商売をしているが、あまり姿を見かけることはなかった。無類の博奕《ばくち》好きで、金さえあれば賭場《とば》に入り浸《びた》っていたからである。

笑月斎の名は野間八九郎《のまはちくろう》。生れながらの牢人だった。少年のころは、何とか剣で身を立てたいと下谷練塀小路《したやねりべいこうじ》にある一刀流中西派の道場に通った。だが、己に剣の才はないとみて、二十歳のころ剣を捨てて易経《えききょう》を学び、八卦見になったのである。

安兵衛は笑月斎と昵懇《じっこん》だった。笑月斎がならず者と喧嘩になったとき、安兵衛が仲裁に入り、それが縁で付き合うようになったのである。

笑月斎はお房が淹《い》れてくれた茶をすすった後、

「どうだ、傷のぐあいは?」

と、安兵衛の肩口に目をやって訊いた。

「かすり傷だ」

安兵衛は、傷を負った左肩に手を当てて言った。痛みは、ほとんどなかった。

「相手は?」

「辻斬りだ。神田川沿いの道で待ち伏せしてやがった」

安兵衛は、事件にかかわるこれまでの経緯をかいつまんで話した。

「風疾りか。おぬしが、後《おく》れをとるようでは、おれの出る幕はないか」

笑月斎ががっかりしたような顔をした。

「いや、他にもいるようだ」

安兵衛は、一柳やお菊を誑かした彦造のことなどを話した。安兵衛は玄次から、誑しの彦と呼ばれる彦造のことを聞いていたのだ。

「そうか、実は、おぬしに頼みがあってな」

急に、笑月斎が身を乗り出して言った。

「おれを見舞いに来たのではないのか」

「見舞いに来たのだが、頼みもあってな」

笑月斎が言いにくそうな顔をした。

「なんだ、頼みとは」

「実は、空《から》っ穴《けつ》なのだ」

笑月斎が、渋い顔をした。

「博奕に負けたな」

「まァな」

「八卦で賽《さい》の目は読めんのか」

「八卦見で、賽の目が読めたら博奕にならんだろう」

「もっともだ」

「すこし、都合してくれんか」

そう言って、笑月斎が首をすくめた。

「いいだろう」

安兵衛はふところから財布を取り出し、三両手にした。依之助からもらった金が、まだ三十両ほど残っていた。五両ぐらい渡そうかと思ったが、笑月斎が手にすれば、すぐに博奕に消えるのである。

「すまんな」

笑月斎は顔をほころばせて、財布に三両しまいながら、

「それで、おれは何をすればいいのだ」

と、訊いた。

笑月斎は、これまでも安兵衛がかかわった事件に手を貸してきた。むろん、ただではない。玄次と同じように、相応の報酬を得ていたのだ。

「賭場で、それとなく探ってくれ」

安兵衛は、一柳、彦造、それに神田川沿いで襲った牢人と町人の人相、年格好、体軀などを話した。安兵衛は金を手にした一味のだれかが、賭場へ顔を出すのではないかと思ったのである。

「承知した」

笑月斎が腰を上げた。

「どこへ、行く？」

「さっそく、賭場で探って見る」

笑月斎が、ニンマリして言った。

6

「半丁、駒《こま》そろいました！」

宰領役《さいりょう》の中盆《なかぼん》の声が、賭場にひびいた。

盆茣蓙《ぼんござ》のまわりに集まった男たちの目が、いっせいに壺振《つぼふり》のつかんだ壺に集まり、賭場は緊張につつまれた。

浅草阿部川町《あべかわちょう》。源蔵《げんぞう》という男が貸元をしている賭場である。

「勝負！」

中盆の声と同時に、壺振が壺を上げた。

賽の目は二と六。

「二《に》、六《ろく》の丁」

中盆が声を上げた。

丁座に座った男たちから、どっと歓声が上がり、半座からは溜《た》め息《いき》や悔《くや》しそうな声が聞こえた。

賭場は一変して弛緩《しかん》した雰囲気につつまれ、あちこちで私語が起こり、吸い付けた莨《たばこ》の煙が揺れながら上がっていく。

笑月斎は丁座に座っていた。賭場に来て一刻（二時間）ほど経《た》つが、今日は二分ほど勝っていた。ふところが暖かいと、どういうわけか博奕もつくらしい。

……今日のところは、このくらいにしておくか。

笑月斎は、半座に座っていた重吉《じゅうきち》が、渋い顔をして立ち上がるのを目にしたのだ。

笑月斎は重吉と顔見知りだった。重吉に、安兵衛から聞いた一柳たちのことを訊いてみようと思ったのだ。

重吉は大工だが、博奕好きだった。笑月斎と同じように銭《ぜに》が入ると賭場に顔を出す。賭場の出入りをとおして、浅草界隈の遊び人や地まわりにも顔見知りが多かった。笑月斎は、重吉なら何か知っているだろうと踏んだのである。

賭場を出ると、辺りは夜陰につつまれていた。五ツ（午後八時）ごろであろうか。頭上に、弦月《げんげつ》が出ていた。

賭場から表通りへつづく小径《こみち》のところで、笑月斎は、

「重吉、待ってくれ」―

と、後ろから声をかけた。

「八卦見の旦那かい」

重吉が足をとめて振り返った。まだ、渋い顔をしている。博奕に負けたらしい。

「どうだい、目が出たかい」

笑月斎が重吉に肩を並べて訊いた。

「だめだ。今日はついてねえ」

重吉は、肩を落として歩きだした。

「一杯やるかい。酒代は、おれがもつぞ。久し振りでついたのでな」

「お、そいつは、ありがてえ」

重吉が声を上げた。

ふたりは表通りへ出ていっとき歩き、福樽《ふくたる》という一膳めし屋を見つけて店に入った。飯台を前にして腰掛け替わりの空《あ》き樽《だる》に腰を落とし、頼んだ酒で喉をうるおしてから、

「重吉、彦造って男を知ってるか」

笑月斎が何気なく訊いた。

「彦造な」

重吉は、首をひねった。思い当たらないらしい。

「誑《たら》しの彦と言えば分かるか」

「ああ、女誑しか」

重吉がうなずいた。どうやら、彦造のことを知っているようだ。

「おれの知り合いの娘がな。彦造に誑《たぶら》かされて、泣かされたようなのだ。それで、どんな男かと思ってな」

笑月斎がもっともらしく言った。

「彦造は、源蔵《げんぞう》親分の賭場に来たことがあるが、おれは話したこともねえんだ」

「塒《ねぐら》を知ってるかい」

笑月斎は銚子を手にして重吉の猪口《ちょこ》に酒をついでやった。

「知らねえなァ」

重吉は猪口を手にしたまま首をひねった。

「彦造の仲間は、どうだ。源臓の賭場にも、顔を出すのではないか」

「そう言えば、十日ほど前《めえ》に、彦蔵が仙次郎を連れて来たな。めずらしく、でかく張ってたぜ」

そう言って、重吉は猪口の酒を飲み干した。

「仙次郎だが、どんな男だ」

平気でやる男だ」

「遊び人だよ。掏摸《すり》をしてるって噂もある。そうとうの悪人《ワル》で、盗みも人殺しも

重吉が顔をしかめた。

「そいつは、顎《あご》のとがった目の細い男ではないか」

笑月斎は、安兵衛から聞いていたもう一人の町人の人相を口にした。

「そいつでさァ」

重吉が言った。

「仙次郎という名か」

笑月斎は、重吉に仙次郎の塒を訊いた。

「塒までは知らねえなァ。三年ほど前まで、深川の八幡さま界隈を縄張にしてたと聞いた覚えがあるが……」

八幡さまというのは、冨ケ岡八幡宮のことである。

「深川か」

笑月斎は、深川を当たってみようと思った。

「ところで、旦那、やけにしつっこく訊くが、彦造に誑かされた娘ってえのは、旦那の娘ですかい」

重吉が訊いた。

「おれの娘ではないが、世話になったお方の娘でな。彦造をつかまえて、お灸《きゅう》をすえてやるのだ」

笑月斎は顔をしかめて言った。

「そいつはいいや。彦造のようなやつは、すこし痛い目に遭《あ》わせてやった方がいいんだ」

重吉が濁声で言った。酔ったらしく、顔が赭黒《あかくろ》く染まっている。

「そうだとも、重吉、これで、好きなだけ飲んでくれ」

笑月斎は、一朱銀を重吉に握らせて立ち上がった。これ以上、重吉に付き合って飲む気にはなれなかったのである。

7

笑月斎は重吉から話を聞いた翌日、朝餉《あさげ》を終えて陽が高くなってから、浅草三間町にある長屋を出た。深川の冨ケ岡八幡宮界隈で、仙次郎のことを聞き込んでみようと思ったのである。

笑月斎は、当てもなく深川へ出かけて話を訊いても埒《らち》が明かないと思い、小山《こやま》万之助《まんのすけ》という牢人を訪ねてみることにした。

小山は、三年ほど前まで笑月斎と同じ三間町の長屋で独り暮らしをしていた。懐《ふところ》が暖かいときは、笑月斎といっしょに賭場へ出かけることもあった。

ところが、深川、黒江町で手跡指南所をひらいている伯父から小山に、手伝ってくれと声がかかり、三間町の長屋を出たのである。

黒江町は冨ケ岡八幡宮の門前通りにひろがる町である。笑月斎は、黒江町に住む小山なら仙次郎や彦造のことを耳にしているのではないかと思ったのだ。

笑月斎は大川にかかる両国橋を渡って本所に出た。そして、大川端を川下にむかって歩いた。

さわやかな晴天だった。大川の川面を渡ってきた風が心地よい。川面が初夏の陽射しを反射《はね》て、キラキラとかがやいている。大気が澄み、永代橋の彼方の江戸湊《みなと》まで見渡せた。猪牙舟や艀《はしけ》などが行き交い、遠方の紺碧《こんぺき》の海原《うなばら》に、白い帆を張った大型の廻船がちいさく見えた。ゆっくりと品川沖へむかっていく。

笑月斎は永代橋のたもとを過ぎ、相川町に入ってしばらく歩いてから左手の大通りにまがった。その通りは、冨ケ岡八幡宮の門前通りにつながっている。

掘割にかかる八幡橋を渡ると、前方に富ケ岡八幡宮の一ノ鳥居が見えてきた。この辺りから、黒江町である。

……たしか、小間物屋の脇の路地を入った先だったな。

一年ほど前、笑月斎は小山の住む長屋を訪ねたことがあった。仁兵衛店《にべえだな》という棟割長屋《むねわり》である。

……あれだ！

見覚えのある小間物屋があった。小洒落《こじゃれ》た店で、町娘がふたり店先で櫛《くし》を品定めしていた。その店の脇に細い路地がある。

笑月斎は路地へ入った。小体な店や表長屋などが軒を連ねる路地で、思いのほか人影が多かった。ぼてふり、風呂敷包みを背負った行商人、職人ふうの男、長屋の女房などが行き交い、店の脇の空地で子供たちが遊んでいた。どこででも見かける江戸の裏路地である。

二町ほど歩くと、仁兵衛店につづく路地木戸があった。笑月斎は一年ほど前の記憶をたどって、小山の住む家の前に立った。

腰高障子はしまっていたが、土間の脇の流し場で水を使う音がした。だれかいるらしい。

「小山どの、おられるか」

笑月斎は戸口で声をかけた。

すると、水を使う音がやみ、

「どなたかな」

と、小山の声が聞こえた。

「笑月斎でござる」

名乗ってから、笑月斎は腰高障子をあけた。

「おお、笑月斎どの」

小山が声を上げた。肩にかけた手ぬぐいで、濡《ぬ》れた手を拭《ふ》いている。流し場で洗い物でもしていたらしい。

小山は二十四、五、ほっそりした色白の男だった。

「おぬしに、訊きたいことがあってな。訪ねて来たのだ」

そう言って、笑月斎は上がり框《かまち》に腰を落とした。

「茶でも淹れられればいいのだが、あいにく湯が沸《わ》いてないのだ」

小山が困惑したような顔をした。

「気にするな。話が済めば、すぐ帰る」

「それで、何を訊きたいのだ？」

小山も、上がり框《かまち》に腰を下ろした。

「実は、知り合いの娘が遊び人に騙《だま》されてひどい目に遭《あ》ったのだ。いまさら、どうにもならんが、二度と娘に手を出さないように釘《くぎ》を刺しておこうと思ってな」

笑月斎がもっともらしく言った。

「それで？」

「仙次郎という遊び人を知っているか。八幡宮界隈で、幅を利かせていた男らしいのだがな」

笑月斎は仙次郎の名を出した。

「……分からんな」

小山は首をひねった。

「彦造という男は？　誰しの彦と呼ばれているらしい。仙次郎といっしょに遊び歩いているようだ」

「その男も、知らんな」

「そうか」

笑月斎はあまり落胆しなかった。小山は深川に越してきてから、手跡指南所の手伝いをしているはずだ。遊び人や地まわりなどとは縁のない暮らしであろう。

「そうだ。茂助《もすけ》に訊けば、分かるかも知れぬぞ」

小山が声を大きくした。

「茂助とは？」

「長屋に住む男でな、八幡さまの門前で、団子を売っている」

小山によると、茂助は長年門前で商売をしており、冨ケ岡八幡宮界隈のことはよく知っているという。

「おれが、案内してもいいが」

小山が言った。

「手跡指南所は、いいのか」

「今日はもう済んだのだ」

小山は手伝いだけで、昼前には終わるという。

「では、頼む」

ふたりは、路地から門前通りへ出た。

いっとき歩くと、通り沿いに手頃なそば屋があったので暖簾《のれん》をくぐった。小山に訊くと、昼食はまだだというので、腹ごしらえをしてから門前へ行こうと思ったのである。

そば屋を出ると、笑月斎と小山は冨ケ岡八幡宮に足をむけた。

冨ケ岡八幡宮の門前は、大変な賑《にぎ》わいを見せていた。表門の左右には水茶屋や食い物を売る床店《とこみせ》が並び、物売りや大道芸人などが客を呼んでいた。参詣客や遊山客が行き交っている。

「笑月斎どの、あそこだ」

小山が表門の右手を指差した。

葦簀《よしず》張りの水茶屋の脇に、屋台で団子を売っている男がいた。屋台の上の大皿に垂《たれ》と餡《あん》を付けた団子がのっていた。

五十がらみであろうか。男は陽に灼《や》けた丸顔で目が細く、人のよさそうな顔をしていた。

「茂助、どうだ、商売は?」

小山が屋台の脇に立って声をかけた。商売の邪魔をしないように気を使ったらしい。笑月斎は、小山の後ろにまわった。

「ぼちぼちでさァ」

茂助がチラッと笑月斎の方に目をやった。肩まで垂らした総髪を見て、何者かと思ったようだ。

「おれは笑月斎といってな、八卦見だ」

笑月斎が名乗ると、

「深川に越してくる前、笑月斎どのには世話になったのだ。今日は、人を探しに深川に見えたらしい」

小山が言い添えた。

「仙次郎という男を知ってるかな。顎がとがり、目の細い男だ」

笑月斎が訊いた。

「仙次郎ねえ」

茂助が小首をかしげた。

「誑しの彦と呼ばれている男と、いっしょにいることが多いかもしれん」

「あいつか」

茂助の顔に嫌悪の色が浮いた。思い出したらしい。

「仙次郎を知っているな」

「へい」

茂助によると、仙次郎は若いころから掏摸《すり》をしていて、手のつけられない悪人だったという。人の金を掏るだけでなく、些細《ささい》なことで因縁をつけて商家から金を脅《おど》しとったり、娘を騙して女郎屋に売り飛ばしたりしていたという。

「ところが、ここ三年ほど八幡さま界隈で姿を見かけなくなったんで、ほっとしてるんでさァ」

茂助が言った。

「それで、仙次郎の塒を知っているか」

笑月斎が知りたかったのは、仙次郎の居所である。

「入船町だと聞いてやすぜ」

三十三間堂近くの長屋だという。

「何という長屋だ」

「そこまでは、分からねえ」

茂助は首を横に振った。

そのとき、職人らしい若い男がふたり、巾着《きんちゃく》を取り出しながら屋台に近付いてきた。団子を買いに来たらしい。

「茂助、邪魔したな」

小山がそう声をかけ、笑月斎とともに屋台を離れた。

「笑月斎どの、入船町へ行ってみるか」

小山によると、入船町の三十三間堂近くと分かっているなら、長屋はすぐつきとめられるはずだという。

「助かるな」

笑月斎は、せっかくここまで来たのだから入船町まで足を伸ばしてみようと思っていたのだ。

冨ケ岡八幡宮から入船町は近かった。三十三間堂へつづく通りの近くで訊くと、伝蔵店《でんぞうだな》ではないかという。付近に長屋は、伝蔵店しかないそうだ。

さらに、通りかかった職人らしい男に訊くと、伝蔵店はすぐに分かった。

笑月斎は、伝蔵店のある路地沿いの下駄屋に立ち寄った、親爺に話を聞くと、仙次郎を知っていた。伝蔵店に住んでいるという。

……やっと、塒をつかんだぞ。

笑月斎は、胸の内で声を上げた。

ただ、仙次郎は長屋にいなかった。長屋の女房によると、ちかごろ仙次郎は長屋を留守にすることが多いので、なかなかつかまらないだろうという。
……なに、いずれもどってくる。
笑月斎は、ここから先は安兵衛にまかせようと思った。

第四章　尾行

1

「あの下駄屋の先の木戸だ」

笑月斎が指差した。

小体《こてい》な下駄屋の先に路地木戸があった。伝蔵店につづく路地木戸である。

安兵衛、笑月斎、又八の三人は、入船町に来ていた。笑月斎から仙次郎の長屋をつきとめたと聞き、様子を見に来たのである。

「仙次郎は、長屋を留守にすることが多いようだぞ」

笑月斎が言い添えた。

「さて、どうするか」

とりあえず、仙次郎が長屋にいるかどうか知りたいが、三人で踏み込んだら人目を引くだろう。なかでも、笑月斎の姿は目につく。いずれ、仙次郎は安兵衛たちが探りにきたことを知るだろう。

「あっしが、長屋を覗《のぞ》いてきやしょうか」

又八が言った。

「そうしてくれ」

安兵衛は、又八なら長屋の者も不審を抱かないだろうと思った。

「旦那《だんな》たちは、ここにいてくだせえ」

そう言い残し、又八は路地木戸へむかった。

安兵衛と笑月斎は、路傍《ろぼう》の樹陰に身を寄せて又八がもどってくるのを待った。

小半刻（三十分）ほどすると、又八が走ってきた。

「旦那、仙次郎はいませんぜ」

又八が、息をはずませながら言った。

又八によると、井戸端にいた女房に仙次郎の家を訊《き》き、腰高障子の破れ目からなかを覗いてみたが人影はなかったという。

「仙次郎は長屋を出てしまったのか」

安兵衛は、仙次郎が長屋を引っ越してしまったのであれば、ここにいても仕方がないと思った。

「まだ、長屋で暮らしているようでさァ」

又八によると、壁に着物がかかっていたし、部屋の隅には畳んだ夜具があったという。

「仙次郎がもどってくるまで、待つしかないな」

安兵衛は、仙次郎がもどってくれば捕らえて口を割らせるか、あるいは尾行して他の仲間の塒《ねぐら》をつきとめたかったのだ。

ただ、長丁場になるだろうと安兵衛は思った。それに、三人で張り込むこともない。笑月斎は目立つので、引き取ってもらってもいいのである。

「ともかく、めしでも食ってくるか」

そう言って、安兵衛が樹陰から出ようとしたときだった。

「待て」

笑月斎が、安兵衛の肩をつかんでとめた。

「あの男、仙次郎ではないか」

笑月斎が路地の先を指差した。

見ると、縞柄《しまがら》の小袖を尻《しり》っ端折《ぱしょ》りし、両脛《りょうずね》をあらわにした男が歩いてくる。

「やつだ！」

安兵衛は男の姿に見覚えがあった。神田川沿いの通りで、牢人とふたりで安兵衛たちを襲った男である。

「まちげえねえ、仙次郎だ」

又八が目を剝《む》いて言った。又八も、仙次郎を目にしていたのだ。

仙次郎は足早に安兵衛たちの前を通り過ぎ、路地木戸をくぐって長屋にむかった。

仙次郎の姿が路地木戸から消えると、

「めしは後だな」

と、安兵衛が言った。

「長屋に踏み込んで、やつをつかまえやすか」

又八が勢い込んで腕捲《うでまく》りした。

「それは、まずい。長屋中が大騒ぎになるぞ」

安兵衛は、仙次郎を捕らえるにしても他の仲間に知られないようにやりたかった。そうしないと、せっかく仙次郎から仲間の居所を聞き出しても姿を消してしまうだろう。

「どうだ、ここで張り込んだら」

笑月斎が、もっともらしい顔をして言った。

「すぐに出てくるかな」

安兵衛は、しばらくぶりに長屋にもどった仙次郎が、すぐに長屋を出るとは思わなかったのだ。

「分からん」

「それにしても、三人で張り込むこともないな」

「あっしが、張り込みやすんで、旦那たちはそこらでめしでも食ってきてくだせえ」

又八が言った。

「そうするか」

安兵衛も、張り込むなら三人で交替してやればいいと思った。

「半刻(一時間)ほどしたらもどる」

そう言って、笑月斎は樹陰から出ようとしたが、ふいに、足がとまり、慌てて樹陰に身を引いた。

「出てきた！」

笑月斎が路地木戸を見すえて言った。

路地木戸から、仙次郎が姿を見せたのだ。安兵衛と又八も樹陰に身を隠し、仙次郎に目をむけた。

仙次郎は安兵衛たちの方へ歩いてきた。長屋には立ち寄っただけらしい。仙次郎は安兵衛たちの前を通り過ぎ、来た道をもどっていく。

仙次郎の後ろ姿が半町ほど遠ざかったとき、

「尾《つ》けよう」

と言って、安兵衛が路地に出た。又八、笑月斎がつづく。

路地を歩きかけたところで、

「おふたりは、後ろから来てくだせえ。目立ちやすぜ」

と、又八が言った。

又八の言うとおりだった。安兵衛と笑月斎の姿は人目を引く。仙次郎が振り返ったら、尾行に気付くだろう。

「よし、又八にまかせよう」

安兵衛と笑月斎は、すぐに後ろに下がった。仙次郎ではなく、又八を尾けていけばいいのである。

仙次郎は路地から表通りへ出た。そこは冨ケ岡八幡宮の門前へつづく通りである。門前に近付くと人通りが、急に多くなった。様々な身分の老若男女が行き交っている。

「仙次郎は、どこへ行くのだ」

歩きながら、笑月斎が訊いた。

「仲間のところだと思うが……」

安兵衛も、仙次郎がどこへ行くのか分からなかった。

仙次郎は、冨ケ岡八幡宮の門前を通り過ぎ、永代寺門前町、山本町と歩いて右手におれた。そこは掘割沿いにつづく細い通りである。

人影がまばらになり、辺りが急に寂しくなった。通り沿いの表店も小体になり、空地や笹藪《ささやぶ》などが目につく。

仙次郎はいっとき掘割沿いの道をたどり、油堀《あぶらぼり》に突き当たると、大川の方へ足をむけた。

2

そこは油堀沿いの寂しい通りだった。右手が油堀で、左手は笹藪と空地がつづいている。

ふいに、又八の前を行く仙次郎が左手にまがり、その姿が笹藪の陰になって見えなくなった。

……気付かれたか！

安兵衛は走りだした。

前を行く又八も走っている。笑月斎は安兵衛の後からついてきた。

と、又八が足をとめた。

そこは、仙次郎が左手におれた場所である。どうしたことか、又八は左手に体をむけたまま つっ立っている。

安兵衛は又八のそばに駆け寄り、左手に目をやった。

笹藪の陰に、仙次郎が立っていた。こちらに体をむけ、顔に薄笑いを浮かべている。

笑月斎も、安兵衛の脇に駆け寄った。荒い息を吐いている。

「旦那、待ってやしたぜ」

仙次郎が、白い歯を見せて言った。

「なに！」

仙次郎は安兵衛たちの尾行に気付き、この場に連れ込んだのではあるまいか、と安兵衛は気付いた。

安兵衛は周囲に目をやった。

そのとき、笹藪が揺れ、バサバサと掻き分ける音がひびいた。

四人の男が笹藪のなかから飛び出してきた。

村中がいた。それに、牢人体の男が三人。四人は安兵衛たちを取りかこむように駆け寄ってきた。牢人体の三人は、いずれも初めて見る顔だった。

「待ち伏せだ！」

笑月斎が叫んだ。

安兵衛は、この場で四人に取りかこまれたら勝ち目はないと踏んだ。

「逃げろ！」

叫びざま、安兵衛は油堀沿いの道を走った。

笑月斎と又八も走った。

だが、村中たちはすぐ背後に迫っていた。安兵衛たちと村中たちの間はわずかである。

……このままでは逃げられない！

と、察知した安兵衛は、

「おれが、食いとめる！」

と言いざま、足をとめて抜刀した。村中たちの足をとめ、笑月斎と又八を逃がそうと思ったのだ。

ところが、笑月斎も足をとめ、

「おれも、やる！」

と叫んで、刀を抜きはなった。

すこし走ったところで、又八も足をとめて振り返った。

「さァ、こい！」

安兵衛は、柄《つか》を握った手にフーと息を吐きかけた。安兵衛の顔がひきしまり、双眸が鋭いひかりを放っている。剣客らしい凄みのある顔である。

その安兵衛の正面に、村中が立った。左手に総髪の牢人が、まわり込んできた。

赭黒《あかぐろ》い顔をした男である。

笑月斎は大柄な男と相対した。右手に痩身《そうしん》の牢人が立っている。

一方、仙次郎は四人の男の後ろにいた。懐手《ふところで》をしたまま薄笑いを浮かべている。安兵衛たちとの闘いは、村中たち四人にまかせるつもりらしい。

安兵衛は中村たち四人に視線をめぐらせ、

……遣い手はこいつだけだ。

と、思った。対峙した村中のほかに、それほどの遣い手はいない、と安兵衛はみてとったのだ。

「いくぜ！」

安兵衛は右手だけで刀を持ち、刀身をだらりと下げた。そして、すばやい足捌《あしさば》きで左手に動いた。左手に立った総髪の牢人との間合をつめたのである。

これが、複数の敵に臨んだときの安兵衛のやり方だった。構え、気合、間合など、一人の敵と闘うときとちがっていた。複数の敵のときはひとりと相対するように激しく動くのである。

村中は八相に構えていた。刀身を寝せた低い八相である。

一瞬、村中の顔に戸惑うような表情が浮いた。安兵衛が左手に動き、しかも刀を右手だけで持って構えようとしないからである。

だが、村中はすぐに表情を消し、安兵衛の正面に立とうとして摺《す》り足で動いた。

すかさず、安兵衛も左手に動く。

左手にいた総髪の牢人の顔に、驚きと恐怖の色が浮いた。安兵衛が、斬撃の間に迫ってきたからだ。

総髪の牢人の剣尖《けんとつ》が浮いた。驚きと恐怖で、腰が浮いたのである。

この隙を、安兵衛がとらえた。

イヤアッ！

裂帛《れっぱく》の気合を発し、総髪の牢人に斬り込んだ。

ただ、斬撃の間合から遠かった。安兵衛は、遠間《とおま》のまま右手だけで持っていた刀を横に払ったのだ。相手を牽制《けんせい》する捨て太刀である。

総髪の牢人が慌てて後ろへ逃げ、大きく間合をあけた。

すかさず、村中が安兵衛の前にまわり込んできた。安兵衛は身を引いた。

村中が八相に構えたまま間合をつめてくる。このとき、村中は総髪の牢人の前に立ち、ふたりが重なった。

この一瞬を、安兵衛は待っていたのだ。

間髪《かんはつ》をいれず、安兵衛の体が躍動した。

踏み込みざま刀身を振り上げて袈裟《けさ》へ。たたきつけるような斬撃だった。

間髪をいれず、村中の体が躍った。

ヒュッ、という風音ともに閃光が逆袈裟にはしった。風疾りの剣である。

袈裟と逆袈裟。

甲高い金属音がひびき、ふたりの刀身が眼前で合致し、上下に跳ね返った。

次の瞬間、安兵衛は大きく後ろに跳び、村中は二の太刀をはなった。村中の切っ先は、安兵衛の眼前をかすめて空《くう》を切った。

安兵衛は、なんとか村中の風疾りをかわしたのである。

左手にいた牢人は、動けなかった。

ふたりは大きく間合をとって、ふたたび対峙した。

「やるな！」

村中が口元に薄笑いを浮かべて言った。

双眸が燃えるようにひかり、細い唇が赤みを帯びていた。闘気が異様に高まり、血が滾《たぎ》っているのである。

そのときだった。笑月斎の呻《うめ》き声が聞こえた。見ると、笑月斎の肩先が裂けて、血に染まっている。

牢人の斬撃をあびたようだ。ふたりの牢人はそれほどの遣い手ではないようだが、ふたりとなると、笑月斎も後《おく》れをとるようだ。

笑月斎は顔をしかめて、後じさっている。

……このままでは、殺《や》られる！

と、安兵衛はみてとった。

逃げるしか手はない、と安兵衛は思った。利がないとみたら逃げることも、剣の腕のうちである。

3

「又八、石を投げろ！」

叫びざま、安兵衛はすばやい動きで笑月斎の脇に身を寄せた。

村中が摺り足で安兵衛を追う。

そこへ、安兵衛の背後にいた又八が、

「これでも食らえ！」

と声を上げ、村中にむかって石を投げた。

鶏卵《けいらん》ほどの石が、村中の袴の裾に当たった。すぐに、村中が後ろに跳んだ。次の石礫《いしつぶて》にそなえようとしたらしい。

村中との間合があくと、
イヤアッ！

安兵衛が裂帛の気合を発し、笑月斎に切っ先をむけていた牢人に斬り込んだ。

牢人は逃げようとしたが、間に合わなかった。ザックリ、と肩先が裂けて、血の色が浮いた。牢人は恐怖に顔をゆがめて後じさった。たいした傷ではなかったが、恐怖で体が顫《ふる》えている。

安兵衛は、後じさった牢人を追わなかった。

「逃げろ！　笑月斎」

叫びざま、安兵衛はすばやく後じさり、村中や牢人と間合があくと駆けだした。

「おお！」

笑月斎が刀をひっ提《さ》げたまま駆けだした。

又八も手にした石を村中に投げ付けてから、反転して走りだした。

「追え！　逃がすな」

村中が声を上げ、後を追ってきた。

牢人たちと仙次郎がつづく。

安兵衛は笑月斎の後ろを走った。村中たちの足音と気配で、間合を読んでいる。

村中たちの足は思ったより速かった。安兵衛の背後に迫ってくる。

笹藪や雑草でおおわれた空地を過ぎると、通り沿いに小体な店や仕舞屋《しもたや》が点在し、道幅が狭くなっていた。

……これなら、逃げられる！

と、安兵衛は思った。

道幅が狭いため、村中たちは追いついてもまわり込めないはずだ。しんがりにいる安兵衛を斃《たお》さねば、前に行けない。しかも、安兵衛と対峙できるのは、ひとりだけである。

それに、大川端が通りの先に見えていた。こうした地では、敵は複数であっても、ひとりと同じだった。大川端の通りは、日中人通りが多いはずである。斬り合いをするわけにはいかないだろう。

安兵衛の背後に足音が迫っていた。気配から、村中であることが分かった。

……ここで、やるか。

ふいに、安兵衛は足をとめて反転した。

村中が慌てて足をとめ、八相に構えようとした。

「遅い！」

安兵衛が袈裟に斬り込んだ。俊敏な体捌きである。

間一髪、村中は上体を背後に倒して安兵衛の切っ先をのがれた。だが、体勢がくずれて後ろへよろめいた。

後ろから追ってきた牢人たちも足をとめ、身構えようとした。

安兵衛は牢人たちにかまわず、反転して駆けだした。すぐに、村中や牢人たちとの間がひらいた。

「追え！」

村中の甲走《かんばし》った声が聞こえたが、かなり遠かった。

こうした闘いこそが、安兵衛の喧嘩剣法の本領だった。闘いの場や敵の人数に応じて、臨機応変に動くのである。

いっとき走ると、安兵衛たちは大川端の通りへ出た。人影は思ったより多かった。陽気がいいせいかもしれない。初夏の陽射しのなかをぼてふり、町娘、雲水、船頭らしき男、供連れの武士などが行き交っている。

……何とか、逃げられた。

後ろを振り返ると、村中と牢人たちは足をとめていた。油堀沿いの通りに立って、こちらに目をむけている。

笑月斎と又八が路傍につっ立って、苦しそうに喘《あえ》ぎ声を上げていた。さすがに、息が上がったらしい。

安兵衛も、ハァ、ハァと荒い息を吐いた。胸が苦しかった。ちかごろ、これほど懸命に走ったことはなかった。

「た、助かったな」

笑月斎が声をつまらせて言った。

「き、傷は、どうだ」

安兵衛が荒い息を吐きながら訊いた。

「なに、かすり傷だ」

笑月斎が苦笑いを浮かべた。

着物は肩口から胸にかけて裂けていたが、それほど深い傷ではなさそうだった。出血はわずかである。

「どうやら、おれたちは、仙次郎におびき出されたようだ」

安兵衛たちは仙次郎を尾けたつもりだったが、村中たちがひそんでいた場所におびき出されたようである。

「まんまと罠《わな》に嵌《は》まったわけか」

笑月斎が渋い顔をした。

「となると、仙次郎は端《はな》からおれたちがあの長屋に来ることを知っていたわけだな」

安兵衛は大川端の道を川上にむかって歩きだした。駒形町に帰るつもりだった。

笑月斎は肩を並べて歩き、又八は後ろから跟《つ》いてきた。

「おれが、尾けられたのか」

笑月斎が肩を落とした。

「いや、そうではないだろう。これで、二度目だ」

安兵衛は、今日と同じように一柳の屋敷を探りに行ったときも、神田川沿いの道で待ち伏せされたことを話した。

「どうやら、笹川を見張っていたようだ」

安兵衛は、見張っていたのは仙次郎だろうと思った。笑月斎ではなく、安兵衛を見張っていたにちがいない。

「迂闊《うかつ》に動けんというわけか」

「そうだな」

安兵衛は、油断ならない一味だと思った。

4

玄次は、両国広小路の人混みのなかを歩いていた。屋台で食い物を売っている男や大道芸人などをつかまえて彦造のことを訊いたが、何の収穫もなかった。誰《たら》しの彦の噂を聞いた者はいたが、塒を知っている者はいなかったのである。

暮れ六ツ（午後六時）ごろだった。陽は家並の向こうに沈み、西の空は血を流したような残照につつまれていた。通行人たちは、迫り来る夕闇に急《せ》かされるように足早に行き交っている。

……あの親爺《おやじ》に訊いてみるか。

玄次は大川端沿いの水茶屋に目をとめた。

客の姿はなく、店の親爺が茶釜の脇の棚に茶碗を片付けていた。店先では、花柄の小袖に黒塗りの下駄を履いた娘が、絵筵《えむしろ》を敷いた床几《しょうぎ》の上に並べた座布団を集めている。店仕舞いを始めたようだ。

「親爺、すまねえ」

玄次が近寄って声をかけた。

「なんです？」

親爺は無愛想な顔をし、茶碗を片付ける手をとめようとしなかった。

「ちょいと、訊きてえことがあってな」

玄次は懐の巾着《きんちゃく》を取り出し、一朱銀を親爺に握らせてやった。ただでは、話さないとみたのである。

「何でも訊いてくだせえ」

とたんに、親爺が目尻を下げた。袖の下が利《き》いたらしい。

「彦造という男を知ってるかい」

「彦造ねえ」

親爺は首をひねった。

「誑しの彦といえば分かるか」

「ああ、噂は聞いてますぜ」

親爺の顔に、嫌悪の色が浮いた。

そのとき、床几の座布団を片付けていた娘が近寄ってきた。玄次の声が耳に入ったらしい。娘の目が、好奇心にひかっている。

「おれの知り合いが、彦造に泣かされてな。二度と手を出さねえように釘《くぎ》を刺しておきてえんだ」

玄次がもっともらしい顔をして言った。

「やつは、この広小路で女を漁《あさ》ってたが、ちかごろは見かけなくなったな」

親爺が言った。

「やつの塒を知らねえか」

玄次が知りたいのは、彦造の塒である。

「さァ、塒までは知らねえなァ」

親爺が首を横に振ったとき、聞き耳を立てていた娘が、

「あたし、聞いたことあるよ」

と、玄次に身を寄せて言った。

「娘さん、知ってるかい」

玄次が娘を振り返った。

「あたし、彦造という男に騙《だま》された女《ひと》に聞いたことがあるのよ」

娘が声をつまらせて言った。この手の話が好きらしい。

「話してくれ」

「辰乃屋《たつのや》のおよしちゃんから聞いたんだけどね。彦造に騙《だま》され、吉原に売られそうになったんだって」

後から親爺に訊いて分かったのだが、辰乃屋というのは、薬研堀《やげんぼり》にある老舗《しにせ》の料理屋だという。およしは、辰乃屋のひとり娘だそうだ。

「それで、彦造の塒も聞いたのかい」

玄次が水をむけた。

「およしちゃん、彦造に相生町の家に連れていかれたんだって」

「長屋かい」

「それが、一軒家らしいのよ」

「相生町《あいおいちょう》のどの辺りか分かると、探せるんだがな」

本所相生町は竪川《たてかわ》沿いにつづき、一丁目から五丁目まであるひろい町である。一軒家というだけでは、探すのがむずかしい。

「二ツ目橋ちかくだと言ってたけど……」

「そうか」

二ツ目橋は、竪川にかかる橋である。竪川には大川に近い一ツ目橋から三ツ目橋まで順にかかっている。

「いまも、彦造はそこにいるのかい」

玄次が念を押すように訊いた。

「およしちゃんから聞いたのは、半年ほど前だけど。いまも、いるのかしら。……分からないわねえ」

娘が小首をかしげた。はっきりしないのだろう。

それから、玄次は親爺と娘に、彦造の仲間のことも訊いたが、ふたりとも仲間のことは知らないようだった。

「邪魔したな」

そう言い置いて、玄次は水茶屋を出た。

外はすっかり夕闇につつまれていた。人影もまばらになっている。

……明日にするか。

玄次は、相生町へ行くのは明日にしようと思い、そのまま浅草三好町へ帰った。

翌朝、玄次は相生町に足を運び、二ツ目橋のたもとに立って通りの左右に目をやった。話の聞けそうな店を探したのである。

……あそこに、紅屋《べにや》があるな。

五軒ほど先に、小体な紅屋があった。口紅を売る店だが、白粉《おしろい》や髪油《かみあぶら》なども売っている。

若旦那ふうの男が、筆で貝殻に紅を塗っていた。男の前には紅の塗ってある小皿や貝殻などが並んでいる。紅は貝殻や小皿に塗ったものを売るのである。

「すまねえ、ちょいと訊きてえことがあるんだ」

玄次は店先に立って、若い男に声をかけた。

「なんです？」

男は紅を塗る筆をとめて、玄次に顔をむけた。

女のようなやわらかな物言いである。娘相手の商売なので、そうなったのであろう。

「この辺りに、彦造の家があると聞いてきたんだがな」

「彦造さんですか」

男は首をかしげた。

「誑しの彦と言えばわかるかな」

玄次は声を低くして言った。

「……その、彦造さんね」

男は顔をしかめた。

「分かるかい」

「わたしが、教えたことは黙っててくださいよ。後で、因縁《いんねん》でもつけられると嫌《いや》ですからね」

そう言って、男は筆を紅の塗ってある皿の上に置いた。

「分かった。この店のことは口にしねえ」

「一町ほど先に、瀬戸物屋がありましてね。その脇の路地を入ったところにある借家ですよ」

男によると、板塀をめぐらせた古い家なので、行けばすぐに分かるという。

「すまねえ」

玄次は男に礼を言って、店先から離れた。

男に教えられたとおりに行ってみると、それらしい借家ふうの家はすぐに分かった。

辺りに人影はなく、ひっそりとしていた。板塀に身を寄せて聞き耳を立てたが、家のなかから物音も話し声も聞こえなかった。留守のようである。

玄次は通りにもどって瀬戸物屋で訊くと、若い奉公人が、彦造の家だと教えてくれた。

「留守のようだが、彦造は独り暮らしかい」

玄次は奉公人に訊いた。

「そのようですよ」

「行き先は、分からねえだろうな」

「どこへ出かけるのやら。あまり家にはいないようですよ」

奉公人は、顔をしかめて言った。彦造を知っている男は、みな同じような顔をする。女を食い物にしているような男は許せない、という気持ちがあるのだろう。

玄次は彦造の仲間のことも訊いてみたが、奉公人はそこまでは知らないようだった。

「手間をとらせたな」

そう言い置いて、玄次は瀬戸物屋の前から離れた。

……彦造の塒がつかめたな。

玄次は、竪川沿いの道を歩きながらつぶやいた。

5

玄次が安兵衛に訊いた。

「旦那、どうしやす？」

彦造の塒をつかんだ翌日だった。玄次は安兵衛の考えを聞いてから、次の手を打とうと思い、笹川に足を運んできたのである。

「さすが、玄次だ。手が早《はえ》え。……だが、迂闊《うかつ》に動けねえんだ。どこに、やつらの目がひかっているか分からねえからな」

安兵衛は仙次郎の塒をつかみ、跡を尾けたはずだったが、仙次郎におびき出されて襲われた経緯を話した。

「どうも、笹川が見張られているようなのだ」

と、安兵衛が言い添えた。

「しばらく、あっしが彦造を尾けてみやしょうか」

玄次が言った。

「いや、彦造を締め上げた方が早えだろう。それに、いつまでも笹川に籠《こも》っているつもりはねえからな」

安兵衛は、彦造を尾けまわすと、玄次が狙《ねら》われるのではないかと思ったのである。

「何か手がありやすか」

玄次が訊いた。

「笹川の者を装《よそお》って出かけるつもりだ」

安兵衛は、すでにそのつもりで、笹川から出るときは手を貸してくれ、とお房と梅吉に頼んであったのだ。

「旦那、彦造をおさえるにしろ、やつが塒に帰らねえことには、どうにもなりませんぜ」

玄次が声を低くして言った。

「そうだな」

「あっしが、しばらく塒を見張りやすよ。やつがもどったら、すぐに知らせやすから」

「油断するなよ」

「へまはしませんや」

そう言って、玄次は腰を上げた。

玄次がふたたび笹川に顔を出したのは、二日後の六ツ半（午後七時）ごろだった。辺りは淡い夜陰に染まっている。笹川の忙しい時で、何組かの客が入っていた。

「旦那、彦造が塒に帰《けえ》ってきやしたぜ」

玄次が安兵衛に言った。

「いまも、塒にいるのか」

「へい」

「今夜は、塒にとどまるかな」

相生町まで行っても彦造がいなければ、どうにもならない。

「いるはずでさァ」

玄次によると、彦造に七ツ（午後四時）前に塒にもどり、陽が沈むころ近くの一膳めし屋で一杯やってから、ふたたび塒に帰ったという。

「よし、今夜、やろう」

安兵衛は、考えていた手筈《てはず》を玄次に話した。

「そいつは、いいや」

玄次がニヤリと笑った。

玄次が笹川から出て、小半刻（三十分）ほどしたときだった。梅吉といっしょに船頭のような格好をした男が、店先から通りへ出てきた。小袖を裾高に尻っ端折りし、笹川の印半纏《しるしばんてん》を羽織っている。

男は手ぬぐいで頬《ほお》っかむりし、小脇に丸めた莫蓙《ござ》を持っていた。船底に敷く莫蓙である。だれが見ても、笹川の船頭に見える。

安兵衛だった。丸めた莫蓙のなかには、二刀が隠してある。

ふたりは、笹川の猪牙舟《ちょきぶね》の舫《もや》ってある桟橋にむかった。

桟橋のそばに玄次が待っていた。

「旦那、うまく化けやしたね」

玄次が、安兵衛に身を寄せて言った。

「ところで、尾けてるやつがいるか」

安兵衛が訊いた。

「……いねえようだ」

玄次が周囲に目をやって言った。

「この格好なら、おれとは思うめえ。……玄次も乗ってくれ」

安兵衛と玄次は、梅吉につづいて猪牙舟に乗り込んだ。相生町まで、舟で行くことにしていたのだ。歩くより速いし、尾行される心配もない。それに、安兵衛は捕らえた彦造を舟で笹川まで連れてくるつもりだったのだ。

安兵衛と玄次が舟に乗り込むと、

「舟を出しやすぜ」

梅吉が声をかけた。

桟橋を離れた舟は、夜陰につつまれた大川をすべるように下っていく。

頭上の月が皓々《こうこう》とかがやいていた。大川の川面は月光を映し、無数の青磁色の波の起伏を刻んでいた。巨大な龍の鱗《うろこ》のようである。川面はうねりながら、両国橋の彼方までつづいている。

日中は猪牙舟、屋形船、艀《はしけ》などが行き交っているのだが、いまは船影もなく、流れの音だけが聞こえていた。

「舟を竪川へ入れやすぜ」

艫《とも》に立った梅吉が、艪《ろ》をあやつりながら言った。

すぐに、水押しが左手にむけられ、安兵衛たちの乗る舟は竪川に入った。

いっとき、竪川を東にむかい、二ツ目橋が見えてきたところで、梅吉は舟を左手に寄せた。岸辺に、ちいさな船寄があった。

梅吉は船縁を船寄に付けると、

「下りてくだせえ」

と、安兵衛と玄次に声をかけた。

すぐに、安兵衛は莫蓙にくるんであった二刀を手にして船寄に飛び下りた。つづいて、玄次が舟から船寄に下り立った。

「梅吉、舟で待っていてくれ」

そう言い置き、安兵衛と玄次は短い石段を上がって通りへ出た。

「こっちでさァ」

玄次が先にたった。

竪川沿いの通りに人影はなかった。通り沿いの表店は夜陰につつまれ、ひっそりと寝静まっている。

ただ、月明りで提灯はなくとも歩けた。安兵衛と玄次は短い影を落とし、小走りに彦造の塒にむかった。

6

「旦那、あの家でさァ」

玄次が路地に足をとめて指差した。

前方に、板塀をめぐらせた仕舞屋があった。夜の帳《とばり》につつまれ、黒く沈んでいる。かすかな灯《ひ》の色があった。行灯《あんどん》でも点《とも》っているらしい。

「起きているようだな」

安兵衛たちは足音を忍ばせて、板塀に近付いた。

板塀の隙間から覗くと、障子がぼんやりと明らんでいる。かすかな物音もした。瀬戸物の触れるような音である。彦造が酒でも飲んでいるのかもしれない。

「どうしやす」

玄次が小声で訊いた。

「踏み込むしかないが……。逃げられたらやっかいだな」

安兵衛は家の周囲に目をやった。

夜陰につつまれ、家の輪郭がぼんやりと分かるだけだが、戸口、縁先、それに狭い庭などが識別できた。家から逃げ出せるのは、戸口と縁先、それに裏口があるかもしれない。ただ、裏口があっても、家の裏手は板塀がまわしてあるので、庭に出てくるしかないだろう。

「玄次、表の戸口から踏み込んでくれ。おれが庭にいて、やつが飛び出してきたらつかまえる」

「承知しやした」

ふたりは、足音を忍ばせて戸口にむかった。

玄次が表の引き戸に手をかけてそっと引くと、すこしだけ戸があいた。心張り棒はかってなかったらしい。盗人が入るような家ではないので、戸締まりなどに気を使わないのだろう。

「おれは、庭にまわる」

安兵衛は小声で言って庭にまわった。

そこは、庭というより狭い空地だった。草など取ったことはないらしく、雑草が生《お》い茂《しげ》っている。

安兵衛は、庭の隅の暗がりに腰をかがめた。すぐ目の前が縁側になっていて、その先に障子がたててあった。障子に行灯の灯が映り、ほんのりと明らんでいる。

その座敷に、彦造はいるらしかった。衣擦《きぬず》れの音と瀬戸物の触れ合う音が聞こえてきた。貧乏徳利の酒を手酌で飲んでいるのかもしれない。

そのとき、表の戸口でさらに大きく引き戸をあける音がした。玄次が踏み込んだようだ。

ふいに、座敷の物音が消え、

「だれでえ！」

と、声がひびいた。つづいて、障子の向こうで人の立ち上がる気配がした。

表の戸口で、ドカドカと床板を踏む足音がし、

「彦造、お縄を受けろ！」

と、玄次が声を上げた。わざと音をたてて、表の戸口から町方が踏み込んだように思わせたのである。

「ちくしょう！　つかまってたまるか」

座敷で怒鳴り声がし、ガラリと障子があいた。

月明りにぼんやり浮かび上がった顔は、色白で端整だった。彦造である。

彦造は弁慶格子《べんけいごうし》の小袖を裾高に尻っ端折りしていた。縁先に出てくると、逃げ場を探すように周囲に目をやった。暗がりにいる安兵衛には、気付かないようだ。

彦造が縁先から庭に飛び下りた。

すぐに、安兵衛が立ち上がった。抜刀して刀身を峰《みね》に返すと、彦造の前に走った。

ザザッ、と雑草を踏み分ける音がひびき、八相に構えた刀身が月光を反射て銀《ぎん》蛇《だ》のようにひかった。

「てめえは！」

彦造がひき攣《つ》ったような声を上げて、その場につっ立った。

安兵衛は彦造の前に一気に踏み込んだ。獲物に迫る獣《けもの》のような俊敏な動きである。

「助けてくれ！」

彦造が悲鳴を上げて反転した。

かまわず、安兵衛は踏み込みざま刀を一閃させた。

八相から刀身を寝せて横一文字に。一瞬の太刀捌きである。

閃光が夜陰を切り裂き、逃げようとした彦造の脇腹をとらえた。

ドスッ、と皮肉を打つにぶい音がし、彦造の上体が前にかしいだ。安兵衛の峰打ちが彦造の腹を強打したのだ。

彦造は腹を押さえてうずくまった。低い呻《うめ》き声を上げている。

「彦造、動くな！」

安兵衛が彦造の首筋に切っ先をつきつけた。

そこへ、戸口からまわった玄次が走り寄ってきた。

「玄次、猿轡《さるぐつわ》をかましてくれ」

「へい」

玄次は懐から手ぬぐいを取り出し、すばやく彦造に猿轡をかませ、さらに彦造の両手を後ろに取り、細引で縛り上げた。岡っ引きだっただけあって、縄をかけるのは巧みである。

「……！」

彦造は恐怖に目を剝《む》いて身を顫《ふる》わせている。

「彦造、立て！」

玄次が彦造の脇に腕を入れて立ち上がらせた。

安兵衛と玄次は彦造を連れ、梅吉の待つ桟橋にもどった。これから、笹川に連れていくのである。

安兵衛たちが彦造を舟に乗せると、

「舟を出しやすぜ」

梅吉が棹《さお》を手にして舟を船寄から離した。

舟は竪川から大川に出た。大川は深い夜陰につつまれていた。梅吉の漕ぐ舟は、水押しで川面を分けながら川上へむかった。白い水飛沫《みずしぶき》が、水押しの左右に散っていく。

梅吉は駒形町の桟橋に船縁を寄せ、

「着きやしたぜ」

と、声をかけた。

笹川はまだ店をひらいていたが、静かだった。大半の客は帰ったらしい。

安兵衛と玄次は彦造を笹川の裏口から入れ、二階の布団部屋に連れていった。

そこで、話を聞こうと思ったのである。

7

行灯の灯に、安兵衛、玄次、彦造の顔が浮かび上がっていた。猿轡をかませられた彦造は、恐怖に顔をゆがめている。

「ここなら、声を上げてもかまわねえ」

安兵衛が、切っ先を彦造の首筋につきつけて言った。

行灯の灯に横から照らされた安兵衛の顔は深い陰影を刻み、双眸が灯を映して赤くひかっていた。凄みのある顔である。

「玄次、猿轡を取ってくれ」

「へい」

玄次が彦造の猿轡をはずした。

「お、おれを、どうするつもりだ」

彦造が声を震わせて言った。

「おまえしだいだ。おとなしく話せば、痛い目に遭わずに済む」

「……！」

コクッ、と彦造の喉が鳴った。唾を飲み込んだらしい。

「まず、仙次郎といっしょにおれを襲った牢人の名を訊こうか」

「し、知らねえ。おれは、仙次郎などという男も知らねえんだ」

彦造が、安兵衛を見上げて訴えるように言った。

「痛い目に遭わねえと、しゃべらねえか」

言いざま、安兵衛は切っ先を彦造の頬に当てて引いた。

ヒイイッ！

彦造が喉を裂くような悲鳴を上げ、凍りついたように身を硬くした。

色白の頬に血の線が浮き、ふつふつと血が噴き、赤い筋を引いて頬をつたった。

「彦造、申し上げな。せっかくの色男が、台無しだぜ」

脇から玄次が言った。

「……！」

彦造は目をつり上げ、恐怖に身を顫わせているだけで、何も言わなかった。

「まだ、しゃべる気になれねえか」

安兵衛は切っ先を左の耳に当て、

「今度は、耳を落とすぜ」

と、彦造を睨《にら》むように見すえて言った。

「この旦那はな、耳ぐれえじゃァすまねえで。耳の次は鼻を削《そ》ぎ、それでもしゃべらなけりゃァ、目をえぐり出す」

玄次が言い添えた。

「先に、鼻を削いでもいいぞ」

安兵衛は切っ先を耳から離して、鼻に当てた。

すると、彦造の顔が紙のように白くなり、激しく身を顫わせながら、

「しゃ、しゃべる」

と、掠《かす》れた声で言った。

「端《はな》からしゃべれば、痛い目に遭わずに済んだのだ。……もう一度訊くぞ、仙次郎といっしょにいた牢人の名は？」

「村中半十郎……」

「村中な」

安兵衛は聞いた覚えのない名だった。おそらく、牢人であろう。

「辻斬《つじぎ》りは、村中だな」

「へ、へい」

「それで、村中の塒《ねぐら》は？」

安兵衛は村中の居所が知りたかった。早く村中を始末しないと、いつ襲われるか分からないのである。

「し、知らねえ」

「おい、鼻を落とされたいのか」

安兵衛が切っ先を鼻にむけると、

「嘘じゃァねえ。村中の旦那の塒は知らねえんだ。仙次郎がつないでいたんで、おれは行ったことがねえんだ」

彦造が声をつまらせて言いつのった。

「行ったことはなくとも、どこに塒があるか聞いているはずだ」

さらに、安兵衛が訊いた。

「柳橋の料理屋に、村中の旦那の情婦《いろ》がいるってことは聞いておりやすが……」

「料理屋の名は？」

「聞いてねえ。おれは、村中の旦那が、一柳の旦那と話しているのを小耳にはさんだだけなんでさァ」

「うむ……」

安兵衛は、彦造が嘘を言っているとは思わなかった。みずから、一柳の名を口にしたからである。

「一柳だが、どこにいる」

安兵衛が声をあらためて訊いた。一柳の隠れ家も知りたかったのだ。

「中御徒町のお屋敷でさァ」

「その屋敷には、ほとんどいないようだぞ」

「お屋敷にいねえときは、情婦《いろ》のところでさァ」

彦造が首をすくめるようにして言った。

「その情婦は、どこにいるのだ」

「つるやってえ小料理屋で」

「その店は、どこにある？」

安兵衛は、店の名を聞いた覚えはなかった。浅草寺界隈ではないだろう。

「佐久間町で」

彦造によると、神田川にかかる新シ橋の近くだという。

「すると、神田川沿いか」

思わず、安兵衛の声が大きくなった。佐久間町は神田川沿いにひろがっている。お菊が駕籠で連れ去られたとき、川の流れの音が聞こえたと言っていた。閉じ込められたのは、つるやではないか、と安兵衛は思った。

「そうでさァ」

「彦造、鶴乃屋のお菊を監禁していたのは、つるやだな」

「へえ……。ですが、旦那、あっしはお菊に手を出しちゃァいねえ。お菊の方からあっしに言い寄って来たんですぜ。あっしは、咎《とが》められるようなことは何もしてねえんだ」

彦造が急に声を大きくして言った。

「おめえが、何をしたか吟味するのは、おれじゃァねえ。八丁堀だよ」

安兵衛は、彦造から話を聞いた後、身柄は倉持に渡すつもりだった。倉持が辻斬りや娘の勾引《かどわか》しについて調べるはずである。

「八丁堀……」

すこし赤みを取り戻していた彦造の顔が、また蒼ざめた。八丁堀と聞いて、恐怖を覚えたのであろう。

「ところで、仙次郎と村中がおれたちを襲ったとき、牢人者が三人もくわわっていたが、あいつらは?」

安兵衛が訊いた。

「一柳の旦那と仙次郎が、賭場で知り合った連中を金で買ったんでさァ」

「そうか」

安兵衛は、そんなことではないかとみていたのだ。

「それで、おまえたちの頭はだれだ」

安兵衛が声をあらためて訊いた。

「頭と決まっちゃァいねえが、一柳の旦那が親分格でさァ」

「やはり、そうか。……ところで、仲間は四人だな」

一柳を頭格にし、辻斬りの村中、町人の仙次郎、それに彦造である。金で買った牢人は別とみていい。

「へい……」

「彦造、おまえはどこで一柳と知り合ったのだ」

一柳は無頼者だが、御家人である。その一柳と女誑しの彦造がどこで知り合ったのか、安兵衛は知りたかった。

「仙次郎が、一柳の旦那とつるんでたんでさァ」

彦造によると、仙次郎は賭場で一柳と知り合ったという。その後、仙次郎が彦造に一柳を会わせたそうだ。

「そうか」

安兵衛が口をつぐむと、

「旦那、他の三人はともかく、あっしは何もしてねえんだ。……一柳の旦那たちとは縁を切りやすから、あっしを帰《けえ》してくだせえ」

彦造が眉宇を寄せて泣き声で言った。

「そうはいかねえ。おめえは、何人もの娘を泣かしてきたんだ。今度は、おめえの泣く番だよ」

安兵衛が突《つ》っ撥《ぱ》ねるように言うと、彦造はがっくりと肩を落とした。

第五章　悪の巣

1

「旦那《だんな》、似合いやすぜ」

又八が笑いながら言った。

安兵衛は今日も船頭《せんどう》のように身を変え、手ぬぐいで頰《ほお》っかむりし、丸めた莫蓙《ござ》をかかえて笹川を出てきたのである。

安兵衛、玄次、又八の三人は、千住街道を浅草御門の方へむかって歩いていた。彦造から聞き出したつるやに、一柳たちが身をひそめているか探るためである。

「念のためだ。それに、この格好も悪くない」

安兵衛は、格好など気にしなかった。

七ツ(午後四時)ごろだった。千住街道は賑《にぎ》わっていた。どこの町筋でも見かけるぼてふり、職人、町娘、店者、供連れの武士などにくわえ、浅草寺の参詣客や旅人なども大勢行き交っていた。

「旦那、倉持の旦那に知らせなくていいんですかい」

歩きながら、又八が訊《き》いた。

「一柳は、町方がお縄にするわけにはいくまい。それに、村中を捕らえるとなると、捕方は大勢斬られるぞ」

村中が、町方の縄をおとなしく受けるとは思えなかった。おそらく、刀をふるって抵抗するはずだ。そうなると、町方も簡単に村中を捕縛《ほばく》できないだろう。

「一柳はともかく、村中はおれが斬る」

安兵衛の声は静かだったが、強いひびきがあった。安兵衛の胸の内には、ひとりの剣客として村中の遣《つか》う風疾《かぜばし》りの剣と勝負したい気持ちがあったのだ。

そんな話をしているうちに、安兵衛たちは浅草御門の前まで来ていた。神田川沿《ぞ》いの道を湯島方面へ歩けば、佐久間町に出られる。

佐久間町は神田川沿いに長くつづいている。彦造の話によると、つるやは新シ橋の近くだという。

湯島方面にむかって神田川沿いの道をいっとき歩くと、前方に新シ橋が見えてきた。夕日が橋の向こうに沈みかけている。

三人は通り沿いの表店《おもてだな》に目をやりながら歩いた。春米屋《しょうまい》、八百屋、下駄屋、そば屋、一膳めし屋など、町人の暮らしに必要な店が多いようである。

三人は新シ橋のたもとを過ぎた。

「旦那、それらしい店はありませんぜ」

又八が、焦《じ》れたような顔をして言った。

「もう、すこし先かもしれねえ」

そう言って、玄次は通りの先に目をやり、

「あれだな」

と、前方を指差した。

十軒ほど先に、小料理屋らしい店があった。戸口が小洒落《こじゃれ》た格子戸になっている。間口は狭いが二階建てである。

安兵衛たちは、足をとめずに通行人の流れにまかせて歩いた。小料理屋から見ている者がいても、不審をいだかせないためである。

安兵衛たちは店の前を通りながら、店先に目をやった。店はひらいているらしく、暖簾《のれん》が出ていた。戸口の脇に掛け行灯《あんどん》があった。まだ火は点《とも》っていなかったが、つるや、と書いてあるのが見てとれた。

……この店が、一柳の隠れ家だ！

と、安兵衛は確信した。

安兵衛たちは、つるやの前から一町ほど過ぎてから路傍に足をとめた。

「どうしやす」

玄次が訊いた。

「店に、一柳がいるかどうか知りたいが、店に入るわけにはいかんな」

踏み込むのは、一柳の所在をつかんでからである。

「近くの店で訊いてみやすか」

「そうだな」

安兵衛も、近所で訊けば店の様子が知れるだろうと思った。

「手分けして聞き込むか」

安兵衛は、三人いっしょだとかえって話が訊きづらいと思った。

「そうしやしょう」

三人は、暮れ六ツ（午後六時）の鐘《かね》が鳴ったら、新シ橋のたもとに集まることを約してその場で別れた。

……さて、どこで訊くか。

安兵衛は通りの左右に目をやった。

神田川の半町ほど先に、桟橋があるのが目についた。数艘《すうそう》の猪牙舟《ちょきぶね》が舫《もや》ってある。一艘の舟に、人のいるのが見えた。船頭らしい。

安兵衛は、船頭に訊いてみようと思った。船頭なら、付近の飲み屋や小料理屋に顔を出すのではないかと思ったのである。

船頭は印半纏《しるしばんてん》を羽織《はお》り、船底に敷いた茣蓙《ござ》を丸めていた。客を乗せた後の片付けをしているようだ。近くの船宿の船頭であろうか。

安兵衛は桟橋につづく石段を下り、船頭のいる舟に近付いた。

「ちょいと、すまねえ」

安兵衛が声をかけた。伝法《でんぽう》な物言いである。安兵衛は、茣蓙をかかえて船頭のような格好をしていたので、そうした言葉を遣ったのである。

「おれに用かい」

船頭が茣蓙をかかえて、舟から桟橋に下りて来ながら言った。三十がらみだろうか。陽に灼《や》けた丸顔をしていた、目の端に大きな黒子《ほくろ》がある。

「おめえに、訊きてえことがあってな」

安兵衛は船頭になりきっていた。

「なんだい?」

「この先に、つるやってえ小料理屋があるだろう」

「ああ」

「色っぽい女将《おかみ》がいるな」

安兵衛は、女将が色っぽいかどうか知らなかったが、そう訊いたのである。

「おらんのことか」

船頭の口許に薄笑いが浮いた。

「そうよ」

女将の名は、おらんらしい。

「十日ほど前に、つるやで一杯《いっぺえ》やってよ。いい女なんで、一昨日も行ったんだが、ちょいと嫌なことを小耳にはさんでよ。どうしたものか、迷ってるんだ」

安兵衛は、もっともらしい作り話を口にした。

「おめえ、女将に手を出すつもりだったのか」

船頭は呆《あき》れたような顔をした。

「手を出すつもりじゃァねえが……」

安兵衛は照れたような顔をして、

「女将には、怖《こえ》え情夫《いろ》がいると聞いたんだが、ほんとのことかい」

と、小声で訊いた。

「女将の情夫は、お侍よ。それも、瘦《や》せ牢人じゃァねえぜ。歴《れっき》としたお武家よ」

船頭が声をひそめて言った。

「店にいた客が、一柳と口にしたのを耳にしたが、そいつか」

安兵衛は一柳の名を出した。

「名は知らねえ」

「そのお侍は、どこからつるやに通ってるんだい」

安兵衛は何気なく訊いた。

「お屋敷は、中御徒町らしいと聞いた覚えがあるな」

「中御徒町な」

まちがいない。一柳である。

「それで、女将の情夫はいつも店にいるのかい」

「ちかごろ、店にいることが多いらしいな。店といっても、ふだんは二階にいるようだぜ」

「それじゃァ、女将に手は出せねえな」

安兵衛はがっかりしたような顔をした。

「やめときな。女将に手を出せば、その場でバッサリだぜ」

船頭はそう言うと、石段の方へ歩きだした。

安兵衛は、その場に立ったまま船頭の背を見送った。まだ訊きたいことはあったが、それ以上訊くとぼろが出そうだったのである。

それから、安兵衛は神田川沿いの店に立ち寄って、一柳とつるやのことを訊いてみたが、新たなことは分からなかった。

2

安兵衛が新シ橋のたもとに行くと、玄次と又八の姿があった。

橋梁は淡《あわ》い暮色《ぼしょく》につつまれ、人影はまばらだった。迫り来る夕闇に急かされるように、足早に橋を渡っていく。

「どうだ、そばでも食いながら話すか」

安兵衛が、ふたりに歩を寄せて言った。

笹川までは遠かった。それに、だいぶ歩きまわって腹がすいていたのである。

「そうしやしょう」

又八が、すぐに声を上げた。又八も、腹がすいているらしい。

安兵衛たちは、神田川沿いの道を柳橋の方へむかって歩いた。そして、浅草御門の近くまで来ると、手頃なそば屋が目についた。

「この店にするか」

安兵衛たちは、そば屋の暖簾《のれん》をくぐった。

顔を見せた小女に座敷があるか訊くと、奥に小座敷があるとのことだった。

「座敷を頼む」

安兵衛は、座敷で客の耳目を気にせずに話したかったのである。

座敷に腰を落ち着け、とどいた酒で喉《のど》をうるおしてから、

「まず、おれから話そう」

と、安兵衛が切り出し、桟橋にいた船頭から聞き込んだことをふたりに話した。

「やはり、一柳はつるやにいやしたか」

玄次が低い声で言った。

「そっちも、何か知れたか」

安兵衛は、玄次と又八に顔をむけて訊いた。

「あっしは、つるやに出入りしてる酒屋から聞いたんですがね。一柳はつるやの二階にいるようですぜ」

「二階に、客は上げないようだな」

そのことは、安兵衛も聞いていた。

「旦那、仙次郎ですがね、つるやにいることが多いようですぜ」

玄次によると、仙次郎は入船町の塒《ねぐら》を出た後、つるやにもぐり込んだのではないかという。

「それに、気になることを耳にしたんですがね」

玄次が声をあらためて言った。

「なんだ」

「ちかごろ、店で牢人者が飲んでることが多いそうですぜ」

玄次が言うと、

「あっしも、その話は聞きやした」

と、又八が身を乗り出して言った。

又八は、三日前の晩、つるやで飲んだという通り沿いの魚屋の親爺から話を聞いたという。

「親爺の話だと、徒牢人《いたずらろうにん》がふたり、遅くまで飲んでいたそうでさァ」

又八が言い添えた。

「おれたちを襲った牢人ではないかな」

彦造は、一柳と仙次郎が賭場《とば》で知り合った牢人を金で買ったと話していた。おそらく、その牢人もつるやに出入りしているのだろう。

「どうやら、つるやは悪党たちの巣のようだ」

安兵衛が低い声で言った。双眸《そうぼう》が強いひかりを帯びている。

「旦那、どうしやす」

玄次が訊いた。

「つるやに村中はいないようだが、おれたちだけで踏み込むのはむずかしいな」

一柳と仙次郎、それに無頼《ぶらい》牢人がふたりはいるとみなければならない。安兵衛、笑月斎、玄次、又八だけでは、返り討ちに遭うかもしれない。それに、安兵衛は一柳をどうするか、内藤とも相談したかった。

「明日、内藤どのと会ってみよう」

安兵衛は、玄次にも内藤のことを話してあったのだ。

それから、安兵衛たちは半刻（一時間）ほど酒を飲み、そばで腹ごしらえをしてからそば屋を出た。


翌日、安兵衛は陽が西の空にまわってから笹川を出て、神田小川町にある内藤の屋敷にむかった。屋敷のある地は、内藤と会ったときに念のために聞いておいたのだ。

陽が沈むころに笹川を出たのは、内藤が屋敷に帰るころを見計《みはか》らって屋敷を訪ねたいと思ったからである。

内藤家は二百石と聞いていたが、長屋門だった。ただ、門番はいないようである。脇のくぐり戸があいていたので、声をかけると、若党《わかとう》らしき武士が姿を見せた。

「それがし、長岡依之助の身内、長岡安兵衛にござる。内藤どのにお取次願いたい」

安兵衛は依之助の名を出した。そうでないと、相手にされないとみたのである。

「長岡さまとおおせられると、御目付さまにございますか」

若党らしき武士が緊張した面持《おもも》ちで訊いた。

「いかにも、目付の長岡にござる」

安兵衛は胸を張って言った。

「し、しばし、お待ちを」

武士は、慌てて奥へ引っ込んだ。

いっときすると、武士が内藤を連れてもどってきた。すでに、内藤は羽織袴を脱いでいた。小袖を着流したくつろいだ格好である。

「おお、安兵衛どの、よう見えられた。入ってくれ」

内藤はくつろいだ物言いで、安兵衛を招《しょう》じ入れた。内藤は長岡家の屋敷で会ったときとちがって、だいぶくだけていた。安兵衛が気楽な牢人暮らしをしていると知って、身分の上下を気にすることはないと思ったせいであろう。

安兵衛と内藤は玄関を入った右手の客間に腰を落ち着け、女中が運んできた茶を口にした後、

「一柳の隠れ家が見つかったよ」

と、安兵衛が切り出した。安兵衛も内藤と同じようにくだけた物言いをした。

すでに、安兵衛は、笹川に顔を出した内藤に一柳が彦造や仙次郎と組んで商家

や料理屋などに因縁をつけて強請《ゆす》ったり、娘を色仕掛けで連れ出して身の代金を巻き上げたりしていることなどを話してあったのだ。

「さすが、安兵衛どの、見事な探索ぶりでござる」

内藤が感心したように言った。

「それで、一柳はどうする？　捕らえるのは、容易ではないぞ」

安兵衛が訊いた。隠れ家のつるやには、一柳の他に仲間の仙次郎や牢人が何人かいるとみなければならない。

「一柳は、おとなしく縄を受けるような男ではないからな」

内藤の顔に憂慮《ゆうりょ》の翳《かげ》が浮いた。

「斬るか」

「町人と牢人は、町方にまかせてもいいが」

「町方とは別に、一柳だけ捕らえることはできないぞ」

つるやに踏み込めるのは、一度だけである。

「ならば、いっしょに斬るしかないな」

内藤によると、此度《こたび》の件で幕臣がかかわっているのは一柳だけなので、吟味《ぎんみ》して他の仲間をあばく必要はないという。捕縛のおりに、抵抗したのでやむなく斬ったということで始末がつけられるそうだ。

「目付筋からも、手が出せるか」

つるやには、村中もいるかもしれない。そうなると、内藤だけでは戦力が足りない気がしたのだ。

「三人ほどで、どうだ」

内藤が、御徒《おかち》目付のなかから腕の立つ者をふたりくわえると言い添えた。

「じゅうぶんだ」

安兵衛、笑月斎、内藤、それにふたりの遣い手がくわわれば、村中がつるやにいたとしても、後《おく》れをとるようなことはないだろう。

「それで、いつやる」

内藤が訊いた。

「早い方がいい。明後日の未明はどうかな」

日中、神田川沿いの通りは人通りが多い。それに、夕方はつるやに客がいるだろう。とすれば、未明しかないのだ。

「承知した」

内藤が顔をけわしくしてうなずいた。

3

安兵衛は、そっと笹川の格子戸をあけた。お房とお満は眠っているようである。

店の外は、まだ夜陰につつまれていた。頭上で星がまたたいている。ただ、東の空はかすかに明らんでいた。半刻（一時間）もすれば、朝日が顔を出すかもしれない。

店の前に、玄次と又八の姿があった。これから、つるやまでいっしょに行くことになっていたのである。

「旦那、笑月斎の旦那は」

又八が訊いた。

「駒形堂の前で、待っているはずだ」

駒形堂は、つるやへの道筋にあった。そこで、笑月斎が待っている手筈になっていたのだ。

「行くか」

「へい」

玄次がうなずいた。

安兵衛たちが駒形堂の前まで来ると、笑月斎の姿があった。ふだんの袖無しに袴姿で、腰に脇差を帯びている。

「待ったか」

安兵衛が声をかけた。

「いや、来たばかりだ」

そう言って、笑月斎が近付いてきた。

安兵衛たち四人は、駒形堂の前から千住街道へ出た。そして、浅草御門の方へ歩きだして間もなく、

「あっしと又八は、先に行きやすぜ」

と、玄次が言った。ふたりは、先につるやに行き、店の様子を探る手筈になっていたのだ。

「そうしてくれ」

安兵衛が言うと、ふたりは小走りに浅草御門の方へむかった。

千住街道は、まだ夜陰におおわれていた。日中は大勢の老若男女が行き交っているのだが、いまは人影もなく夜の静寂《しじま》につつまれている。

人気のない街道に、安兵衛と笑月斎の足音だけがひびいた。

「長岡、目付筋の者たちは？」

歩きながら、笑月斎が訊いた。

「新シ橋のたもとで待っているはずだ」

安兵衛は、内藤たち三人がくわわることを話した。

「つるやにいる者たちを斬ってもいいのだな」

笑月斎が小声で訊いた。

「斬ってもいいが、仙次郎だけは生きて捕らえたいのだ。笑月斎は、仙次郎を峰打ちで仕留《しと》めてくれんか」

安兵衛は、仙次郎から村中の塒《ねぐら》を聞き出したかったし、生け捕《いど》りにして倉持に渡したかったのである。

「承知した」

笑月斎がうなずいた。

そんなやり取りをしながら、ふたりは、浅草御蔵の前を過ぎて浅草御門の前を右手におれた。そこから先は神田川沿いの道になる。

「だいぶ、明るくなってきたな」

東の空が茜色《あかねいろ》に染まり、町筋がほんのり白んできた。まだ、家々は深い眠りにつつまれていたが、夜陰にとざされていた家並や木々は、その輪郭をあらわしている。

神田川沿いの道をいっとき歩くと、新シ橋が見えてきた。橋のたもとに黒い人影が見えた。三人。内藤たちらしい。

安兵衛と笑月斎が近付くと、内藤たちが歩を寄せてきた。

安兵衛と笑月斎が名乗ると、内藤に同行したふたりが、

「緒形新之助《おがたしんのすけ》でござる」

「それがしは、前川孫十郎《まえかわまごじゅうろう》ございます」

と、名乗った。

緒方は長身で、面長《おもなが》だった。前川はずんぐりした体軀《たいく》で、顔の大きな男だった。ふたりとも腰が据《す》わり、身辺に隙がなかった。その体軀や身構えからも、剣の遣い手であることが見てとれた。

「つるやに、一柳はいるかな」

内藤が訊いた。そのことが、気掛かりなのであろう。

「いるはずだ」

安兵衛は、牢人はともかく一柳と仙次郎はつるやの二階にひそんでいるのではないかとみていた。

「長岡、又八が来たぞ」

笑月斎が言った。

見ると、通りの先から又八が走ってくる。

又八は、安兵衛のそばに走り寄ると、

「旦那、一柳たちはいるようですぜ」

と、荒い息を吐きながら言った。

又八が口早にしゃべったことによると、玄次がつるやの裏手にまわり、軒下まで近付いて家のなかの物音を聞き取ったという。

「二階から、大鼾《おおいびき》が聞こえたそうでさァ」

又八が言い添えた。

「玄次は、まだつるやのそばにいるのか」

「へい」

「よし、おれたちも行こう」

安兵衛は、鼾の主が一柳と決めつけるわけにはいかないが、一柳は二階にいるとみていいだろうと思った。

だいぶ、町筋が明るくなってきた。まだ、表店の軒下や樹陰には夜陰が残っていたが、家々はくっきりと輪郭をあらわし、色彩をとりもどしていた。どこからか、一番鶏《いちばんどり》の声が聞こえてきた。

安兵衛たち六人がつるやの店先まで来ると、玄次が走り寄ってきた。

「どうだ、なかの様子は」

安兵衛が訊いた。

「まだ、眠っているようですぜ」

「一柳は、二階にいるとみていいな」

安兵衛が念を押した。

「へい、それに、一階の奥にも何人かいるようですぜ」

玄次によると、一階の奥の座敷に何人か眠っているらしく、複数の鼾と夜具を動かすような音が聞こえたという。玄次は店の周囲をまわって、一階の物音も聞き取ったようだ。

「牢人たちではないか」

「そうかもしれやせん」

玄次がうなずいた。

「そろそろ、踏み込むか」

安兵衛は東の空に目をやった。

朝日の色が、家並をつつむように東の空を染めていた。上空は青さをとりもどし、星のまたたきは見えなくなっている。

「支度をしてくれ」

安兵衛が内藤たちに言った。

内藤、緒方、前川の三人は、すばやく刀の下げ緒で両袖を絞り、袴の股《もも》だちを取った。安兵衛も袴の股だちを取ったが、笑月斎はそのままである。

4

「緒方、戸口をかためてくれ」

内藤が言った。

「ハッ」

緒方が応えた。緒方は戸口に待機し、飛び出してきた者を斬るか取り押さえることになっていた。

「玄次と又八は、念のために裏手をかためてくれ」

安兵衛が頼んだ。

「へい」

ふたりが、同時に応えた。

店のなかに踏み込み、牢人や一柳を斬るのは、安兵衛、笑月斎、内藤、前川の四人ということになる。

「踏み込むぞ」

安兵衛が声をかけると、すぐに玄次が戸口の格子戸に手をかけた。玄次と又八は安兵衛たちが踏み込んだのを見てから、裏口にまわることになっていたのだ。

格子戸はあかなかった。心張り棒がかってあるらしい。一柳たちも用心しているようだ。

「すぐに、あけやす」

玄次が懐から匕首《あいくち》を取り出した。そして、格子戸の桟の間に差し込み、上下に動かしていたが、ガタッ、と何か土間に落ちるような音がした。

玄次が、格子戸を引くと簡単にあいた。心張り棒がはずれたらしい。こうしたことも、玄次は得意だった。

「あっしと又八は、裏手にまわりやす」

そう言い残し、玄次は又八を連れて店の脇から裏手へまわった。

安兵衛が抜刀し、敷居をまたいで店のなかへ踏み込むと、笑月斎、内藤、前川の三人がつづいた。

店のなかは暗かったが、あけた格子戸の間から払暁《ふつぎょう》のひかりが射し込み、ぼんやりと識別することができた。

土間の先が追い込みの座敷になっていた。右手に二階に上がる階段がある。追い込みの座敷の奥には障子が立ててあった。そこが奥の座敷になっているらしい。

奥の座敷から複数の鼾と夜具を動かすような音が聞こえた。その座敷に、何人か寝ているようだ。

「おれと内藤どので、二階へ」

安兵衛が振り返り、緒方に目をむけて言った。

「承知」

内藤がうなずいた。

「おれと前川どので、奥にいる者たちを始末するのだな」

笑月斎が、目をひからせて言った。

安兵衛と内藤が二階に上がり、笑月斎と前川が一階の座敷で寝ている者たちを斬ることになるだろう。

……行くぞ。

安兵衛は三人に目配せし、框《かまち》から上がった。

すぐに、内藤がつづいた。ふたりは足音を忍ばせて、階段を上がっていく。ふたりの手にした刀身が、薄闇のなかでにぶいひかりをはなっている。

安兵衛は階段を上がりながら二階の物音に聞き耳をたてた。何人かの鼾や寝息が聞こえた。三人はいるようである。

階段を上がりきると、短い廊下があった。廊下沿いに二部屋ある。いずれも、障子がたててあった。鼾や寝息は、二部屋から聞こえてくる。

その鼾と寝息から、安兵衛は、

……手前の部屋にひとり、奥にふたり。

と、読んだ。

安兵衛と内藤は、手前の部屋の廊下に進み、身をかがめた。耳をたてて、なかの物音を聞き取った。鼾はひとりだけである。やはり、手前の部屋で寝ているのは、ひとりだけのようだ。

……あけるぞ。

安兵衛は内藤に目で合図を送り、障子をあけた。

座敷は暗かったが、ぼんやりと夜具や人のいる膨らみが見てとれた。まだ、鼾が聞こえる。安兵衛たちに気付かずに眠っているようだ。

目が闇に慣れると、ぼんやりと男の顔が見えた。

……仙次郎だ！

安兵衛は脇にいる内藤に、声を殺して仙次郎であることを伝えた。

「奥へ」

安兵衛が小声で言い添えた。仙次郎は笑月斎にまかせてあった。笑月斎が手を出せなくとも、戸口にいる緒方や裏手の玄次たちが取り押さえるだろう。

安兵衛と内藤の狙《ねら》いは一柳だった。一柳は、奥の部屋にいるはずである。

ふたりは足音を忍ばせて、奥の部屋にむかった。

障子のむこうから太い鼾と寝息が聞こえた。ふたり。まだ、眠っているようだ。

……一柳とおらんではないか。

と、安兵衛は思った。奥の座敷が、ふたりの寝間にちがいない。

スルスル、と安兵衛が障子をあけた。暗い座敷に夜具が敷いてあり、ふたりの膨らみがぼんやりと見えた。

ふいに、鼾がとまった。夜具も動かず、声もしない。静寂のなかで、おらんと思われる細い寝息の音だけが聞こえた。

ガバッ、と夜具が撥《は》ね上がった。

次の瞬間、大柄な男がすばやい動きで夜具から這《は》い出し、奥の床の間に立て掛けたあった刀をつかんだ。

「一柳、観念しろ！」

内藤が声を上げた。その体軀とぼんやりと見えた顔付きで、一柳と分かったらしい。

一柳は刀を手にして立ち上がった。そして、刀を抜き放ち、鞘《さや》を捨てた。寝間着がはだけ、胸や両足があらわになっている。

一柳は歯を剝《む》き出し、安兵衛と内藤を睨《にら》むように見すえていた。侵入者がだれなのか見極めようとしたようだ。暗闇のなかで、双眸が底びかりしている。

そのとき、一柳の脇の夜具が、もそもそと動き、太股《ふともも》や胸が闇のなかに白く浮かびあがった。女である。

「おらん！　起きろ」

一柳が、女の体を蹴った。

「な、何を、するんだい！」

おらんが、ひき攣《つ》ったような声を上げた。すぐに、何が起ったか分からなかったらしい。だが、おらんはすぐに、夜具を撥ね除け、

「人殺し！」

と、喉の裂けるような声を上げて、畳に這い出た。一柳や内藤が、刀を引っ提げて立っているのを目にしたらしい。

おらんのしごき帯が緩み、寝間着の襟がひろがって半裸になっていた。緋色の襦袢《じゅばん》やあらわになった太股や乳房が妙に生々しい。

「一柳、覚悟！」

安兵衛が座敷に踏み込んだ。

刀を低い八相に構え、腰を沈めた。切っ先が、鴨居や天井に触れないように低く構えたのである。

つづいて、内藤が座敷に入った。内藤は青眼。やや腰を沈めている。

おらんが、ヒイイッ、と悲鳴を上げ、座敷の隅を這って廊下へ逃れようとした。

安兵衛と内藤は、おらんに目もくれなかった。

「おのれ！　たたっ斬ってくれる」

一柳が目をつり上げ、怒声を上げた。

薄闇のなかで、切っ先がワナワナと震えていた。激しい気の昂《たかぶ》りで、体が顫《ふる》えているのだ。

つ、つ、と爪先で畳を摺《す》るようにして、安兵衛が間合をつめた。狭い座敷のなかで、一気に斬撃の間合に迫る。

タアリャッ！

甲走った気合を発し、一柳が斬り込んできた。

振りかぶりざま真っ向へ。

だが、斬撃に鋭さと迅《はや》さがなかった。興奮で体が硬くなったせいである。

すかさず、安兵衛は八相から袈裟《けさ》に払った。

キーン、と甲高い金属音がひびき、闇のなかに青火が散り、一柳の刀身が流れた。安兵衛に払い落とされたのである。

一柳が勢い余って前に泳いだ。

すぐに、内藤が踏み込み、

トオッ！

と気合を発しざま、一柳の背後から斬り込んだ。

袈裟へ。鋭い斬撃である。

瞬間、一柳の着物が肩口から背にかけて裂けた。あらわになった肌がザックリと裂け、血がほとばしり出た。

一柳は身をのけ反らせ、獣の吼《ほ》えるような声を上げてよろめいた。

「とどめだ！」

安兵衛が一颯《いっさつ》をみまった。

にぶい骨音がし、一柳の首がかしいだ。次の瞬間、一柳の首根から血が赤い帯のように噴出した。安兵衛の切っ先が、一柳の首の血管《ちくだ》を斬ったのである。

一柳は血を撒《ま》きながら前によろめき、首から障子につっ込んだ。桟を破る激しい音がひびき、噴出した血がバラバラと音を立てて障子に飛び散った。

一柳は障子と折り重なるように廊下に倒れた。障子が花弁を撒き散らしたように真っ赤に染まっている。

伏臥した一柳は動かなかった。四肢《しし》がわずかに痙攣《けいれん》しているだけである。すでに、事切れたようだ。

「一柳を斬った……」

内藤が血刀を引っ提げたままつぶやくような声で言った。顔が紅潮し、目が異様なひかりを帯びている。凄絶《せいぜつ》な斬殺に興奮し、体中の血が滾《たぎ》っているのだ。

「下へ行くぞ」

安兵衛が声をかけた。

5

奥の座敷に踏み込んだ笑月斎は、ふたりの男が眠っているのを目にした。ふたりとも大口をあけて、鼾をかいていた。牢人らしい。

……起こしてやるか。

笑月斎は、眠っている者を突き殺すのは気が引けた。それに、ふたりが遣い手でないことは明らかだった。笑月斎が枕元に立っても、目を醒《さ》まさないのである。

「起きろ！」

笑月斎が、寝ている牢人の枕を蹴った。

ふいに、牢人の鼾がとまり、虚空に目を見開いた。次の瞬間、顔が恐怖にゆがみ、ワアッ、と叫び声を上げ、夜具から這いだした。色の浅黒い丸顔の男である。

笑月斎は切っ先を丸顔の牢人にむけたまま間合をつめ、

「刀を取れ！」

と、声をかけた。せめて、相手に刀を握らせてから斬りたかったのである。

「よ、よせ！　斬るな」

丸顔の牢人は声を震わせて言い、枕元に置いてあった刀をつかんだ。

「抜け！」

笑月斎が声を上げると、丸顔の牢人は身を顫わせて抜刀した。

一方、前川はもう一人の牢人の枕元に立っていた。

枕を蹴られた牢人の悲鳴と物音で、もうひとりの牢人が、ガバッと上体を起こした。そして、悲鳴とも喚《わめ》きともつかぬ声を上げて畳を這い、座敷の隅に置いてあった刀をつかんだ。

髭《ひげ》の濃《こ》い大柄な牢人だった。

「さァ、斬ってこい！」

前川が、刀を手にした大柄な牢人の喉元に切っ先を突き付けた。

牢人は身を顫わせながら刀を抜き、

「お、おのれ！」

と叫びざま、袈裟に斬り込んできた。

だが、緩慢な動きで刃筋も乱れていた。ただ、振り上げて斬り下ろしただけの斬撃である。

前川は体を右手に寄せて斬撃をかわしざま、胴を払った。払い胴である。

皮肉を截断《せつだん》する重い手応えがあり、大柄な牢人の上体が前にかしいだ。

グワッ、という呻《うめ》き声を上げ、大柄な牢人は腹を左手で押さえてうずくまった。着物が横に裂け、押さえた手の下から臓腑《ぞうふ》が覗《のぞ》いている。

大柄な牢人は苦しげに呻き声を上げ、畳にうずくまった。

「とどめを刺してくれる」

前川は大柄な牢人の背後にまわり、刀身を背に突き刺した。

牢人は、グッと喉のつまったような声を上げ、顎を突き上げるようにして上体を反らした。そのとき、前川が刀身を引き抜いた。

すぐに、牢人の背から血が勢いよくほとばしり出た。前川の切っ先が、牢人の心ノ臓を突き刺したのである。

牢人は後ろに倒れた。仰向《あおむ》けの格好で両腕を突き上げ、何かつかもうとでもするかのように指を動かしたが、すぐに両腕が落ちて動かなくなった。まだ、顔の表情は動いていたが、意識は喪失したようである。


笑月斎と丸顔の牢人は、切っ先を向け合っていた。

牢人の顔は恐怖にゆがみ、腰が引けていた。切っ先がワナワナと震えている。

「た、助けてくれ！」

牢人は後じさりながら悲鳴のような声を上げた。

「さァ、斬り込んでこい！」

笑月斎は、牢人との間合をつめた。

さらに、牢人は後じさろうとしたが、踵《かかと》が壁に迫っていた。

「いくぞ！」

笑月斎が一声上げ、グイと踏み込んだ。

ヤアアッ！

牢人が悲鳴とも気合とつかぬ声を上げて斬り込んできた。

刀を振り上げて真っ向へ。腰が引け、腕だけ前に突き出すような斬撃だった。間髪をいれず、笑月斎が刀身を横に払った。キーン、という甲高い金属音がひびき、牢人の刀がはじかれた。笑月斎が牢人の刀身を払ったのである。

牢人は勢い余って前に泳いだ。

すかさず、笑月斎が踏み込み、牢人の脇から刀身を一閃させた。

ガクッ、と牢人の首が前に垂れた。その首根から血が驟雨《しゅうう》のように飛び散った。

笑月斎が、牢人の首を頸骨《けいこつ》ごと截断したのである。

牢人は血を撒き散らしながら腰から沈むように転倒した。悲鳴も呻き声も聞こえなかった。首根から血の噴出する音が、妙に生々しく聞こえるだけである。

笑月斎は血刀を引っ提げたまま、ひとつ大きく息を吐いた。昂った気を鎮めようとしたのである。

そのとき、階段を駆け下りてくる足音が聞えた。

……仙次郎ではあるまいか。

と、笑月斎は思った。

笑月斎は安兵衛から仙次郎を峰打ちで仕留めてくれと頼まれていたことを思い

出し、慌てて座敷から飛び出した。

階段を駆け下りてきた男は町人だった。後ろ姿だったので、顔は見えなかったが仙次郎のようである。

笑月斎は、慌てて追い込みの座敷の方へ走った。町人は土間から戸口へむかうところだった。笑月斎は町人を追って、追い込みの座敷から土間に飛び下りた。

「そいつを、逃がすな！」

笑月斎は叫びながら戸口へむかった。

ふいに、戸口から飛び出した町人の足がとまった。町人の前に、緒方が立っていた。切っ先を町人にむけている。

「緒方どの、その男はおれにまかせてくれ」

言いざま、笑月斎は町人の脇へまわり込んだ。

「ちくしょう！」

仙次郎は手にした匕首を抜いた。座敷を出るおり、手にしてきたのであろう。目がつり上がり、ひらいた口から歯が覗いていた。牙を剝《む》いた獣のようである。

「突いてこい」

笑月斎は手にした刀を峰に返した。

「死ね！」

叫びざま、仙次郎がつっ込んできた。

手にした匕首を突き出そうとした瞬間、笑月斎が右手に跳び、刀身を横に払った。

皮肉を打つにぶい音がし、仙次郎の上体が前にかしいだ。笑月斎の峰打ちが、仙次郎の腹を強打したのだ。

仙次郎は喉のつまったような呻き声を上げ、よろよろと前に泳いだ。足がとまると、腹を左手で押さえて、ガックリと膝を折った。

「動くな！」

笑月斎が、切っ先を仙次郎の喉元に突き付けた。

6

朝日が家並の間から顔を出し、神田川沿いの通りを照らしている。通行人も多くなり、通りはいつもの朝の賑わいを見せていた。

つるやの追い込みの座敷に、安兵衛たちは集まっていた。後ろ手に縛られた仙次郎とおらんの姿もあった。

安兵衛と内藤が二階に踏み込んだおり、おらんは二階から逃げ、裏手から外へ飛びだそうとした。そこへ、玄次と又八が駆け寄り、おらんを取り押さえたのである。

「仙次郎、聞きたいことがある」

安兵衛が、仙次郎の首筋に切っ先を突き付けた。

「てめえらに、話すことなんぞねえや」

仙次郎が顎を突き出して言った。

ふてぶてしい態度だが、顔には恐怖の色もあった。

「仙次郎、痛い目をみるだけ損だぞ。すでに、彦造があらかたしゃべっているのだ」

安兵衛は彦造を笹川の布団部屋に監禁していたが、二日前、倉持に引き渡していた。いまは、南茅場町の仮牢にいるはずである。

「なに！　彦造を抑えたのか」

仙次郎が目を剝《む》いた。彦造が安兵衛たちに捕らえられたことは、知らなかったようだ。

「彦造が、みんなしゃべったよ」

安兵衛が言った。

「ちくしょう！」

仙次郎が顔をゆがめた。絶望と憎悪の入り交じったような表情である。

「仙次郎、村中半十郎の塒はどこだ」

安兵衛が仙次郎を見すえて訊いた。

「…………」

仙次郎は口をとじたまま視線をそらした。

「いまさら、村中をかばって何になるのだ。それとも、おまえは村中に恩でもあるのか」

「恩などねえ」

「それなら、隠すことはあるまい」

「おれは、村中の旦那の塒は知らねえ。行ったことがねえからな」

仙次郎がふて腐《くさ》れたような顔をして言った。

「村中には情婦《いろ》がいたな。柳橋の料理屋だそうだが、店の名は」

安兵衛は、情婦のいる店が分かれば、すぐに村中の居所もつかめると思った。

「清水屋でさァ」

「清水屋か」

柳橋でも名の知れた老舗《しにせ》の料理屋である。

「情婦の名を知っているか」

安兵衛は念のために訊いた。

「顔を見たことはねえが、おいせと聞いてやすぜ」

「おいせか」

安兵衛は、切っ先を仙次郎から離して納刀した。

それ以上訊くことはなかったので、安兵衛は内藤に訊問《じんもん》するかと訊くと、

「この男の吟味は、町方にまかせよう」

と、応えた。

安兵衛は玄次に、倉持に知らせてくれ、と頼んだ。仙次郎とおらんは、倉持に引き渡そうと思ったのである。

「承知しやした」

玄次はすぐに店から出ていった。

倉持が数人の手先を連れてつるやに姿を見せたのは、昼ちかかった。安兵衛、

笑月斎、又八の三人は、倉持が来るまでつるやに残っていた。仙次郎とおらんをそのままにして、店を出るわけにはいかなかったのである。

内藤たち三人は、つるやにとどまらなかった。町方との接触は避けたい気持ちがあったのだろう。

安兵衛は、倉持に事情を話してからつるやを出た。笑月斎と又八は安兵衛に同行したが、玄次は残った。倉持の手先として動くつもりなのだろう。

神田川沿いの通りに出ると、

「ともかく、めしを食うか」

安兵衛が言った。朝餉《あさげ》もまだだったので、腹がへっていた。

「そうしよう」

すぐに、笑月斎が言い、又八もうなずいた。ふたりも、安兵衛と同じように空腹らしかった。

安兵衛たちは、神田川沿いの通りで一膳めし屋を目にして縄暖簾をくぐった。腹ごしらえをして店を出ると、

「おれは、柳橋まで行ってみるが、どうする？」

安兵衛が笑月斎に訊いた。せっかく、柳橋のちかくを通るので、清水屋だけで

も見ておこうと思ったのである。

「おれもつき合おう」

笑月斎が言うと、

「旦那、あっしもお供しやすぜ」

と、又八が勢い込んで言った。

安兵衛たち三人は浅草御門の前を通り過ぎ、そのまま神田川沿いの道を歩いて、柳橋にむかった。

清水屋はすぐに分かった。二階建ての大きな料理屋で、格子戸の玄関口の前には植え込み、石灯籠《いしどうろう》、籬《まがき》などが配置してあり、老舗《しにせ》の料理屋らしい落ち着いた雰囲気がただよっていた。店のすぐ後ろを大川が流れていて、二階の座敷からは大川の景観が眺められるようになっている。

店の脇に桟橋があった。数艘の猪牙舟が舫ってある。おそらく、清水屋専用の桟橋であろう。客を舟で送迎するにちがいない。

「船頭に訊いてみるか」

安兵衛は、桟橋に舫ってある舟に船頭がいるのを目にとめた。莫蓙や莨盆《たばこぼん》を用意している。客を乗せる準備をしているらしい。

安兵衛たちは桟橋を下りて、船頭のいる舟に近付いた。

「清水屋の船頭か」

安兵衛が声をかけた。

「へい」

船頭が船縁から顔だけ突き出した。船底に四つん這いになって、莫蓙を敷いていたのである。

「一昨日、清水屋で飲んだのだが、おいせという色っぽい女中がいたな」

安兵衛が、清水屋の客だったことを匂わせた。

「おいせさんは、評判の女《ひと》ですぜ」

船頭が口許に卑猥な笑いを浮かべて言った。よからぬことを想像したらしい。

「いい女だが、紐付きだと聞いてな。酌をしてもらうのは、どうかと思ったのだ」

「おいせさんは、お客さんを大事にしやすから、何の心配もねえ」

船頭は体を安兵衛たちにむけ、船底に胡座《あぐら》をかいた。

「おいせの情夫《いろ》だがな、よく店に来るのか」

安兵衛が声をひそめて訊いた。

「三、四日に一度ほどかな。……お客さん、心配することァねえよ。おいせさんは、だれが来ようと、お客をないがしろにするようなこたァしねえ」

「そうか」

安兵衛はうなずいた。

それから、安兵衛はそれとなくおいせの情夫のことを訊いてみた。船頭の話からみて、村中にまちがいないようだった。

「今夜にも、清水屋で一杯やるかな」

安兵衛はそう言い置いて、きびすを返した。

笑月斎と又八は、何も言わずについてきた。そして、大川端の通りへ出たところで、

「三、四日に一度か。……村中は金がかかったろうな。おいせに、惚れていたのかもしれん」

と、笑月斎がつぶやいた。

「清水屋の帰りにやるか」

安兵衛が虚空を睨むように見すえて言った。

第六章　大川端死闘《おおかわばたしとう》

1

「旦那《だんな》、昨日、峰右衛門さんが来ましてね。喜んでましたよ」

お房が目を細めて言った。

安兵衛は笹川の追い込みの座敷にいた。まだ、七ツ半（午後五時）ごろだったが、お房に頼んで早めに支度してもらい、夕餉《ゆうげ》を食べたのだ。又八がいつ知らせに来ても、すぐに飛び出せるように腹ごしらえを済ませたおいたのである。

又八と玄次が柳橋の清水屋の近くに張り込み、村中が姿を見せたら安兵衛に知らせる手筈《てはず》になっていたのだ。

「何かあったのか」

安兵衛が訊《き》いた。

「お菊ちゃんを誑《たぶら》かした彦造という男が、町方につかまったと聞いて、安心したようですよ」

「お房、彦造をこの店に監禁していたことを話したのか」

「いえ、そこまでは話しませんでしたけどね。峰右衛門さんは、旦那が彦造を捕らえたことは知ってましたよ」

お房がもっともらしい顔をして言った。

「そうか」

安兵衛は、彦造を監禁していることを口にするな、とお房やお春など店の者に言っておいたのだ。一柳や村中に知れると、何をされるか分からなかったからである。

「もう安心ですよ。悪い仲間は、佐久間町でお縄になったそうですからね」

お房が言った。

「よかったな」

安兵衛は、つるやで一柳たちを斬ったことや仙次郎を捕らえたことなどはお房に話してなかった。おそらく、近所の者が噂《うわさ》しているのを耳にしたのだろう。

「これも、旦那のお蔭ですよ」

お房は、一杯やりますか、と顔をほころばせて言った。

「いや、暗くなってからにしよう。明るいうちから、酔っているわけにはいかんからな」

又八が、いつ飛び込んでくるか知れなかった。酒を飲んでるわけには、いかなかったのである。

「まァ、めずらしい。旦那が、酒をことわるなんて」

お房が冷やかすような口振りで言った。

「おれだって、飲まないときもあるさ」

そう言って、安兵衛が照れたような顔をしたとき、戸口に走り寄る足音がした。

すぐに、格子戸があいて又八が飛び込んできた。

「だ、旦那！　来やしたぜ」

又八が、息をはずませて言った。

「来たか」

安兵衛は立ち上がった。

「へい」

「玄次は？」

安兵衛は朱鞘《しゅざや》の大小を腰に差しながら訊いた。

「清水屋を見張っていまさァ」

「よし、行くぞ」

安兵衛が外へ出ようとすると、ふたりのやり取りを聞いていたお房が、

「旦那、どこへ行くんだい」

と、顔をこわばらせて訊いた。

「すぐ、もどってくる。お房、酒はもどってきてからだ」

そう言い置いて、安兵衛は外へ飛び出した。

陽は西の家並の向こうに沈みかけていたが、町筋には昼間の明るさが残っていた。表通りは、参詣《さんけい》客や遊山《ゆさん》客などが行き交っている。

安兵衛と又八は千住街道へ出ると、浅草御門の方へむかった。千住街道も通行人が多かった。安兵衛たちは、人混みのなかを縫《ぬ》うように歩いた。

浅草御蔵の前を過ぎていっとき歩くと、安兵衛たちは左手の路地へおれ、大川端沿いの通りへ出た。その通りを川下に向かえば、清水屋の前に出られる。

前方に、清水屋が見えてきたところで、

「旦那、親分は桟橋のそばにいやすぜ」

又八が、清水屋の桟橋を指差した。

桟橋に玄次の姿はなかった。おそらく、桟橋に下りる石段の隅にでも身を隠して、清水屋を見張っているのだろう。

辺りは、だいぶ暗くなってきた。夕闇が大川端をつつんでいる。清水屋は客で賑《にぎ》わっているらしく、二階の障子が明らみ、嬌声《きょうせい》、男の哄笑《こうしょう》、三味線《しゃみせん》の音、手拍子などがさんざめくように聞こえてきた。

「旦那、ここでさァ」

玄次が桟橋につづく石段から声をかけた。

安兵衛と又八は、石段を下りて玄次に近付いた。

「村中は、店にいるのか」

安兵衛が訊いた。

「なかにいるはずでさァ」

村中は、清水屋に入ったまま出てこないという。

「ひとりか」

「へい」

「よし、待とう」

安兵衛は玄次の脇にかがんだ。

又八も安兵衛のそばに身を隠した。安兵衛たち三人の姿は濃い暮色につつまれ、通りから見えないはずである。

桟橋に人影はなく、数艘の猪牙舟《ちょきぶね》が舫《もや》ってあった。川の流れに揺れている。桟橋の杭《くい》を打つ流れの音が絶え間なく聞こえ、ときおり流れの加減で船縁が擦《こす》れるのか、ギシギシと笑い声のような音をたてた。

それから一刻(二時間)ほど過ぎた。大川端は夜陰につつまれていた。清水屋の二階の座敷の明りが、華やかにかがやいている。二階の座敷の宴席《えんせき》はまだつづいているらしく、嬌声、哄笑、手拍子などが賑やかに聞こえてくる。

「そろそろ姿を見せてもいいころだがな」

安兵衛は、頭上に目をやりながら言った。

月が皓々《こうこう》とかがやき、川沿いの通りを淡い青磁色に染めていた。

……これなら、立ち合える。

と、安兵衛は思った。なんとか、闘いのできる明るさである。

「旦那！　やつだ」

玄次が声を殺して言った。

清水屋の店先に目をやると、牢人体の男がふたりの女に送られて出てきたところだった。ふたりの女は、女将《おかみ》とおいせであろうか。

……村中だ！

顔は見えなかったが、安兵衛は男の総髪の風貌《ふうぼう》に見覚えがあった。村中半十郎である。村中はふたりの女に何か声をかけ、戸口から通りへ出てきた。懐手《ふところで》をして、安兵衛たちの方に歩いてくる。

「店先から、離れよう」

安兵衛は足早に石段から通りに出ると、足音を消して移動した。清水屋の脇から離れたのである。玄次と又八は安兵衛の後につき、岸沿いの樹陰に身を隠した。

2

村中は足早に近付いてきた。月光のなかに、黒い人影が浮かび上がっている。総髪で、小袖に羊羹《ようかん》色の袴《はかま》姿だった。黒鞘の二刀を帯びている。

安兵衛は川岸の柳の樹陰にいた。村中が十間ほどに近付いたとき、ゆっくりと通りへ出た。

ふいに、村中が足をとめた。安兵衛に気付いたようだ。

村中は立ったまま、闇を透かすように安兵衛を見つめた。夜陰のなかで、双眸がうすくひかっている。

「村中、久し振りだな」

安兵衛は村中から五間ほどの間合を取って足をとめた。

玄次と又八は樹陰に身をひそめていた。安兵衛があやういと見れば、石礫《いしつぶて》でもあびせるつもりかもしれない。

「一柳たちを始末したのは、うぬか」

村中がくぐもった声で訊いた。

「いかにも」

安兵衛はゆっくりと抜刀した。

「おぬしひとりか」

村中は、両腕をだらりと垂らしたままである。

「おぬしの風疾りと勝負したいのでな」

「おれに、斬られにきたのか」

村中の口許から白い歯が覗《のぞ》いた。笑ったらしい。

「やってみねば、分かるまい」

安兵衛は柄《つか》を握った手に、フーと息を吐きかけた。闘気を高めるために、闘いの前にやるのだ。

安兵衛の顔がけわしくなり、双眸が夜陰のなかで切っ先のようにひかっている。剣の遣い手らしい凄みのある面貌《おもて》である。

「今日こそ、決着をつけてくれるわ」

言いざま、村中が抜刀した。

「いくぞ！」

安兵衛は刀を両手で握り、切っ先を村中にむけた。

青眼だが、独特の構えである。安兵衛は切っ先を小刻みに上下させていた。切っ先を小刻みに上下させるのは、北辰一刀流の鶺鴒《せきれい》の尾と呼ばれる構えと同じだが、安兵衛の場合は、両肩の力を抜いて踵《かかと》を浮かせ、両膝もかすかに上下させていた。一瞬の反応と斬撃の起こりを迅《はや》くするために、体全体を動かしているのである。安兵衛が実戦のなかで会得した構えであった。

対する村中は八相に構えると、刀身を寝せて腰を沈めた。体が沈んだように低くなっている。風疾りの構えである。

ふたりの間合は、およそ四間半。一足一刀の間境《まざかい》からは、まだ遠かった。

村中が足裏を摺《す》るようにして、間合をせばめてきた。下から突き上げてくるような威圧がある。

……動きながら闘う！

安兵衛は、動きのなかで勝負したかった。安兵衛の喧嘩剣法は、激しい動きのなかでこそ本領を発揮するのだ。

安兵衛は切っ先を上下に動かすと同時に、送り足で体を前後に動かし始めた。こうすると、敵に間合を読ませない上に斬撃の起こりを感知させない利があるのだ。

「その動きは、まやかしか」

村中は、安兵衛の動きにかまわず間合をつめてきた。

間合がつまるにつれ、村中の全身に気勢がみなぎり、斬撃の気配が高まってきた。

……先に仕掛ける！

安兵衛は村中の仕掛けを待っていたのでは、風疾りは破れないとみていた。

村中の風疾りは遠間からの仕掛けだった。安兵衛は、風疾りより一歩遠くから仕掛けるつもりだった。

村中が斬撃の間境に迫ってきた。村中の全身から痺《しび》れるような剣気がはなたれている。ふいに、安兵衛の切っ先がとまり、全身に斬撃の気配がはしった。斬撃の間境には、まだ二歩ほどあった。

一瞬、村中の顔に驚愕《きょうがく》の色が浮いた。間合が遠過ぎる、とみたにちがいない。

イヤアッ！

安兵衛が裂帛《れっぱく》の気合を発して斬り込んだ。

踏み込みざま袈裟《けさ》へ。切っ先のとどかない捨《す》て太刀《だち》だった。

切っ先が空《くう》を切って流れた。

次の瞬間、安兵衛はすばやく刀身を振り上げ、さらに袈裟に斬り込んだ。動きながらの神速の連続技である。

タアッ！

間髪《かんはつ》をいれず、村中が反応した。

低い八相から逆袈裟へ。

ヒュッ、という風音とともに閃光がはしった。

次の瞬間、鋭い金属音がひびき、二筋の閃光が上下に撥《は》ねた。ふたりの切っ先が合致し、はじき合ったのである。

刹那《せつな》、村中は二の太刀をはなった。

迅《はや》い！

安兵衛の眼前を閃光が袈裟にはしり、着物の胸元が斜に裂けた。風疾りである。だが、村中の切っ先は安兵衛の肌までとどかなかった。安兵衛が遠間で仕掛けたためである。

安兵衛は動きをとめなかった。右手に跳びざま、村中の手元に突き込むように籠手《こて》をみまった。安兵衛が意識してはなった斬撃ではない。体が勝手に反応したのである。敵の動きに応じてはなつ斬撃こそ、安兵衛の喧嘩剣法の本領であった。

ふたりは大きく間合を取って、ふたたび青眼と低い八相に構え合った。

村中の右手の甲に血の色があった。安兵衛の切っ先がとらえたのだ。手の甲の皮肉が裂け、血が赤い糸のように流れ落ちている。ただ、浅手だった。おそらく、立ち合いには何の支障もないだろう。

一方、安兵衛は着物を裂かれただけである。

「やるな」

村中が口元に薄笑いを浮かべて言った。だが、目は笑っていなかった。双眸が炯々《けいけい》とひかっている。

3

安兵衛は青眼に構え、切っ先を小刻みに上下させた。足もすばやく前後に動かしていた。動きに合わせて、体全体が小刻みに揺れている。

安兵衛の小刻みに震える切っ先が月光を反射し、夜陰のなかで青白い炎のようにひかっていた。

一方、低い八相に構えた村中の刀身は、夜陰のなかに消えている。

ふたりは、四間半ほどの間合をとったままつめようとしなかった。

気合も息の音も聞こえなかった。闇のなかで、大川の流れの音が低い地鳴りのように聞こえてくる。

どれほどの時間が過ぎたのであろうか。数瞬であったのか、小半刻（三十分）も経《た》ったのか、ふたりに時間の意識はなかった。

ふいに、村中が動いた。全身に激しい気勢をみなぎらせ、足裏を摺りながら間合をつめ始めたのである。

安兵衛も動いた。足を前後に動かしながら、村中に迫っていく。

ふたりの間合が、一気にせばまってきた。

フッ、と安兵衛の切っ先の動きがとまり、全身に斬撃の気がはしった。一足一刀の間境から二歩ほども遠間だった。

瞬間、村中にも斬撃の気がはしった。

イヤアッ！

タアッ！

ほぼ同時に、ふたりは気合を発し、体を躍動させた。

安兵衛が踏み込みざま袈裟に。

村中が腰を沈めた低い八相から、すくい上げるように逆袈裟に。

二筋の閃光が、ふたりの眼前で交差して流れた。間合が遠いため、ふたりの切っ先は空を切ったのである
次の瞬間、ヒュッ、というかすかな風音がし、村中の二の太刀が袈裟に斬り込まれた。風疾りの剣である。

安兵衛はこの二の太刀を読んでいたが、村中の斬撃が迅《はや》く、受けることもかわ

すこともできなかった。

咄嗟《とっさ》に、安兵衛は体を転倒させた。しかも、倒れながら刀身を払ったのである。まさに、一瞬の反応だった。

村中の切っ先が、安兵衛の髷《まげ》をかすめて空を切った。

一方、安兵衛が倒れながらはなった斬撃は、村中の太股のあたりを横に斬り裂いた。安兵衛は地面を転げ、斬撃の間合の外で跳ね起きた。刀は右手に持ったままである。

村中は間合を取ったまま低い八相に構えた。あらわになった左の太股から、血が流れ出ている。

安兵衛は青眼に構え、切っ先を小刻みに上下させた。ひどい顔だった。横転したときに、元結が切れてざんばら髪になり、頬を地面で擦ったらしく血が滲《にじ》んでいた。獲物に迫る猛獣のように双眸が、ギラギラひかっている。

「まだだ！」

村中が声を上げた。苛立《いらだ》ったようなひびきがある。顔が憤怒で紅潮していた。双眸が燃えるようにひかっている。

村中は、低い八相に構えたまま寝せていた刀身をすこし立てた。

……斬り込みを迅くする気だな。

と、安兵衛は読んだ。

村中は風疾りの初太刀を迅くするために、刀身を立てたようだ。

村中が足裏を摺りながら間合をせばめてきた。立てた刀身がかすかに震えていた。気の昂りで、体が顫《ふる》えているのである。

安兵衛も動いた。切っ先を上下させながら間合をつめ始めた。ふたりの間合が、互いに相手を引き合うようにせばまっていく。

ふいに、村中の寄り身がとまった。まだ、一足一刀の間境から半間ほど離れていた。村中の全身に気勢が満ち、斬撃の気が高まってきた。

……この遠間から仕掛ける気か！

安兵衛は、村中が斬り込んでくると察知した。

村中の全身に斬撃の気がはしった瞬間、
イヤアッ！

と、裂帛の気合を発した。

次の瞬間、村中は一歩踏み込んでから体を躍らせた。咄嗟に、間合をつめたのである。ヒュッ、という風音とともに、逆袈裟に閃光がはしった。

間髪をいれず、安兵衛も仕掛けた。

振り上げざま袈裟に。

二筋の閃光が眼前で合致し、夜陰に青火が散った。

一瞬、ふたりの刀身がとまった。逆袈裟と袈裟にはなったふたりの刀身の刃が食い込み、動きがとまったのである。

次の瞬間、ふたりは背後に跳びざま二の太刀をふるった。

安兵衛は敵の刀身を押しざま袈裟に斬り込み、村中は横に払って胴をねらった。

ザクリ、と村中の肩先が裂け、血が噴いた。

一方、村中の切っ先は、安兵衛の脇腹をかすめて空を切った。

わずかに、安兵衛の斬撃の方が迅く、深かった。ふたりの刀身がとまったことで、連続してふるう風疾りの二の太刀が遅れたのだ。さらに、村中の気の昂りで体が硬くなっていたことが、一瞬の太刀《たち》捌《さば》きを遅らせたようである。

村中の肩先からほとばしり出た血が、肩から胸にかけて着物を赤く染めていく。

ふたりは大きく間合をとって対峙したが、村中の体が揺れていた。肩口の傷で、体に力がはいらないのだ。

「おのれ！」

村中の顔がこわばり、目がつり上がった。ひらいた口から牙のような歯がのぞいている。夜叉《やしゃ》を思わせるような憤怒《ふんぬ》の形相《ぎょうそう》である。

村中は八相に構えると、体を揺らしながら踏み込んできた。気攻めも間合の読みもなかった。捨て身になって、斬り込んでくるようだ。

安兵衛は切っ先を村中の喉元にむけたまま、動きをとめた。こうなると、自分から仕掛ける必要はなかった。相手の斬撃に応じて、剣をふるえばいいのである。

間合がつまるや否や、村中が仕掛けた。

タリヤァッ！

甲走った気合を発し、斬り込んできた。

振りかぶりざま真っ向へ。鋭さも迅さもない斬撃だった。

安兵衛は右手に跳びながら、村中の喉元を狙《ねら》って刀身を撥《は》ね上げた。

ビュッ、と村中の首筋から血が赤い筋のように飛んだ。安兵衛の切っ先が、村中の首筋を横に斬り裂いたのだ。

村中は血を噴出させながら、前に泳いだ。五、六歩よろめいて足をとめ、反転しようとしたが、そのまま腰からくずれるように転倒した。

村中は俯《うつぶ》せに倒れた後、なおも立ち上がろうとして身をよじり、手足を動かしたが、頭をもたげることもできなかった。

いっときすると、村中は動かなくなった。わずかに四肢《しし》が痙攣《けいれん》しているだけである。首筋から流れ出た血が、夜陰につつまれた地面に赭黒《あかぐろ》くひろがっていく。

安兵衛は血刀を引っ提げたまま伏臥《ふくが》している村中のそばに立つと、フウ、と大きくひとつ息を吐いた。安兵衛の全身の血のたぎりが鎮まり、いつものおだやかな表情にもどっていく。

……風疾りの剣を破った。

安兵衛は胸の内でつぶやいた。

「旦那ァ！」

背後で、又八の声が聞こえた。

又八と玄次が駆け寄ってくる。

4

「玄次、グッとあけろ」

安兵衛が銚子を手にして言った。

笹川の奥の座敷だった。笹川に顔を出した玄次と又八を座敷に入れ、お房に頼んで酒を用意してもらったのだ。

事件が片付いたので、ふたりの慰労《いろう》が目的だった。ただ、安兵衛は何かに理由をつけては飲んでいたので、あらたまった酒席ではない。

「ごっそうになりやす」

玄次は猪口を手にして安兵衛の酒を受けた。

「旦那、昨日、内藤さまが笹川に見えられたそうで」

又八が小声で訊いた。

「よく知ってるな」

昨日、めずらしく又八は笹川に顔を出さなかったのだ。

「ヘッヘヘ……。お春ちゃんに聞いたんでさァ」

又八が顔を赤くし、仕事帰りに駒形堂の近くでお春と顔を合わせたことを言い添えた。

「お春に聞いたのか」

安兵衛が他人事のような物言いをした。

「それで、内藤さまから何かお話があったんですかい」

又八が顔を赤らめたまま訊いた。

「いや、たいした話ではない。その後のことを知らせに来たのだ」

昨日、内藤は笹川に立ち寄り、安兵衛と酒を飲みながら話していったのだ。

内藤によると、一柳は酒に酔い、無頼牢人と斬り合って殺されたことになったという。むろん、公儀《こうぎ》で取り上げられることもなかった。

「一柳家はどうなる」

安兵衛が訊いた。

「まだ、何の沙汰もないが、家を継ぐことはできまいな」

一柳には、家を継ぐ男子がいないという。後に残された病身の妻女は、実家を頼って生きていくしか術《すべ》はないそうだ。

「仕方がないな」

安兵衛には、どうにもならなかった。

「御目付に、ことの次第をお話ししたのだ。御目付は、ことのほかお喜びになられ、今後何かあったら、安兵衛どのと相談するとよい、とおおせられた」

内藤が笑みを浮かべて言った。

御目付とは、安兵衛の兄の依之助のことである。

「おれは、見たとおりの極楽とんぼだ。あてにしないでくれ」

安兵衛は白けたような顔をして言った。

「そのおりは、よしなに」

内藤は顔をくずしたまま銚子を取り、安兵衛の猪口に酒をついだ。

その後、内藤は一刻（二時間）ちかくも安兵衛と話して帰った。

安兵衛は、玄次と又八に内藤とのやり取りをかいつまんで話した後、

「ところで、玄次、彦造たちはどうなった」

と、声をあらためて訊いた。

彦造、仙次郎、それにおらんは、倉持が捕縛したことにし、南茅場町にある大番屋に連れていかれたのだ。

「三人とも、吐いたようですぜ」

玄次によると、倉持が彦造たちを吟味し、これまでの悪事を洗いざらい吐かせたらしい。

当初、一柳、仙次郎、彦造の三人で、商家の弱みにつけこんで金を脅《おど》し取った

り、娘を誑《たぶら》かして身の代金を出させたりしていたそうだ。武士である一柳が脅し役で、仙次郎と彦造は商家の弱みを嗅《か》ぎ出したり娘を誑かしたりする役所《やくどころ》だったという。

「それで、村中は」

安兵衛が訊いた。村中は一匹狼の感じがした。当初から、村中は一柳たちと毛色がちがう、と安兵衛は感じていたのである。

「村中は殺し役でさァ」

一柳が、辻斬《つじぎ》りをしている村中の腕を知り、仲間に引き込んだのだという。

「そういうことか」

「旦那、おいせがどうなったか知ってやすか」

玄次が訊いた。

「いや、知らん」

おいせは、清水屋の女中で村中の情婦であった。安兵衛は、おいせのことは倉持にも話さなかったし、その後の噂も耳にしていなかった。

「清水屋をやめたそうですぜ」

「店をやめた後、どうした?」

いるそうでさァ」

「長屋近くのそば屋で小女をしてるようです。……ときどき、回向院《えこういん》に出かけて
回向院は、村中が無縁仏として埋められた寺である。村中の死体は引取り手がなく、近くの回向院の隅に埋《う》められたのだ。埋葬《まいそう》されたというより、遺棄《いき》されたといった方がいいだろう。むろん、墓などはなかった。

「おいせは、村中に惚れていたのかもしれんな」

安兵衛がそう言ったとき、障子があいてお房が顔を出した。後ろに、お満の姿があった。母親についてきたらしい。

「お酒を持ってきましたよ」

お房は銚子を手にしていた。追加の酒を運んできたらしい。

「さァ、どうぞ」

お房は銚子を手にして、玄次の前に膝を折った。

「こいつは、すまねえ」

玄次が照れたような顔をして猪口を差しだした。

「玄次さんには、いつもうちの旦那が世話になってるんですからね、お酌ぐらいしないと。近くに来たら寄ってくださいよ」

お房は、玄次につづいて又八にも銚子をむけた。

一方、安兵衛のそばにはお満がちょこんと座り、お房の真似をして銚子をとった。

「とんぼの小父《おじ》ちゃん、一杯、どうぞ」

お満が、こまっちゃくれた仕草で銚子を取った。

「これは、すまん」

安兵衛はお満の前に猪口を差しだした。

お満は猪口に酒をつぎながら、

「お酒を飲んだら、遊んであげるからね」

と、すました顔で言った。

「なに、おれと、遊んでくれるのか」

「うん、めんない千鳥をやる」

めんない千鳥は、お満の大好きな遊びである。

「旦那、あちきもいっしょに遊ばせてくんなまし」

又八が戯《おど》けて、身をくねらせながら花魁《おいらん》のような物言いをすると、お房と玄次が、笑い声を上げた。

お満は又八の仕草がおかしかったのか、それとも大人たちの目が自分にむけられたのが嬉しかったのか、お房や玄次といっしょに声を上げて笑いだした。

安兵衛だけが、猪口を手にしたまま苦笑いを浮かべている。

この作品は徳間文庫のために書下されました。

徳間文庫

極楽安兵衛剣酔記

秘《ひ》剣《けん》風《かぜ》疾《ばし》り

2011年5月15日 初刷

著者 鳥《と》羽《ば》亮《りょう》

発行者 岩渕徹

東京都港区芝大門二―二―一 〒105―8055

発行所 株式会社 徳間書店

電話 編集〇三(五四〇三)四三五〇 販売〇四八(四五一)五九六〇

振替 〇〇一四〇―〇―四四三九二

印刷 製本 図書印刷株式会社

ISBN978-4-19-893361-6 (乱丁、落丁本はお取りかえいたします)

徳間文庫の好評既刊

鳥羽亮
沖田総司
壬生狼

幕末に京都を震え上がらせた新選組の隊士・沖《おき》田《た》総《そう》司《じ》は、子どもと鬼ごっこをしていた。殺戮《さつりく》の場で、牙を剝《む》いた悲愴な狼が、幼子のように無垢《むく》だった。人を斬った翌日は、血の臭いを振り払うために戯《たわむ》れるのだ。そこへ美しい娘が現れ、総司は魅入ってしまう。天然理心流の剣が何より大事であったが、胸は高鳴るばかり。が、労咳に冒された総司は、ただ娘の額に口づけしかできなかった……。